도미노
구라파식
이층집

도미노 구라파식 이층집

박선희 장편소설

사□계절

‖ 차 례 ‖

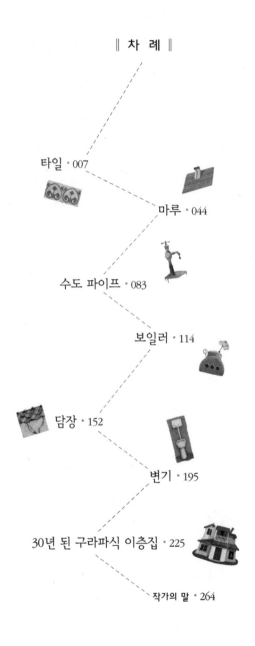

타일

마술은 환상이다. 짜릿한 당혹감과 흥미로운 떨림, 눈 깜박할 사이 일어나는 순간의 기적이다. 빨간 머플러에서 한 송이 장미가 피어나고, 둥그런 빵이 공중으로 날아다니며, 디너 냅킨 속에서 포크가 나이프로 변신한다. 오른손에 쥐었던 연필이 왼손으로 순간 이동을 하고, 텅 빈 중절모 안에서 흰 토끼가 튀어나온다. 마술에 걸리면 행복해진다. 마술은 즐거운 쇼다.

도현은 교탁에 놓았던 티슈 한 장을 집어 올렸다. 그러고는 양손 엄지와 검지로 두 귀퉁이를 잡고 자신만만한 웃음을 지었다.

"여기 정사각형의 새하얀 티슈가 있습니다. 누군가는 이걸로 더러운 코를 풀겠지요? 느닷없이 남친에게 차여 눈물을 찍어 내거나, 응가 후 항문 정화용으로 쓰는 사람도 있을 겁니다. 하지만 저는 오늘, 10원도 안 되는 이 티슈 한 장으로 아름다운 우주를 보여 드리겠습니다. 여러분의 막장 감성 지수가 쑤욱 올라가는 걸 확인하십시오. 오픈 유어 아이즈!"

아이들의 두 눈에 일제히 불이 켜졌다. 수학 선생이자 담임인 시그마의 눈까지, 마흔 쌍의 반짝이는 눈망울들이 하찮은 사각 티슈로 집중되었다. 막장 감성 지수 어쩌고 하며 자존심을 긁든 말든 아무도 신경 쓰지 않았다. 곧 마술이 시작되니까. 그리고 마술이 끝나면 여름방학이 시작된다!

도현은 티슈를 반으로 접은 뒤, 팔랑팔랑 뒤집었다 엎었다 하며 단 몇 초 만에 로켓 모양의 냅킨을 만들었다. 손놀림이 '아트'였다. 교탁 바로 앞에 앉은 녀석이 "와~" 잠음을 넣더니 꼴깍 침 넘어가는 소리를 냈다. 그사이 도현은 종이 냅킨의 뾰족한 부분을 비스듬히 접어 올리고 끝 부분을 길쭉한 삼각형으로 잘라 냈다.

"보이시죠? 두 조각이 났습니다. 자아……."

분리된 냅킨을 들고 도현은 교탁 앞을 왔다 갔다 했다. 왼손엔 냅킨의 찢어 낸 부분, 오른손엔 나머지 부분이 들려 있었다.

"방학 선물로 받아 주시겠습니까?"

도현은 냅킨의 찢어 낸 부분을 자이에게 내밀었다. 창가 맨 앞줄. 자이는 얼떨결에 휴지 쪼가리를 받아 들고는 "하필 나야……." 종알거리며 고개를 외로 꼬았다. 싫지는 않은 표정이었다. 바로 뒷줄 옆, 내 자리에서 대각선으로 보이는 자이의 뺨은 새빨개져 있었다. 조막만 한 얼굴이 잘 익은 토마토처럼 예뻤다.

도현은 손에 남은 티슈를 엄지와 검지로 착착 펼쳤다. 펼쳐진 티슈엔 뻥튀기만 한 구멍이 뚫려 있었다. 도현은 자기 얼굴을 구멍에 대고는 자이에게 찡긋 윙크를 날렸다. 여기저기서 키득키득 웃음소리가 들렸다. 키 155센티미터, 44 사이즈의 앙증맞은 자이. 반에서 나와 가장 친한 친구라 할 수 있는 이 애는 귀까지 빨개져서는 이마를 책상에 콩 박았다.

"7월 한낮에 나온 보름달, 제법 훤하죠?"

도현은 겨우 눈, 코, 입만 구멍에 들이대고 두툼한 입술을 가로로 늘였다. 생각보다 얼굴이 큰 편이잖아.

녀석은 무릎을 굽힌 채 자이를 보며 말했다.

"선물을 펴 보시죠."

고개를 든 자이는 에이 난 몰라, 하듯 접힌 티슈를 되는대로 펼쳤다. 한 번, 두 번, 세 번. 자이의 손에 들린 것은 보름달 모양의 원이 아니라 손바닥만 한 별이었다. 와, 어떻게 된 거야, 멋지다, 바로 방송에 출연해라……. 한바탕 감동의 물결이 지나가고 도현은 마술보다 더 근사한 무대 인사를 보여 주었다.

짝짝짝짝짝…….

아낌없는 박수 소리가 교실 안에 퍼져 나갔다. 자식, 폼 하난 끝내준다니까. 도현이 티슈를 찢을 때 두 가지 트릭을 쓴 걸 알았지만 나는 아낌없이 박수를 보냈다. 티슈로 하는 달과 별 마술은 쉬운 편에 속했지만 나 같은 초보는 100번은 연습해야 가능한 일이니까. 티슈를 찢을 때 도현이 왼손 중지와 약지로 숨겼다가 슬쩍 바닥으로 떨어뜨린 쪼가리는 이미 발밑에서 짓이겨졌을 것이다.

도현은 아이들의 습관적인 앙코르에 20초도 채 안 걸리는 간단한 마술로 보답하고는 교실 맨 끝 자기 자리로 돌아갔다. 천 원짜리로 해 보인 차력은 그 원리가 단순했다. 지폐의 한쪽 끝을 새끼손가락으로 살짝 잡고 있는 것. 손끝에 올려진 지폐가 공중에서 수평을 유지하며 떠 있을 때 아이들은 "우아~" 천편일률적인 감탄사를 터뜨렸다.

"아예 그 길로 나가도 되겠다. 니들도 공부가 싫으면 도현이처럼 특기라도 살려 봐."

시그마가 교탁으로 나가며 한 말씀 했다. 네에—. 아이들의 대답이 배부른 아기 염소의 울음처럼 순하게 들렸다. 여름방학을 맞아 긴 잔소리를 늘어놓는 대신 도현의 마술을 감상할 수 있게 해 준 데 대한 보답이었을 것이다.

말이 방학이지, 학교에선 자율 학습으로 애들을 잡을 예정이었다. 마술 동아리 '마찻사'의 멤버인 도현과 무열과 나는 '자학'과 '보충'을 하지 않기로 했다. 우리에게 자학(自學)은 말 그대로 자학(自虐)일 뿐이며, 보충은 보나마나 졸음이 충만한 시간일 뿐이었다. 부모님 동의서는 셋이 합작으로 조작해

냈다. 양심의 가책이 자학에 대한 혐오를 이길 수는 없었다. 나는 일주일에 한 번 마찻사 모임에 나가고, 그 외엔 작심하고 도서실에서 '열공'할 계획이었다. 된다는 보장은 없지만. 일단 모의고사 평균 2등급을 목표로 세웠다. 1학기 때 치른 네 번의 모의고사에서는 3등급 한 번, 4등급 세 번, '인 서울 대학'에 가기엔 회의적인 성적이 나왔다.

"마지막으로 우리 반 급훈을 외치고 한 학기를 마친다."

시그마가 지휘봉으로 칠판 위의 급훈을 가리키자 40명은 일제히 합창을 하고 교실을 뛰쳐나갔다.

"뭐 하나라도 잘하자!"

"니네 집 완전 클래식하다. 아주 오—래된 집 같아."

무열은 대문을 열고 들어서자마자 집에 대한 품평을 했다.

"우리 아빠 엄마가 결혼하던 해 지은 집이야. 그러니까 30년쯤 됐나? 그땐 그래도 꽤 멋진 집이었다는데 이렇게 팍삭 삭아버렸어. 할머닌 이 집을 꼭 '구라파식 이층집'이라고 부르셔. 내 눈엔 좀 크다 뿐이지 낡아 빠진 이층집으로밖에 안 보이는데.

"뭐, 구라? 파식? 그게 뭔데?"

무열이 마치 아프리카 원주민의 언어라도 들은 것처럼 작은 눈을 치뜨고 물었다. 그럼 그렇지.

"유럽을 한자식으로 표기한 게 구라파래. 이탈리아는 이태

리, 프랑스는 불란서라고 하는 것처럼."

"아……."

나는 모서리마다 녹이 슨 철 대문을 쾅 닫았다. 붉은 녹 때문에 지저분하게 들떠 있던 청록색 페인트가 대문 밑으로 몇 조각 떨어져 내렸다. 멀리서 보면 꽤나 앤티크한 전원주택 같지만 가까이에서 보면 우리 집은 과거의 기풍이 그림자로만 남은 누추한 이층집일 뿐이다.

한낮에 깜짝쇼처럼 쏟아붓고 물러간 장맛비로 마당은 군데군데 물웅덩이가 패어 보기 흉했다. 잡풀만 더 무성해졌다. 이런 날은 집이 몇 배나 심란해 보인다. 흰색이 거의 잿빛으로 변해 지저분해진 벽과 나무틀이 결대로 갈라진 거실 창은 30년 된 티를 풀풀 냈다. 예전에는 큰 자랑거리였다던 이층 테라스도 목재 난간이 구질구질해져 결코 자랑할 수 없는 꼴이 되어버렸다.

"난 이 집 맘에 드는데? 마치 옛날얘기를 들려주는 것 같아."

도현은 생각지 못한 골동품을 찾아낸 듯 굵게 쌍꺼풀진 눈을 씀벅거렸다.

나는 "취향도 특이해." 하고는 녀석들을 안쪽으로 몰았다. 현관까지 촘촘히 이어지는 납작 돌들을 밟고 가며 두 녀석은 신기한 듯 주위를 두리번거렸다.

"뭔가 심상치 않은 일들이 가득 숨겨진 집 같지 않냐? 나 이런 집에서 살고 싶다."

"나도. 게다가 이층집."

녀석들이 이토록 올드한 집에 호감을 느낄 줄은 미처 몰랐다. 커다란 집 전체가 칙칙하게 먼지를 뒤집어쓰고 있는 건 보이지도 않는가 보다.

"역기도 있었네?"

마당에 놓인 역기에 무열이 관심을 보였다.

"오빠 건데 얼마 전 독립하면서 두고 갔어."

작은 아파트엔 둘 데가 마땅치 않다며 아빠에게 처리를 맡기고 간 것이었다. 가져갈 사람이 나타날 때까지 그냥 놔두기로 했는데, 누가 가져가든 말든 아무도 관심이 없었다.

오빠는 지난 일요일 이사를 했다. 결혼 3년 2개월 만에, 태어났을 때부터 쭉 살아온 집을 떠나 스물두 평 아파트로 분가해 나간 것이다. 적금 만기와 거의 동시에 아파트 분양을 받고 은행에서 주택 담보 대출금을 얻어 분가를 하기까지는 두 달도 걸리지 않았다. 아파트 분양을 받아 바로 입주한다는 소식을 들은 날, 할머니는 계단에서 발을 헛디뎌 며칠 동안 침을 맞으러 다녔다. 할머니에겐 오빠가 아직도 귀여운 강아지 같기만 한데 충격이 컸던 모양이다.

패닉 상태에 있던 할머니가 엄마에게 노여움을 나타낸 것도 무리는 아니었다. 빈말인지 진심인지, 은행 대출 이자가 높아 아파트를 전세 놓고 분가를 한두 해 늦출까 묻는 오빠에게 엄마가 한 말은 까칠했다.

"나 좀 편히 살아야겠다. 예정대로 이사해."

그날은 일요일이었고, 일층 주방 식탁에 온 가족이 둘러앉아 늦은 아침 식사를 하던 중이었다.

"일구네가 뭘 그리 불편하게 했다고."

할머니가 수저를 탁 내려놓았지만 엄마는 기죽지 않았다.

"외국에선 아이들 스무 살만 되면 다 내보내요."

조용한 반격처럼, 차분했지만 냉기가 도는 말이었다. 식탁의 분위기가 싸해졌다. 엄마는 생선 가시를 발라내며 조용히 연타를 날렸다.

"밥해 먹일 의욕이 생기기에 일곱 식구는 너무 많아요."

지금껏 한 번도 보지 못한 엄마의 도발이었다. 물컵을 잡은 할머니의 손에 힘이 들어가 손톱 밑이 하얗게 눌렸다.

"본의 아니게 3년 2개월이나 어머님 신세를 졌네요. 일구 씨 밥은 정성껏 지을게요. 그동안 매우 감사했습니다아."

서운함은 1밀리리터도 없는 새언니의 명랑한 말투에 모두가 어리삥삥한 눈길만 주고받았다.

"일곱 식구 밥이나 다섯 식구 밥이나."

할머니는 콧바람과 함께 냉소를 뿜었지만 더 이상은 말을 하지 않았다. 이미 분가하기로 결정한 사람들을 붙들어 앉힐 만큼 할머니는 자존심이 없는 사람이 아니었다.

집에는 아무도 없었다. 할머니는 이뿐 할머니와 복지관이나 친목계 모임에 간 것 같았다. 아, 이뿐 할머니의 이름은 '김입분'인데 우리 집에선 '이뿐 할머니'로 통한다. 할머니와 단짝으로 붙어 다니는, 정말로 얼굴이 자그마하고 예쁜 할머니다.

그런데 엄마는 어디 갔지? 학교에서 전화했을 때도 받지 않더니. 미리 보고도 하지 않고 친구들 데려오는 거 엄청 싫어하는데. '짐 정리 도우미들'이라는 명분을 대면 야단은 맞지 않겠지.

오빠가 쓰던 이층 방을 내가 차지한 건 횡재나 다름없었다. 정리 정돈 귀신인 언니와 같은 방을 쓰면서 별별 눈치를 다 봤으니까. 게다가 오빠 방은 크기가 거의 안방과 맞먹을 정도로 큼직했다. 이제 마술 연습 장소를 찾아다니는 수고를 덜게 된 것이다. 비공식 동아리라 언제나 연습할 장소가 문제였다. 나야 동아리에 끼어든 지도 얼마 안 된 초짜지만.

큰 방에 욕심내지 않은 언니에겐 고마울 따름이다. 난 방 옮길 생각 없으니까 니가 오빠 방 써. 이렇게 말했지만 아마도 언니는 타로 점을 보았을 것이다. 대학생 때부터 타로를 공부했고 제법 타로 마스터 흉내를 내는 언니는 무언가 결정할 일이 있을 때마다 타로에 의존했다. 점괘가 맞거나 틀리거나, 이번만큼은 나에게 잘된 일이었다.

"니네 집 호기심 당기는데? 계단에서 삐걱삐걱 소리까지 나는 게 호러 분위기도 나고 말야. 이 방은 약간 어둠침침한 게 연금술사의 방 같다."

도현은 색이 바랜 구름무늬 벽지를 만지며 말했다. 오빠가 주고 간 오동나무 책상과 책꽂이도 마음에 드는 모양이었다.

　"야아, 이 책상 뼈대 있어 보인다."

　"그 뭐냐, 무슨 진품명품인가 하는 티브이 프로에 가지고 나가도 되겠다. 감정가가 한…… 100만 원쯤 나올까?"

　무열도 맞장구쳤다.

　"괜찮으면 헐값에 줄 테니 사 가라. 이거 오동나무야. 습기도 잘 견디고 무지 튼튼해."

　내가 한술 더 뜨자 둘 다 군말 없이 책 정리를 했다. 책이라야 고작 교과서와 자습서, 흔한 필독서뿐이었다. 텅텅 빈 책꽂이를 언제 다 채운담.

　오동나무 책상과 책꽂이는 돌아가신 할아버지가 쓰던 거였는데 그다음 아버지가 물려받았고, 아버지는 중학생이 된 오빠에게 입학 선물로 떠넘겼다. 오빠는 이 책상에서 열심히 고입, 대입, 취직 시험 공부를 했다. 오동나무 책상하고 책꽂이는 어떡할까요. 이사 준비를 하던 오빠가 물었을 때 할머니는 쓸쓸한 눈길을 허공에 두고 대답했다. 그런 고가구야 우리 집이 제격이지, 새 아파트엔 좀 그렇지 않겠냐? 몽주 쓰라고 하면 되겠다. 어차피 네 방 몽주 차지가 됐으니.

　이렇게 오동나무 책상과 책꽂이는 내 것이 되었고, 초등학생 때부터 쓰던 '무늬만 원목' 책상은 주민 센터에서 사 온 5천 원짜리 스티커를 붙여 내다 버렸다.

일층에 잠깐 내려갔다 왔는데 오빠 방, 아니 내 방에 녀석들이 없었다. 교복 윗도리 두 벌이 의자 등받이에 아무렇게나 걸쳐 있었다. 간식 좀 먹이고 본격적인 마술 연습에 들어가려 했더니 어딜 간 거야. 쟁반을 책상에 내려놓을 때 테라스에서 쿵쿵거리는 소리가 들려왔다. 유리창으로 내다보니 두 녀석이 테라스에서 격한 운동을 하고 있었다. 무열은 2회전 줄넘기를, 도현은 앞으로 손 짚고 물구나무서서 돌기를 하는 중이었다. 러닝셔츠는 그새 땀에 젖어 꾹 짜서 말려야 할 지경이었다.

"니들 뭐 해? 기껏 데려왔더니 놀고만 있네. 덥지도 않냐?"

도현이 물구나무 자세에서 바닥으로 착지하다 엉덩방아를 찧었다.

"마술 연습을 위한 워밍업이야. 너, 피아노 배워 봤나? 체르니, 소나타, 피아노 소곡집, 그런 거 치기 전에 아농부터 치잖아. 손가락 유연성 연습."

이 자식은 한 번씩 "피아노 배워 봤지?"가 아니라 "피아노 배워 봤나?" 같은 건방진 말투를 구사해 사람 비위를 상하게 한다.

"마술도 마찬가지야. 마술사는 무엇보다 몸이 유연하고 민첩해야 하거든. 탄탄하고 멋진 몸매도 만들어야 하고. 세계적인 마술사들 중에 뚱보나 비리비리한 사람은 없어."

마술 실력 버금가는 달변은 유전일까. 언젠가 학부모 총회에 왔던 녀석의 엄마는 조용한 타입이었던 것 같은데. 그런데 뭐야, 이건!

"야! 타일이 작살났잖아!"

두 녀석이 워밍업을 한 곳 주변이 깨진 타일들로 엉망이었다.

"원래 조금씩 깨져 있던데……?"

무열이 잘 빚은 메줏덩이 같은 얼굴을 손바닥으로 비비며 기어들어 가는 소리를 했다.

"그래, 조금씩이었지. 근데 봐 봐, 완전 폭격을 당한 것처럼 돼 버렸잖아!"

"미안하다. 집이 낡은 건 알았지만 이 정도인 줄은 몰랐어."

도현이 녀석, 오늘따라 늙은 너구리 새끼처럼 얄밉다.

"나중에 시멘트라도 사다 바를게."

무열이 깨진 타일 한 조각을 주워 들고 말했다. 정성스레 타일을 붙인 테라스에 시멘트라니. 할머니 말씀에 따르면, 이층 테라스는 건축 당시 엄마가 특별히 신경을 쓴 부분이었다. 이 집에 살기 시작한 신혼 때부터 코발트블루 빛 타일을 맨발로 밟고 다니며 재즈나 칸초네를 듣곤 했다는 말은 엄마에게서 직접 들었다. 지금도 엄마는 가끔 이층 테라스에서 석양빛을 받으며 조용히 서 있거나 커피를 마시기도 한다. 더 이상 재즈나 칸초네 음악도 없고, 타일도 코발트블루가 아니라 탁한 청색에 가깝지만.

이미 깨진 타일 어쩌고 하는 도현과 시멘트를 바르겠다는 무열 사이에서 잠시 숨을 골랐다. 여기서 더 화를 낸다면 마술 연습은 하지 못할 수도 있다. 마음이 가벼운 리듬을 탈 때, 판타지를 향한 꿈이 솔솔 피어오를 때가 아니라면 마술은 할 생각도 말아야 한다.

"들어가 연습하자. 방학 첫 모임부터 삐걱거리고 싶지 않으니까."

두 녀석의 입꼬리가 양옆으로 쭉 찢어져 올라갔다.

"미안하다."

"나중에 꼭 시멘트 사다 바를게."

"됐거든."

속에서 열이 확확 나는 걸 참았다. 엄마한테 들키면 어쩌지.

도현은 오늘도 손가락 스트레칭부터 시켰다. 동아리 가입 후 지금까지 다섯 번 모였는데 매번 연습 시간의 절반 이상을 손가락 운동만 했다. 마술사가 되기 위한 첫걸음이라나. 그놈의 첫걸음 길기도 하다.

양손 검지와 중지 사이, 그리고 약지와 새끼손가락 사이를 벌리는 스트레칭은 전보다 조금 나아졌다. 잠들기 전 20분씩 꾸준히 연습한 결과다. 오늘은 난이도가 한 단계 높아졌다. 오른손과 왼손의 모양을 다르게 하기. 오른손은 중지와 약지 사이를 벌리고, 왼손은 검지와 중지 사이 그리고 약지와 새끼손가락 사이를 벌려야 했다. 도현은 그렇게 하여 충분히 스트레칭을 한 후 양손의 모양을 바꾸라고 했다.

"이걸 반복해서 하면 손가락 순발력이 눈에 띄게 좋아질 거야. 몽주, 왼손이 틀렸잖아."

도현이 미간을 잔뜩 좁히고 내 왼손을 주시했다. 중지, 약지, 새끼손가락이 딱 붙어 버린 데다 손목까지 어정쩡하게 뒤틀려 있었다. 양쪽 손의 모양을 바꾸다 망가진 것이다. 도현은 왼손을 바로잡아 주고 우스꽝스럽게 뻗친 내 손가락을 심각하게 내려다보았다.

"가망 없구나, 나."

나는 급격하게 풀이 죽었다.

"아니, 그렇게 유연하지도 둔하지도 않아. 즉, 연습이 지름길이라는 얘기지."

소질이 없다는 말로 들렸다. 혹시 날 뽑은 걸 후회하는 건 아니겠지? 지원자 셋 중에 면접 점수가 뛰어나 나를 선택했다는데, 면접 때 질문은 딱 한 가지였다. 왜 마술을 하려고 하는가. 나는 할머니 생신에 선물로 마술을 보여 드리고 싶어서, 라고 대답했다. 진심이었지만 그보다는 남을 속인다는 것에 대한 호기심이 더 컸다. 다른 두 녀석은 폼 나니까, 마술로 교회 여자애들에게 관심 좀 끌어 볼까 해서, 라고 한 것 같은데 제정신들이었는지 모르겠다.

도현은 두꺼운 책 사이에 끼워진 손수건을 꺼냈다. 한 달 동안이나 옆구리에 끼고 다니는 책은 『파우스트』. 공부는 중간을 밑도는 주제에 개폼은.

"근데 너 오늘 자이한테 좀 짓궂더라."

내가 손가락을 바꾸고 말하자 도현은 빙긋 웃으며 손수건으로 이마를 닦았다.

"재밌잖아."

기가 막혀서. 이런 녀석과는 대화가 안 된다. 『파우스트』씩이나 보면서 가볍게 노는 꼴하고는.

무열은 손가락 스트레칭을 후딱 끝내고 로프 마술을 연습하고 있었다. 로프를 가위로 자르고 매듭짓고 풀고 하면서 잘린 두 가닥을 한 가닥으로 잇는 동작이 꽤 능숙했다. 도현에 비하면 시시한 수준이지만 나보다는 확실히 소질이 있었다. 지켜보고 있던 도현이 한 말씀 했다.

"황무열 많이 늘었다. 근데 마술하는 얼굴이 아니라 어째 수학 시험 보는 얼굴이다? 마술은 손만 가지고 하는 게 아니야. 표정 연기로 포장을 해야 완벽해지지. 특히 로프 마술은 도구가 간단해 관객이 지루해할 수 있거든."

"실수할까 봐 조마조마해 죽겠는데 언제 그런 것까지 신경 써. 실력이 늘고 있다는 것만 해도 감지덕지야. 나, 뭐 하나 봐 줄 게 없는 놈이잖아."

무열의 가장 큰 단점은 자기 비하가 몸에 배었다는 것이다. 공부를 못하는 건 아무런 문제도 되지 않고, 가난한 건 무열의 잘못이 아니고, 특별히 잘난 것도 없지만 특별히 못난 것도 없는데, 녀석은 언제나 필요 이상으로 주눅이 들어 있다.

"이놈은 핑계까지 겸손하단 말야, 재수 없게."

도현이 무열의 등을 손바닥으로 퍽 쳤다.

"좀만 노력해 봐, 새꺄. 하면 언젠간 돼. 나도 첨엔 사후 경직 수준이었으니까."

"알았어."

'처음'이라면 도현이 열네 살 때였을 것이다. 초등학교를 졸업하고 나서 마술을 시작했다고 했으니까. 중3 때 프로 마술사 이은결에게 특별 지도를 받았다는데 그걸 믿어야 할지는 모르겠다.

도현은 가방에서 주머니 하나를 꺼냈다. 얇은 가죽으로 된 마술 도구 주머니였다. 그 속엔 열쇠, 신문지, 컵, 트럼프 카드, 동전, 로프 같은 간단한 도구들이 들어 있었다. 녀석이 꺼낸 것은 트럼프 카드였다. 자신의 주특기인 카드 마술을 연습하려는 거였다.

카드는 도현의 손에서 아코디언처럼 늘어났다 접히기도 하고, 반으로 나뉘어 절도 있게 앞뒤 옆으로 각도를 틀며 분리와 합체를 반복했다. 카드 다루는 솜씨는 언제 봐도 최고다. 특히나 두 손바닥 사이에서 쉰세 장의 카드가 차르륵 떨어지는 워터폴은 화려했다. 관객이 속임수를 잊는 건 아마도 화려한 손놀림 때문일 것이다.

나도 어서 손가락 스트레칭을 끝내고 카드 배니싱을 하고 싶다. 달랑 카드 한 장을 손등으로 숨기는 게 왜 그리 어려운지. 도현은 아무리 간단한 마술이라도 피나는 노력이 뒤따르는 법이라고 했다. 이러다 할머니 생신 축하 공연을 내년으로 미뤄야 하는 건 아닌지 모르겠다.

　방학엔 어딜 가나 초등학생과 중고등학생들로 미어터진다. 학원, 패스트푸드점, 패션가와 쇼핑몰, 편의점, 그리고 피시방까지(가끔 숨기고 싶을 때가 있는데, 아빠는 피시방 사장이다). 그러나 무엇보다 실망스러운 건 도서관에도 아이들이 바글거린다는 사실이다. 불행 중 다행으로, 내가 자주 이용하는 문헌정보실은 열람실보다 이용자들이 훨씬 적다. 퀴퀴한 책 냄새 속에 이런저런 책들을 뒤적이며 '난 너희들과 조금은 다른 짓을 하고 있어.' 하는 우쭐함, 참고서와 엎치락뒤치락하고 있는 열람실의 아이들은 모를 거다. 열공하는 아이들 사이에서 짓눌려 있다가 문헌정보실에 가면 숨이 탁 트인다. 다시 열람실로 가야 한다는 강박증이 몰려온다는 게 문제지만.
　토요일인 오늘은 오전 내내 문헌정보실에서 놀기로 했다. 규모가 크지 않은 구립 도서관엔 인문·사회·자연과학 서적과 정기간행물이 모두 문헌정보실에 보관돼 있다. 그 속에서 내키는 대로 책을 뽑아다 읽고 재미없으면 다른 책을 가져다 보면서 가벼운 기분으로 시간을 보내는 것이다. 주말만큼은 입시 스트레스를 받지 말자는 게 내 방침이다.
　자료실을 여는 시간에 맞춰 도서관에 도착했다. 사서가 문을 열자마자 따라 들어갔다. 주말에 인기 있는 잡지를 먼저 차지하려면 동작이 빨라야 한다. 『좋은 생각』, 『필름2.0』, 『행복이 가득한 집』, 『내셔널 지오그래픽』, 『음악저널』을 한꺼번에 잡지대에서 집어 창가로 갔다.

『내셔널 지오그래픽』을 한 장씩 넘기며 지리학, 고고학, 인류학을 차례로 섭렵하는 데는 30분도 채 걸리지 않았다. 늘 그렇지만 내용을 꼼꼼히 읽기보다는 큰 제목과 작은 제목들을 훑으면서 사진을 중점적으로 보았다. 교과서보다 크기가 작은 글자들을 읽으려면 피곤하다. 다음으로『좋은 생각』과『행복이 가득한 집』사이에서 갈등하다『행복이 가득한 집』을 펼쳤다. '아름다운 정원'과 '알뜰 수납공간 노하우', '블루 서머 홈패션', '인테리어 트렌드 따라잡기'……. 책장을 넘길 때마다, 흠 잡을 데 없이 잘 가꾸어진 집들에서 행복이 담뿍담뿍 묻어 나왔다. 집들은 모두 청결하고, 세련되고, 군더더기는 하나도 없고, 새것 같아 보였다. 여기다 우리 집을 끼워 넣으면 귀신이 사는 집 같겠지?

"이런 데서 살면 참 좋겠다."

깜짝이야. 언제 왔는지 자이가 내 등 뒤에서 잡지를 들여다보고 있었다.

"내 자리도 맡아 놨어?"

습관적으로 책을 넘기며 자이에게 물었다. 자이는 잡지를 빼앗아 휙휙 넘기며 고개를 끄덕거렸다. 방학 다음 날부터 매일 도서관 열람실로 출석해 열공하고 있는 이자이. 보충과 자

24

학 대신 교육방송과 도서관을 택했다며 당당하게 부모님 허락을 받아 낸 모범생다웠다. 성적이 상위권인데도(전체 등수를 상중하로 나눌 때 그렇다는 말이다. 자이는 중간고사 때 반에서 8등을 했고 기말고사 때 6등을 했다) 여름방학 때 마음을 다잡아야 한다나 뭐라나. 공부는 좀 하는 애들만 더 하겠다고 난리다.

"계속 여기 있게?"

자이는 분홍 체크무늬 리넨 커튼이 드리워진 새하얀 주방 창문에서 눈을 떼고 물었다.

"오전에만. 문화적 안목 좀 넓히려고. 배고프면 문자 날려."

"알써. 영양가 있는 정보는 메모 좀 해 줘. 다방면으로 뒤떨어지고 싶지 않으니까."

자이는 킥킥 웃고 뒤돌아 나갔다. 점심때는 도서관의 불어 터진 우동을 먹으면서 문화계 소식을 전해야 하나. 대충 사는 나와 달리 자이는 실속파에다 야무지고 욕심도 많다. 게다가 숨길 수 없는 공주병까지. 이런 얄미운 타입의 아이와 첫 짝꿍이 되어 친구 사이로 발전했으니 아무래도 운명인가 보다. 나처럼 마음이 넓은 사람일수록 편하게 살긴 어렵다니까.

하지만 내가 도서관에서 놀게 된 건 전적으로 이자이 덕이다. 자이는 자신을 예로 들어 가며 나를 설득했다. 공부는 어차피 스스로 하는 거야. 난 도서관에서 공부하고 일요일에 종일 교육방송 강의 들어. 대신 학원비는 내 예금통장에 꼬박꼬박

들어가고 있지. 졸업하면 유럽 여행 떠날 거야. 차츰 설득을 당하던 나는 '유럽 여행'이라는 말에 혹했고 곧이어 영어와 수학학원을 정리했다. 자이와 달리 난 엄마에게 얘기하지는 않았다. 오빠네가 분가해 두 식구의 입이 줄었는데도 엄만 여전히 예민했다. 갱년기 증상인가? 그거, 보기보다 심각하다던데.

잡지 다섯 권을 떼고 나니 정오가 가까웠다. 자이에게서 문자가 없어 서가 사이를 산책하다가 눈에 띄는 책 하나를 골랐다. 『쉽게 배우는 깜짝 카드 마술』. 비교적 상세한 설명에 컬러 사진이 친절하게 곁들여져 도움이 될 것 같았다. 마술 책이 있으리라곤 생각 못했는데, 길 가다 지폐라도 주운 기분이었다. 그 책을 포함해 마술에 관한 책은 총 여섯 권이 꽂혀 있었는데 차례차례 빌려 읽기로 했다.

대출 코너에 있는 두 명의 사서 중 꽁지머리를 한 남자에게로 갔다. 아침에 문헌정보실의 문을 연 남자였다. 단발에 가까운 머리를 언제나 하나로 묶고 다니는 그는 패션 감각이 꽤 있었다. 워싱 처리한 청바지와 까만색 셔츠만 입었는데도 금방 눈에 들어왔다. 도서관 사서라 하기엔 튀는 스타일이랄까. 하지만 얼굴이 터무니없이 평범해 결국엔 아쉽다는 생각을 하며 눈길을 거두었다.

"대출? 반납?"

책을 받아 들며 꽁지머리는 절약형으로 물었다.

"대출요."

크로스로 메고 있던 소지품 가방에서 대출 카드를 꺼냈다.

"여기."

"어?"

꽁지머리가 놀람과 동시에 내 입에선 탄성이 터져 나왔다.

"나이스!"

그렇게 안 되던 카드 배니싱이 꽁지머리 앞에서 매끄럽게 되어 주다니. 대출 카드를 그의 눈앞에 내밀며 순식간에 다시 손등으로 숨기는 데 성공한 것이다. 되면 좋고 아니면 말고 식이었는데, 마술에 입문한 나에겐 그야말로 역사적인 순간이었다. 그 순간에 유일한 관객이 된 꽁지머리. 이거 아무래도 심상치 않은 인연인 것 같다. 남을 완벽히 속였을 때의 짜릿한 쾌감이 지그재그로 내 몸을 휘저었다. 이런 거구나.

"마술하는구나?"

"뭐 조금……."

마술 책을 슬쩍 보고 손등에 붙은 대출 카드를 받으며 꽁지머리는 웃었다. 근데 대놓고 반말이잖아.

꽁지머리는 바코드를 리더기로 찍은 다음 책과 대출 카드를 돌려주었다.

"시원하게 잘생긴 얼굴이네."

무슨 얘긴가 했더니 대출 카드에 있는 내 증명사진을 보고 한 말이었다. 여자에게 '잘생겼다'는 건 욕이야, 칭찬이야? 같은 반 여자애들이 그런 말을 할 땐 괜찮더니, 지금은 비웃음을 당한 것처럼 기분이 상했다.

"마술, 다음에도 종종 보여 줘."

활짝 웃는 입속에서 덧니 하나가 반짝였다. 안 웃는 게 낫겠다.

"가능하다면……."

나는 겸손인지 건방인지 모를 대답을 하고 사물함으로 갔다. 글쎄, 다른 마술을 보여 주는 건 언제나 가능할까.

이층 테라스 타일이 가져온 파장은 생각보다 컸다. 그 파장은 상상과는 다른 양상으로 나타났다. 여름방학이 시작되고 닷새째, 깨진 타일 따위는 내 머릿속에서 깨끗이 사라졌을 때였다.

오락가락하던 장맛비가 쿨하지 못하게 뒤끝을 남기다 마침내 막을 내린 그날 아침, 엄마는 에스프레소 커피 잔을 들고 주방을 나갔다. 진하고 깊은 커피 향이 두부된장찌개 냄새를 제압하며 코끝을 스쳤다.

"어디 가?"

할머니와 식사를 하던 나는 엄마의 뒤통수에 대고 소리쳤다. 엄마가 이층 테라스로 갈 거라는 생각이 스치는 순간 기억난 것이다. 도현과 무열의 워밍업으로 조각조각 깨진 타일! 아, 안 되는데.

"이층에. 앞 접시 놔두고 왜 찌개 냄비에 숟가락을 담가. 식

28

구들끼리지만 에티켓 좀 지켜."

"이층 테라스보다 마당이 더 나을 텐데. 토끼풀도 무성하고. 의자 내다 줄까?"

"아니."

엄마는 내 말을 무시하고 주방을 나갔다.

한 숟가락 남은 밥을 입에다 밀어 넣고 자리에서 일어났다. 핑계를 댈 것도 없이 무조건 잘못했다고 빌어야지.

"몽주야, 좀 이따 이 할미도 커피 한 잔 타 다우."

물로 입가심을 하는데 할머니가 말했다.

"커피믹스로. 물만 끓이면 싸고 맛있게 먹을 수 있는 커피를……."

할머니는 싱크대의 압력 밥솥 옆에 겨우 자리를 차지한 커피 머신을 못마땅하다는 듯 흘겼다. 며칠 전 구입한 커피 머신은 커피에 대해선 아무것도 모르는 내 눈에도 고가로 보였다. 포르투갈제라던가. 생산지나 가격을 굳이 따지지 않더라도 잡다한 물건들과 구식 식기들로 가득한 주방에는 어울리지 않는 게 분명했다. 그만큼 근사하다고나 할까.

"알았어, 할머니."

서둘러 말하고 이층으로 올라갔다. 혹시 커피 잔 들고 사색이 돼 있는 거 아냐?

엄마는 페인트칠이 벗겨져 얼룩덜룩 녹이 슨 테라스 난간에 기대어 있었다. 고만고만하게 낡은 집들이 난간 너머로 내려다보였다. 흐린 하늘 밑에 묵은 먼지를 뒤집어쓴 채 무질서하게 어깨를 맞댄 집들을 보며 무엇을 골똘히 생각하는 걸까. 어깨까지 내려오는 굵은 웨이브 머리와 군살이 거의 없는 몸매, 착 달라붙는 티셔츠에 플레어스커트를 입은 모습이 우아했다. 저런 자태를 가지고 갱년기를 겪는다면 더 고통스러울지도 모른다. 그런데, 깨진 타일은 본 거야, 못 본 거야.

일층으로 그냥 내려갈까 망설이는데 엄마가 획 뒤를 돌아보았다.

"뭐, 할 얘기 있어?"

난간까지 걸어갔으면 분명히 타일 파편들을 밟고 갔을 텐데, 저 무심한 표정은 뭐지? 나는 손가락을 뻗어 깨진 타일들을 가리켰다.

"알고 있어. 며칠 됐잖아."

헉. 알고서도 지금까지 아무 말 없었다니.

"왜 안 물어봤어? 누가 그랬는지."

"누가 그랬든 알면 무슨 소용이야. 어차피 깨질 게 조금 일찍 깨졌을 뿐인데."

"그런가?"

엄마 만세, 하고 싶었지만 자제했다. 이럴 땐 오버하지 말고 그대로 넘어가는 게 수다.

삐걱삐걱. 이층으로 올라오는 나무 계단에서 육중한 몸무게를 견뎌 내는 소리가 들려왔다. 할머니였다. 계단 끝까지 올라온 할머니는 부우— 부우— 진동하는 내 휴대폰을 내밀며 다가왔다.

"몽주 전화 받아라."

"누구지?"

휴대폰을 건네받는 순간 진동이 멈추었다.

"맙소사, 저게 다 뭐야?"

할머니는 양말만 신은 채 테라스로 허둥지둥 뛰어나갔다.

"이게 왜 이리 흉하게 깨졌다니?"

할머니는 엄마와 나를 번갈아 보며 정답을 요구했다. 할머니의 발밑에서 조각난 타일들이 바작바작 소리를 냈다.

"아, 그거, 내가 그랬어, 할머니. 그러니까 뭐냐, 뱃살 좀 빼보려고 운동 좀 하다가 그만……. 2회전 줄넘기랑 앞으로 손짚고 물구나무서서 돌기가 그렇게 격한 운동인 줄 몰랐다니까. 언제 시멘트라도 사다 바를까?"

휴대폰을 확인하며 횡설수설했다. 부재중 전화의 발신인은 아빠였다. 도시락 가져올 때 양말도 가져와라, 뭐 그런 얘기를 하려던 것이겠지. 시간제 알바생 하나가 갑자기 그만두는 바람에 아빠는 사흘째 아침 6시에 출근하고 있다.

할머니는 박살난 타일 위에 할 말을 잃고 서 있었다. 하얗게 질린 얼굴이 금방이라도 쿵 쓰러질 것 같았다. 통 큰 할머니가 이 정도로 충격을 받을 줄 몰랐는데.

"전 언젠가 이렇게 될 줄 알았어요. 타일에 금이 가기 시작한 게 몇 년 전부터였으니까."

에스프레소를 한 모금 들이마시고 엄마가 아무렇지도 않게 말했다.

"아주 남의 집 얘기하듯 하는구나. 그럴 줄 알았다면 식구들한테 조심이라도 시켰어야지. 집이 이 모양이 된 걸 보고 태연하게 그럴 줄 알았다니."

할머니는 비장해 보이기까지 했다. 뭐가 뒤바뀌어도 한참 뒤바뀌었다. 이층 테라스는 엄마의 장소가 아니었던가?

"어머니, 이 집 이제 수명이 다한 거예요. 이사를 갈 때가 된 거죠."

"이사라니? 타일 조금 깨졌다고 이사를 가?"

"타일 얘기를 하는 게 아니라 30년이나 된 낡아 빠진 이층집 얘기를 하는 거예요."

"됐다. 30년 된 구라파식 이층집, 어디가 주저앉기 전엔 나 이사 안 간다."

할머니는 '구라파식'에 강하게 힘을 주어 말했다. 그리고 테라스에서 들어와 발바닥도 털지 않고 계단을 내려갔다. 오래된 나무의 삐걱거리는 소리가 더 크게 들렸다. 이럴 땐 어떻게 해야 하는 거지? 깨진 타일이 '할머니와 엄마의 대결'이라는 파장을 일으킬 줄은 정말 몰랐다.

"엄마, 이층 테라스 좋아하지 않았어? 맨발로 코발트블루빛 타일을 밟으면서 재즈도 듣고 칸초네도 듣고 그랬다며."

깨진 타일들을 와자작와자작 밟고 있는 엄마에게 물었다.

"기억력도 좋구나. 그래, 그럴 때가 있었지."

엄마는 손바닥에 놓인 에스프레소 잔을 내려다보며 말했다.

"하지만 추억은 과거일 뿐이야. 반짝이던 코발트블루 빛 타일이 이렇게 자기 색을 잃고 깨진 것처럼 사람도 변하는 거고."

엄마는 조용히 웃었다.

"그럴 땐 꿈을 꾸면 돼. 현실보다 꿈이 더 가깝게 느껴질 때가 있으니까."

나에게 하는 말이 아니라 엄마 스스로에게 하는 말 같았다. 엄마가 비교적 고상한 편에 속하는 아줌마인 건 사실이지만 지금까지 이런 얘기를 한 적은 없었다.

"나 아빠 닮아서 이해력 없어. 좀 쉽게 말해 봐."

"아빠 도시락 싸 놨으니 빨리 갖다 주기나 해. 너, 학원은 열심히 다니고 있는 거니? 건성으로 왔다 갔다 할 거면 그만둬. 그것도 낭비니까."

엄마는 말을 돌렸다. 어렵긴 하지만 대화다운 대화, 괜찮았는데. 학원이니 성적이니 하는 말에는 뜨끔할 수밖에 없었다. 뚝 떨어진 기말고사 성적을 쉽게 용서받은 지도 얼마 안 되었고, 학원을 안 나간 지는 벌써 석 달째였다.

"열심히 다닐게."

기어들어 가는 소리로 한마디 하는 동안 엄마는 테라스 난

간으로 걸어갔다. 오른손에 든 휴대폰이 부우— 한 번 진동했
다. 아빠에게서 문자 메시지가 도착했다.

- 배고프다. 양말도 한 켤레 부탁.

아빠를 알기 위해선 특별한 상상력이 필요 없다. 남을 괴롭
히는 성격은 아니지만 늘 뻔하고 지루한 아빠. 엄마랑 연애결
혼을 했다는데, 안타깝게도 옛날의 멋진 아빠를 떠올리기는
불가능했다. 피시방 카운터에 앉아 있는 모습을 보면 더더욱.
누구의 죄도 아니라는 건 알지만 그런 생각을 하면 비 오는 날
처량한 뽕짝을 듣는 것처럼 슬퍼진다.
"아빠 양말도 챙겨 줘."
엄마에게 말하고 방으로 들어왔다. 입고 나갈 티셔츠를 고
르다 말고 서랍 깊숙한 곳에서 통장을 꺼냈다. 학원비 석 달 치
가 15만 원씩 세 번 고스란히 저축돼 있는 걸 확인했다. 이 액
수만큼만 공부해. 이러면서 학원비를 나에게 현금 봉투로 갖
다 내게 하는 엄마, 이런 비리를 알면 경악하겠지? 하지만 이
돈은 절대 허투루 쓰지 않기로 결심했으니까 뭐. 졸업 후 유럽
여행을 갈지, 다른 데 쓸지는 그때 가 봐야 알 것 같다.

두 식구가 줄어든 집은 생각보다 썰렁했다. 특히 주말 저녁
은 식사를 한 끼 건너뛰기라도 한 듯 어딘가 허하고 맥이 빠졌

다. 여자들이 티브이 채널권을 가진 드라마 시간대도 맨송맨송하긴 마찬가지였다. 할머니와 새언니의 촌평이 없는 주말 드라마는 따분하고 심심했다. 내용 전개와 등장인물들의 됨됨이를 주거니 받거니 하면 내가 가끔씩 끼어들어 시끌시끌해지기도 했는데.

거실에는 할머니와 나, 아빠와 엄마가 둘러앉아 각자 다른 일을 하고 있었다. 아빠는 소파 뒤로 고개를 완전히 젖힌 채 잠이 들었고, 나는 손가락 스트레칭 중이었다. 할머니와 엄마는 시청률 1위의 드라마를 보고 있었지만 대화는 한마디도 없었다. 엄마는 티브이 화면에 시선을 고정했을 뿐 초점은 먼 곳에 가 있었다.

집안에 불안한 기운이 감돌기 시작한 건 테라스 타일 사건 이후였다. 겉으로 드러나진 않지만 할머니와 엄마 사이에 느껴지는 긴장감은 팽팽했다. 마술 연습을 집에서 하지 말걸 그랬나.

"아범아, 방에 들어가 자라."

할머니가 아빠를 깨웠다. 몇 번을 흔들어도 일어나지 못하던 아빠는 엄마의 "여보!" 하는 소리에 번쩍 눈을 떴다. 할머니의 인상이 금세 찌푸려졌다.

"어, 그래. 윤주는 아직 안 들어왔나?"

튜브처럼 나온 뱃살을 손바닥으로 문지르며 아빠가 말했다. 피시방을 시작하고 나서 지속적으로 늘어난 비곗살이었다. 종일 카운터에 앉아 게임하고, 라면 자주 먹고, 의자에서 절대 안 일어나고……, 피시방 고객들과 거의 비슷한 생활을 해 온 결과였다.

"영어회화반 수강생들이랑 단합 대회 한대요."

엄마가 건조한 목소리로 대답했다.

"학원에서 단합 대회까지 할 게 뭐야. 몽주야, 늬 언니 요즘 주말마다 늦는 거 맞지?"

할머니는 나에게 동의를 구했다.

"엉. 하지만 요즘 사람들, 주말에 집에서 방콕하고 있는 게으름뱅이들에겐 호감 못 느껴. 능력 없어 보이거든."

"그래도 그렇지, 걘 가족한테 너무 무관심해. 누굴 닮아서 그런지."

할머니의 말엔 가시가 있었다. 언니가 누굴 닮았는지는 뻔하니까.

"일요일에 일구네 온다니? 걔들이 집에 없으니 영 허전하구나."

소파에서 일어나는 아빠에게 말했지만 엄마가 듣기를 바라는 말투였다.

"못 온대요. 동창 모임이 있다나 봐요."

아빠 대신 엄마가 높낮이 없이 대답했다.

"그렇게 두 주에 한 번, 한 달에 한 번, 석 달에 한 번으로 줄어들다가 겨우 명절 때나 보게 되는 거 아니겠니? 한번 분가하면 멀어지는 건 시간문제지."

"둘이 새삼 신혼 기분 내고 좋아하는 것 같던데요, 뭐. 걔들, 여유 갖고 분가할 생각으로 이 집에 있었던 거지 대가족을 선호했던 게 아니에요."

어째 맞짱 뜨는 것 같아 듣기가 조마조마했다.

"아니, 저런 안하무인이 있나. 시댁 어른들을 저리 무시해도 되는 거야?"

할머니는 드라마를 보고 역정을 냈지만, 타이밍이 절묘해 분위기가 어색해졌다. 이렇게 아슬아슬한 거 난 좀 감당하기 힘든데. 아빠는 닳고 닳아 반들반들해진 거실 마룻바닥을 거의 미끄러지듯 걸어 안방으로 들어갔다. 난처한 상황은 피하고 보는 아빠였다. 난 어떡할까. 나마저 이층으로 올라가면 최악의 구도가 되겠지? 마술 연습 전에 스트레칭을 하던 내 손가락은 잔뜩 힘이 들어간 채 쿠션을 껴안고 있었다.

"몽주야, 에어컨 좀 꺼라."

할머니가 옆에 두었던 부채를 들고 일어났다. 드라마는 마지막 장면에서 멈추어 있었다. 동그랗게 눈을 뜬 안하무인의 며느리가 곧바로 아웃되고 다음 회 예고편이 방송되었다. 엄마는 티브이와 에어컨을 모두 끄고 주방으로 갔다. 이 밤에 진한 에스프레소라도 내려 마시려는 건가. 어쨌든 이쯤에서 정리가 된 게 다행이었다. 고부간의 빅 매치는 부디 일어나지 않기를.

"할머니, 어깨 주물러 줄까?"

방으로 들어가는 할머니에게 말했다. 할머니의 심기를 풀어 줄 사람이 나 말고 누가 또 있을까. 어릴 때부터 푹 안기곤 했던 푹신한 가슴과 편안히 업히곤 했던 널따란 등을 기억하는 한 난 할머니를 외롭게 하지 않겠다.

"오늘은 일찍 눈 붙여야겠다. 그래도 이 할미 생각해 주는 건 우리 몽주밖에 없구나."

할머니의 웃음은 쓸쓸했다. 마음이 편치 않은 게 분명했다. 오빠네의 이사도 그렇고, 엄마와의 예기치 않은 신경전도 그렇고. 나로 말하자면 오빠 부부의 부재로 인한 허전함보다 커다란 방을 차지한 기쁨이 조금은 더 큰 게 사실이었다. 허전함이야 시간이 지나면 익숙해질 테니까. 하지만 이런 불편한 상태가 지속된다면 큰 방이고 뭐고 가시방석일 뿐이지 뭐. 가정불화를 겪으며 십대를 보내는 거, 끔찍한 일이다.

언니 방은 방금 청소를 끝낸 것처럼 깨끗했다. 너저분한 내 짐을 빼내서인지 공간이 시원스레 넓어져 더욱 쾌적했다. 내 침대와 미니 장이 있던 부분에는 붉은 카펫을 깔고 마호가니 탁자를 놓았다. 벽에 붙은 별자리 그림이 더욱 뚜렷해 보였다. 타로 점을 볼 때 언니는 은하수가 떨어지는 곳의 전갈자리에 머리를 두고 앉는다. 언니의 별자리가 전갈자리인데, 전갈의 심장에 위치한 일등급 별 안타레스가 영감을 불어넣는다나 뭐라나.

언니 방에 들어온 이유는 스카프를 찾기 위해서였다. 다음 모임엔 매듭을 푸는 실크 마술을 연습할 예정이었다. 이제 카드 배니싱은 실패율이 조금 더 줄었고, 카드 배니싱을 이용한 원 카드 매니퓰레이션도 어느 정도 흉내는 낼 수 있었다. 언니에게 안 쓰는 스카프가 분명 있을 텐데, 가져가도 금세 눈치채지는 못하겠지?

옷장의 서랍 세 개를 열어 보고 수납공간의 박스 두 개를 꺼냈다. 양말 박스 밑에 있던 체크무늬 박스에 손수건과 스카프 따위가 담겨 있었다. 딱 보기에 후진 스카프 두 개를 꺼냈다. 노란색과 보라색. 구닥다리 티가 물씬 났다. 박스를 원위치에 넣는데 스프링 노트 하나가 보였다. '꿈꾸는 오리'라는, 다소 유치한 제목을 단 노트는 일기장이었다.

일기는 약 한 달 전부터, 일주일에 한두 번 정도씩 씌어 있었다. 아래층에 청각을 집중하고 겉표지를 넘겼다. '꿈꾸는 오리'의 첫 장을 읽어 본 나는 실소를 터뜨렸다. 꽤나 이지적인 척하는 언니의 일기로서는 차원이 좀 낮다고 해야 하나. 주는 것 없이 얄미운 직장 동료에 대한 험담은 그렇다 치고, 오른쪽 가슴보다 왼쪽 가슴이 작은 것에 대한 불만은 정말 어이가 없었다.

"인생의 고민이 겨우 이 정도였어?"

굉장한 허점을 발견한 것 같은 통쾌함은 썩 즐길 만했다. 그런데 다음 장에선 조금 달랐다. M이라는 남자가 등장한 것이다. 그것도 꽤나 선정적인 문장과 함께.

M과 핑퐁 키스를 했다. 그와 만난 지 1년째 되는 날. 내 입속에 넣은 캔디를 그의 입으로 넘기고, 그의 입속으로 건너간 캔디가 다시 내 입으로 넘어오고…… 이렇게 100번을 했더니 캔디는 다 닳아 없어지고 말았다. 핑퐁 키스는 M과 내가 고안해 낸 놀이인데, 언젠가 티브이 드라마에서 남녀 주인공이 똑같이 하는 걸 보고 얼마나 놀랐는지! (하긴 작가의 상상력이란 게 별거야? 우린 거품 키스, 계단 키스도 이미 오래전에 다 해 보았다.) M은 거의 다 녹은 캔디를 삼키고는 날 안아 주었다.

나도 모르는 새 침이 넘어갔다. 상당히 쇼킹했다. 스물여섯 살에 유치한 키스 좀 했다고 놀랄 일은 아니지만, 내 언니니까. 고고하고 참한 척하는 언니가 사탕이 녹아 없어질 때까지 마우스 투 마우스로 캔디를 넘겨 주는 키스라니. 사탕이 100번이나 입속을 왔다 갔다 했다고? 그러고 나서 M이라는 남자가 안아 주었다……. 그 수위는 어디까지였을까. 얼굴이 화끈화끈 달아올랐다. 그다음 내용은 M과 와인을 마셨고, 11월 탄생석인 토파즈 목걸이를 받았고, 핑퐁 키스를 한 차례 더 했다는 것이었다.

밤 10시 32분. 나는 일기를 하나만 더 읽기로 했다. 언니의 귀가가 걱정되었으나 지금은 M과 있을 확률이 높았다. 영어회화반 단합 대회는 개뿔. 노트를 후룩 넘겨 가장 최근의 일기를 펼쳤다. 흥미진진. 이거, 소설책 저리 가라네. 이틀 전 일기에는 엄마와 아빠 얘기가 씌어 있었다. M에 대한 얘기였으면 했지만 첫 문장이 호기심을 확 당겼다. "엄마와 아빠를 이해할 수 없다."고? 피시방 집 딸이라는 걸 진저리 치도록 싫어하는 언니니 아빠는 그렇다 치고, 엄마는 또 왜일까.

엄마와 아빠를 이해할 수 없다. 정신적인 사랑과 육체적인 사랑, 둘 중에 적어도 한 가지는 성립되어야 부부라고 할 수 있지 않을까? 단언컨대 두 사람에게는 어느 것 한 가지도 없다.

두 사람의 대화는 빈곤하기 짝이 없다. 하루 세 끼 식사를 때우는 것에 관한 얘기를 빼면 화제가 바닥나고, 가끔씩 돈 얘기를 잠깐 잊고 있었다는 듯 꺼낼 뿐이다. 정신적으로 나눌 게 없는 것이다.

그렇다면 육체적인 나눔은? 엄마와 아빠가 하는 말을 엿들으려고 했던 건 아니다. 갈증이 나 물을 마시러 나갔다가 어쩔 수 없이 듣고 말았다. 새벽 1시, 계단 저 밑으로 거실 소파에 엄마가 앉아 커피를 마시고 있었고, 잠옷 바람의 아빠는 소파 뒤에 소변을 지린 아이처럼 어정쩡하게 서 있었다.

아빠 : 우리가 부부 관계야?

엄마 : 그럼, 아닌가요?

아빠 : 관계를 안 하는데 부부 관계라고?

엄마 : 피곤해요. 좀 이따 들어갈 테니 먼저 자요.

아빠 : 도대체 사는 재미가 있어야지.

화가 난 아빠는 긴 한숨을 이끌고 방으로 들어갔다. 에스프레소 잔을 꼭 쥔 엄마는 눈 하나 깜짝하지 않았다. 잠도 오지 않을 텐데 한밤에 에스프레소라니. 하지만 내일이면 말끔한 얼굴을 하고 주방에서 아침을 준비할 것이다. 아무 일도 없었다는 듯.

냉정하게 평가한다면 두 사람 중 아빠가 더 불쌍한 게 사실이다. 지켜 내야 할 모습을 하나도 남기지 못한 채 늙어 버렸으니까. 하지만 한 사람에게 동정표를 던지라면 난 아빠가 아니라 엄마에게 던지겠다. 자아를 의식할 수 있는 사람은 아빠가 아니라 엄마니까.

그때 아래층에서 현관문 열리는 소리가 들렸다. 나는 후다닥 일기장을 덮었다. 일기장을 제자리에 놓고, 그 위에 박스 두 개를 올리고, 옷장 문을 닫고, 불을 끄고, 스카프를 움켜쥔 채 까치발로 내 방에 오기까지는 15초도 걸리지 않았다. 잠시 후 삐걱삐걱 계단 밟는 소리가 나더니 곧이어 탁, 방문 닫히는 소리가 들렸다.

나는 방바닥에 털버덕 주저앉아 가쁜 호흡을 가다듬었다. 불과 20분도 안 되는 사이에 알아 버린 비밀들로 약간 흥분되었다. 언니에게 에로틱한 키스를 나누는 애인이 있다는 것과 아빠 엄마의 관계 없는 부부 관계, 이 정도면 특급에 가까운 비밀이었다. 우리 가족들에게도 비밀이란 게 있었구나.

언니에게 M이라는 애인이 있는 건 그렇다 치고, 아빠와 엄마의 관계에 대해서는 적잖게 마음이 쓰였다. '관계가 없다'는 건 곧 성생활이 없다는 거겠지? '성(性)'에 대해 좀체 관심이 없는 나도 그 정도는 이해할 수 있었다. 부부 생활에 그게 꼭 필요한지는 모르겠지만 한 가지 단어가 떠올라 우울했다. 권태. 시들시들해진 관계라는 거 아닌가. 게다가 정신적인 교감도 거의 제로 상태라……. 난 아무것도 눈치채지 못하고 있었는데. 언니는 역시 나보다 예민했다.

차라리 일기장을 들춰 보지 말걸 그랬나. 복잡해지는 거 난 별로인데. 아니, 일기장은 처음부터 안 본 것으로 해야겠다. 내가 뭘 어찌해 볼 수 있는 일도 아니니까. 부부가 동네 요란하게 싸우고, 별거하고, 이혼하고, 아이들까지 찢어지고 하는 집들이 얼마나 많아. 그에 비하면 우리 집은 평화로운 편이다. 어쨌든 난 단순한 게 좋다.

마루

늦은 밤, 아빠가 슈나우저 한 마리를 데려왔다. 인터넷을 통해 분양받았다는 녀석은 생후 11개월 된 수컷. 주둥이 주변과 눈썹이 유독 하얘 귀티가 났다. 나는 녀석의 갑작스런 출현에 대해 궁금해할 새도 없이 번쩍 안아 올렸다. 녀석은 낯가림도 하지 않고 내 품에서 꼬리를 흔들며 좋아라 애교를 떨었다.

"와, 미치게 예쁘다."

"처음 온 집에서 붙임성이 과한데?"

언니도 순하고 명랑한 슈나우저가 싫지는 않은가 보았다.

"좋으냐?"

아빠가 엄마의 눈치를 살피며 물었다.

"난 분명히 싫다고 했는데."

엄마는 팔짱을 낀 채 눈을 가느다랗게 뜨고 말했다.

"개 한 마리 키우는 거, 애 하나 키우는 거랑 똑같다구요."

"걱정 마라. 내가 키울 거니까."

할머니가 탁구공 받아치듯 나섰다.

"누가 키우느냐가 문제가 아니라 어떻게 키우느냐……."

"남들이 들으면 사자 새끼라도 데려온 줄 알겠다."

할머니는 잘 손질된 슈나우저의 털을 정성스레 매만졌다.

"분양받고 싶어 하는 사람이 또 한 명 있다기에 급하게 결정
했어. 어머니도 원하시고……."

아빠가 엄마에게 우물쭈물 변명했다.

돌아가는 상황을 종합해 보니 대충 이랬다. 할머니가 아빠
에게 강아지를 키우자고 했고, 아빠가 엄마에게 의향을 묻자
엄마는 싫다고 했으나 할머니의 강한 의지 표명에 아빠가 일
을 저질렀다.

"잘했지 뭐냐. 이름은 '이구'라고 지었는데, 나쁘지 않지?"

할머니는 숨기고 싶은 걸 들키기라도 한 어린아이처럼 쑥스
러워했다.

"이구?"

들어 본 이름 같은데……. 어디서 들었더라? 기억력을 가동
하고 있을 때 아빠가 말했다.

"분양주가 그 녀석 이름을 하니라고 하던데요."

"사람도 이름을 바꾸는데 강아지 이름이라고 못 바꿀 게 뭐

냐."

할머니는 '이구'라는 이름을 꼭 써야겠다고 했다.

"이구라면, 일구 오빠 동생이라는 거예요?"

왼손 엄지손톱을 씹고 있던 언니가 생각났다는 듯 말했다. 설마. 모두가 고장 난 전구처럼 눈을 깜박거리는 동안 할머니의 뺨이 붉게 달아올랐다.

"늬들은 일구 없이 적적하지도 않더냐?"

잠시 정적이 흘렀다. 다른 사람은 모르겠고, 나는 오빠가 없어서 적적했는지를 생각해 보았다. 아니 뭐 별로. 이층 테라스쪽 방이 내 방인지 오빠 방인지 헷갈리긴 했어도 적적하지는 않았다. 이틀 정도 아주 조금 허전하기는 했다. 그러곤 큼직한방이 생긴 것에 희희낙락했을 뿐이다. 하지만 솔직하게 그렇다고 말할 순 없었다. 할머니가 실망하는 걸 어떻게 봐.

"마당도 넓은데 밖에서 키워요. 집 안에 개털 날리는 건 좀 곤란해요."

엄마는 절반 양보한 선에서 타협을 보려고 했다.

"슈나우저는 혼자 있음 정신이 몹시 불안정해져서 인간을 그리워한다던데? 그래서 집 안에서 기르는 게 좋다고…… 누가 그랬더라?"

나는 말끝을 흐렸다. 엄마의 매운 눈초리가 날아왔기 때문이다.

"슈나우저, 다른 개들에 비하면 털 별로 안 날려. 영리한 개라 말도 잘 들을 거구. 하지만 누구 한 사람이라도 달가워하지 않는다면 재고해 볼 필요는 있겠네.”

언니의 상황 분석은 상당히 객관적으로 들렸다. 그런데 정작 본인은 어떤 입장이라는 건지. 한 발짝 물러서서 잘난 척하는 것 같아 슬쩍 짜증이 났다.

“이미 데려온 걸 다시 돌려보내서야 되겠니? 짐승이라고 함부로 하는 게 아니지. 혼자 밖에 놔두면 정신이 불안해진다니 이구, 안에서 키우자.”

할머니가 속 시원히 정리했다. 슈나우저를 ‘이구’라고 부름으로써 이제 우리와 한 식구가 되었음을 분명히 하기도 했다. 이럴 줄 알았지, 엄마의 조용한 압박이 할머니에겐 위협이 될 수 없었다.

“그럼 이구는 어머니에게 맡깁니다.”

아빠는 할머니와 엄마를 번갈아 보며 헤헤, 비굴하게 웃었다. 더 이상 부담을 가지고 싶지 않은 게 분명했다. 아빠가 그렇지 뭐. 이구를 싸늘하게 내려다보던 엄마는 말없이 주방으로 퇴장했다.

“언니 생각은 어느 쪽이야?”

나는 이층으로 올라가려는 언니를 향해 참지 못하고 한마디 했다.

“난 아무래도 상관없어.”

역시나 예상했던 대답이었다. 저렇게 온도가 없는 여자에게서 어떻게 핑퐁 키스의 오글거림이 나왔을까.

"그 녀석 진짜 이쁘긴 하다. 보아하니 할머니보다 니가 맡아 기를 것 같은데? 잘해 봐. 할머니, 안녕히 주무세요."

언니는 할 말 다 하고 나무 계단을 올라갔다. 삐걱삐걱 나무 판의 아귀 어긋나는 소리가 들렸다. 할머니는 "오냐." 하고는 이구의 요람을 계단 옆으로 옮겼다. 가지가 앙상한 벤자민 화분 옆에 이구의 자리를 마련하려는 모양이었다. 아빠가 할머 니를 도와 현관에 있던 몇 가지 물건들을 날랐다. 이전 주인에 게 받아 온 사료와 간식, 장난감이 전부였다.

"하니가, 아니 이구가 몸집이 작아 목욕시키긴 편하겠어요."
아빠는 불편한 기류가 사라진 걸 기뻐하는 눈치였다.

"그래. 뭣보다 녀석이 명랑하고 순해서 좋구나."

"성격이 활달한 게 슈나우저의 특징이라네요."

이구는 아빠의 말을 직접 증명해 보였다. 내 팔에서 놓여나 자마자 거실을 종횡무진하며 팔짝팔짝 뛰어오르기도 하고 이 사람 저 사람 발꿈치를 간질이기도 했다.

"정말 사랑스런 녀석이네."

나는 이구를 끌어안고 부비고 간지럼도 태우면서 함께 거실 마룻바닥을 뒹굴었다. 삐그덕. 이구의 겨드랑이를 두 손으로 받쳐 들고 벌러덩 쓰러질 때 불길한 소리가 났다. 소리는 그다 지 크지 않았다. 마룻바닥과 가까운 나에게만 들린 것 같았으 니까. 조심해야지. 이층 테라스 타일이 박살 났던 게 생각나 정신이 바짝 들었다. 할머니와 엄마의 두 번째 매치 따위는 보고 싶지도 않았다.

토요일 구청 앞 공원엔 사람이 거의 없었다. 햇빛이 사정없이 쏟아지는 무더운 날씨였다. 반들반들한 돌 벤치는 뜨겁게 달구어져 있었다. 흠뻑 젖은 아이들이 분수대의 솟구치는 물줄기 사이를 꺅꺅 소리 지르며 뛰어다니다 상가 쪽으로 몰려갔다. 도현과 무열은 나타나지 않았다. 약속 시간이 아직 5분쯤 남았다. 집에서 마술 연습을 하기로 한 날. 외출한 김에 구청 앞에서 만나 같이 들어가기로 했다. 하지만 매직에 빠져들 기분이 영 아니었다. 아빠에게 간 게 잘못이었다. 엄마 몰래 용돈 좀 타 낼까 했던 건데, 못 볼 걸 보고 말았다.

아빠는 '야동'에 푹 빠져 있었다. 기가 차서. 모니터에 거의 얼굴을 갖다 대고 앉아서는 누가 가는지 오는지도 몰랐다. 어린 손님이 카운터 탁자를 두드릴 때서야 몽롱해진 눈을 위로 향했다. 출입문 옆에서 잠깐 야동을 훔쳐보던 나는 얼른 피시방을 나갔다가 잠시 후 "아빠!" 소리치며 안으로 들어갔다. 기겁해 허둥지둥 화면을 내리는 모습이라니. 피시방에서 인생을 망치는 건 어린 손님들뿐만이 아닌가 보다.

"아빠, 용돈 좀 주라. 사야 할 게 많아."

미리 준비해 두었던 말을 꺼냈지만 아빠와 눈을 맞추진 않았다. 거북했다. 화면을 꽉 채우고 있던 살덩어리들이 어른거려 구역질이 나기도 했다. '최소화'로 감추어진 화면, 그 보이지 않는 곳에서는 남녀가 뒤엉켜 헉헉대고 있을 것이다.

"얼마나."

아빠의 자신 없는 말투가 거슬렸다.

"3만 원."

"3만 원 벌려면 아빠가 여기서 엉덩이를 얼마나 붙이고 앉아 있어야 하는지 아냐?"

글쎄……, 야동을 얼마나 보고 있어야 하나. 아빠는 금고에서 2만 원을 꺼내 내 앞에 놓았다. 아무 말 없이 그 돈을 주머니에 찔러 넣었다. 더 이상 말을 하기가 싫었다. 그리 능력이 있다고는 할 수 없지만 아빠에겐 순진한 구석이 많다고 생각했는데. 아주 자그마한 믿음이 오래된 타일 깨지듯 박살 나고 말았다.

한동안 아빠를 똑바로 쳐다보기 힘들 것 같았다. 모르는 게 약인데. 그래도 거금 2만 원을 받아 냈으니 당분간은 도서관에서 오므라이스나 순두부찌개를 먹을 수 있게 되었다. 아빠가 야동을 보지만 않았더라면 만 원짜리 지폐 한 장 타 내기도 힘들었을 텐데. 그렇다면 야동에게 감사를? 천만에. 무지하게 쪽 팔린다.

구청 건너편 커피 전문점 '심포니'엔 엄마가 앉아 있었다. 다른 아줌마 두 명과 함께. 도현과 무열을 기다리며 이곳저곳 무심히 눈길을 던지다 우연히 보게 되었다. 엄마는 정말 멀리서도 눈에 띄었다. 오늘따라 메이크업도 화사하고 복고풍의 물방울무늬 원피스도 잘 어울렸다. 꽃무늬 프릴 블라우스와 메탈이 박힌 반팔 청재킷으로 안간힘을 쓴 다른 아줌마들을 압도하고도 남았다. 나이가 들수록 젊어 보이려 애쓰지 말고 품격을 갖추라는 걸 몸으로 가르치고 있는 것 같았다.

심포니의 창가에 앉아 커피를 마시는 엄마는 집에서와는 사뭇 달라 보였다. 비로소 엄마의 자리를 찾은 느낌이랄까. 갱년기 우울증은커녕 뺨이 발그레한 게 생기가 돌았다. 엄마를 발견하고도 심포니로 들어가 보지 않은 이유는 그 때문이었다. 구라파식 이층집보다 심포니에서 행복해 보이는 엄마. 꿀꿀했다. 아빠는 피시방에서 야동에 취해 있고, 엄마는 심포니에서 커피 향에 취해 있다. 언니가 일기장에 쓴 말이 생각났다. "엄마와 아빠를 이해할 수 없다." 지금 내 심정이 딱 그렇다.

변두리 동네 커피 전문점치고 심포니는 꽤 모던했다. 거친 벽돌로 된 외벽에 까만 창틀의 세로로 긴 유리창이 벽 전체에 이어 붙었고, 유리창 안으로 시원하게 넓은 홀이 들여다보였다. 온갖 커피 기구가 진열된 오픈 키친 안에서는 두 명의 잘생긴 바리스타가 손을 놀리고 있었고, 입구와 가까운 곳엔 거대한 로스팅 기계와 에스프레소 머신 몇 개, 원두가 담긴 커다란 드럼통들이 놓여 있었다. 손님들은 다양한 형태의 스틸 탁자에 앉아 커피를 마시고 있었다. 엄마는 한 모금밖에 안 되는 에스프레소를 오래도록 음미하고 있었다. 완전 티브이 광고 속

한 장면이네.

"무슨 생각하냐?"

"깜짝이야!"

내 어깨를 탁 친 것은 도현이었다.

"오늘같이 더운 날은 약속 시간 좀 지켜."

도현과 무열을 차례로 째리며 뜨끈하게 익은 엉덩이를 돌 벤치에서 뗐다. 무열이 손목시계를 내 눈앞에 갖다 댔다. 시침과 분침이 맨 꼭대기에서 일치돼 있었다. 12시 정각. 아니, 5분 만에 그 많은 생각을 했다는 건가? 땡볕 아래 얼마나 골똘해 있었는지 머리가 지끈거렸다. 이런 상태로 마술 연습을 할 순 없었다. 분수대로 달려가 아이들처럼 물줄기 사이를 뱅뱅 돌고 나왔다. 생각보다 시원했다.

"물에서 나온 펭귄 같다."

도현이 싱글거리며 말했다. 내 몸을 내려다보니 흰색에 까만 옆줄을 댄 티셔츠가 딱 달라붙어 있었다. 위아래 할 것 없이 고르게 도드라진 배가 영락없는 펭귄이었다. 팔다리는 가는데 유독 배에만 지방이 몰린 건 고질적인 콤플렉스다.

"너구리 같은 놈."

주먹으로 도현의 어깨를 치고 집으로 향했다. 도현은 과장되게 엄살을 부리면서 내 뒤를 따라왔다.

"담에 금 갔다."

52

열쇠로 대문을 여는데 무열이 심각하게 말했다. 뭉툭한 손가락이 가리킨 곳에는 세로로 70센티미터쯤 금이 가 있었다.

"저쪽에도 있네?"

도현이 거기서 1미터쯤 떨어진 데를 가리켰다. 좀 더 긴 금이 뚜렷하게 뻗은 게 보였다. 처음 보는 금들은 아니었지만 이렇게 많이 갈라졌나? 금세 눈에 띄는 것 말고도 가느다란 금들이 여기저기 가지를 치고 있었다. 매일 두 번 이상 대문을 들락거리면서도 담벼락이 이렇게 늙어 가는 것도 몰랐다니. 벽돌담은 말기 암 환자처럼 색깔마저 거무죽죽했다. 이러다 집에서 앓는 소리가 들리지나 않을까 모르겠다.

"오래된 집이니까 이상할 것도 없지."

철 대문을 열며 시큰둥하게 대꾸했지만 기분이 썩 좋지 않았다. 덜컹. 청록색 페인트 조각들이 밑으로 부스스 떨어져 내렸다.

"담이 약간 밖으로 기울지 않았냐?"

도현이 고개를 왼쪽 오른쪽으로 번갈아 꺾으며 담의 경사를 살폈다. 담에 집착하는 도현의 목덜미를 잡아 대문 안으로 밀어 넣었다.

"내가 보기에도 좀 기운 것 같은데."

무열은 대문 안으로 발 한 짝을 들여놓고 고개를 외로 꼬았다.

"기울긴 뭐가 기울어."

왈칵 짜증이 일어 두 녀석의 머리카락을 집어 올렸다.

"공부엔 관심 없는 녀석들이 괜한 것에 탐구 정신을 발휘한다니까."

무열은 "아닌가?" 하고 곧 말을 바꿨다.

대문 안으로 들어서며 슬쩍 담을 살폈다. 기운 것 같기도 하고 아닌 것 같기도 했다. 기울었다면 할머니가 큰 타격을 받을 텐데. 옅은 투 톤 컬러 벽돌로 쌓은 담장은 할아버지가 특별히 공들인 부분이라고 한다. 역시 할머니에게서 들은 얘기다. 군데군데 각을 튼 벽돌이 쌍떡잎 모양으로 튀어나왔는데 할아버지의 작품이라고 들었다. 붉은 벽돌 일색의 밋밋한 담벼락뿐이던 당시엔 할아버지의 작품이 꽤나 눈길을 끌었다고 한다. 지금은 오랜 세월 먼지가 껴 투 톤 컬러가 칙칙한 원 컬러로 변해 버렸고, 할아버지의 작품에도 관심을 주는 사람 하나 없다.

"에어컨 틀어 놓고 연습하자."

도현이 현관문을 열며 이마에 번진 땀을 닦았다.

"그럴 생각이었어."

오빠가 에어컨을 떼 가지 않은 건 고마운 일이다. 난 우선 옷부터 갈아입고 머릿속에서 잡다한 생각들을 퇴출시키려고 애썼다. 야동 아빠도, 광고 속 주인공 엄마도, 수명이 다해 가는 집도. 마술은 짜릿한 환상이며 즐거운 쇼니까. 트릭의 세계로 빠져들려면 너저분한 현실은 저쪽으로 밀어 놓아야 한다.

도현과 무열과 나는 수박 반 통을 숟가락으로 알뜰하게 퍼

먹은 후 연습에 들어갔다. '마찻사'의 방학 세 번째 모임. 드디어 실크 마술을 익히는 날이다. 두 번째 모임에서는 카드 배니싱과 원 카드 매니퓰레이션을 집중적으로 연습했다. 실크 마술을 배우고 싶어 하는 나에게 도현은 한 가지라도 제대로 마스터하라고 거만하게 충고했다. 흠집 난 자존심을 추스르며 연습에 몰두한 결과 진전이 있긴 했다. 실수가 눈에 띄게 줄었다. 손가락도 많이 유연해져 무열에게 핑거 플레이가 예쁘다는 칭찬까지 들었다. 역시 뭐든 지독하게 해야 실력이 느는 법이다.

손가락 스트레칭 후, 도현은 실크 마술 시범을 보였다. 빨간 스카프의 한 귀퉁이를 왼손으로 잡아 길게 늘어뜨리자 부드럽게 주름 잡힌 실크 천이 미세하게 떨렸다. 오른손이 한 바퀴 허공을 돌아 스카프를 주욱 훑어 내렸다. 부챗살처럼 펴진 긴 손가락이 춤을 추듯 유연하게 움직였다. 스카프 끝자락이 검지와 중지 사이로 들어가는가 싶더니 순식간에 엄지로 빠져나갔다. 자유자재로 리듬을 타는 손가락들과 그에 휘감기는 빨간 실크 스카프는 에로틱해 보이기까지 했다. 한데 뒤엉키던 두 손이 풀어지며 스카프의 양쪽 끝을 잡음과 동시에 한가운데 도톰한 매듭이 만들어졌다. 도현은 나와 무열을 향해 빙긋 웃더니 스카프에 반동을 주어 탁 잡아당겼다. 매듭이 사라졌다.

"브라보!"

나도 모르게 소리를 질렀다. 빨간색 스카프와 손가락의 화려한 놀이, 이 정도면 예술이었다. 손가락 스트레칭을 왜 열심히 해야 하는지 도현은 확실히 보여 주었다. 마술용 실크에다 여자보다 더 고운 손이 마술의 격을 한층 높여 주었다. 녀석이 마술을 할 때 홀딱 빠져드는 순간을 한두 번 맛본 게 아니다. 정신 차려야지.

"진짜 빠르다."

무열이 혀를 내둘렀다. 매듭 풀기 마술은 무열도 할 줄 알았지만 도현에 비하면 엉성했다.

"마술사에게 있어서 손끝을 재빨리 놀리는 건 중요해. 하지만 그게 전부는 아냐. 마술사는 관객을 속이기에 앞서 관객의 관심을 다른 방향으로 유도해야 하거든. 연출력이 필요한 거지. 그러면 감동이 오게 돼 있어."

도현의 강의에 무열과 나는 "오~" 과장된 감탄사를 날렸다. 곧바로 강의가 이어졌다.

"매듭 풀기는 사실 마술이라고 하기엔 너무 쉬워. 근데 반드시 기억해 둘 게 있어. 아무리 쉬운 마술이라도 자연스럽게 소화하지 못하면 아무에게도 보여 줄 수 없다는 거. 즉, 관객이 앗, 소리를 지르도록 철저히 연습해야 한다는 뜻이야."

결론은 언제나 한 가지였다. 피나는 연습을 해야 한다. 마술에 지름길은 없었다.

"무열인 방법을 아니까 혼자 연습하고, 몽주 넌 스카프 들고 날 따라 해 봐. 동작을 천천히 해 보일 테니까."

도현의 지시에 따라 언니의 노란색 스카프를 손에 들고 마주 섰다.

　"자, 이렇게 스카프를 왼손으로 잡고 길게 내려뜨렸지? 이제 오른손을 갈퀴처럼 편 다음, 엄지와 검지 사이에 스카프를 끼우고 부드럽게 포물선을 그리며 훑어 내리는 거야. 아니, 아니, 너 심각하게 뻣뻣하다. 손가락 스트레칭 매일 하긴 하는 거야?"

　잔소리가 또 시작되었다. 좋게 봐 주려는 순간 오만불손해져 스스로 점수를 깎아 먹는 녀석이다. 하지만 꾹 참고 연습에 충실해야지. 관객이 앗, 까지는 아니더라도 아, 소리는 지르게 하고 싶으니까. 나는 노란 스카프와 내 손가락이 리드미컬하게 춤추길 바라며 녀석의 구박을 참아 냈다. 하지만 리드미컬한 춤은커녕, 내 손가락은 처음 젓가락질을 배우는 어린애의 그것처럼 어설프기만 했다. 급기야 도현은 내 손을 교정해 주겠다며 덥석 손목을 잡았다.

　"처음부터 모양을 잘 잡지 않으면 보기 싫게 굳어 버려."

　녀석은 내 손가락을 하나하나 잡아 가며 강의에 열을 올렸다.

　"다섯 손가락을 부챗살처럼 이러엏게 펴. 그다음 부드럽게 손목을 돌려 엄지와 검지 사이에 스카프를 끼우고 요러엏게 물결을 타듯 훑어 내리란 말야."

　녀석은 내 손을 잡았다 놓았다 구부렸다 폈다 하며 멋대로 주물럭거렸다.

"알았으니 적당히 터치해."

기겁하게 싫은 건 아니었지만 눈을 흘겼다. 그럴 리야 없겠지만 혹시라도 녀석이 딴마음을 품게 되면 내 앞날이 심란해질 테니까. 녀석은 즉시 기분이 슬쩍 나쁘면서도 안심되는 말을 했다.

"여자애 손이 어째 나무토막 같냐."

강도현 승! 녀석이 흑심을 품지 않은 것만으로도 다행스러워하며 손가락을 다시 녀석에게 맡겼다. 남을 속여 먹는 쾌감을 맛보려면 이만한 성가심은 참아 내야 마땅했다.

두 시간쯤 연습했을 때 도현의 휴대폰 벨 소리가 울렸다. 너와 나 지금 여기에 두 손을 마주 잡고 찬란한 아침 햇살에 너의 다짐 새겨 봐……. 어디서 많이 듣던 노랜데……. 아! 생각났다. 월드컵 송 '챔피언'. 이게 언제 노랜데. 이 노래를 휴대폰 벨 소리로 울리고 다니는 녀석은 도현 하나밖에 없을 것이다. 붉은악마 티셔츠 입고 방방 떴던 게 초등학교 1학년 때였나? 그런데 아직까지 이 노래를 곁에 두고 있다니. 휴대폰을 들고 방을 나가는 걸 보니 멋쩍긴 했나 보다.

1분도 안 돼 다시 방으로 들어온 도현에게 장난을 쳤다.

"대~한민국, 짝짝~ 짝짝짝. 휴대폰 벨 소리 좀 바꿀 수 없냐?"

"못 바꿔."

도현은 상한 우유라도 먹은 양 인상을 썼다.

"장난인데 정색할 건 없잖아. 뭐야, 뭔 사연이라도 있는 거야? 아님 방금 걸려 온 전화에 열 받았어?"

"인생이 원치 않는 방향으로 흘러간다 싶어서."

꽤나 거창한 게 도현이 한 말치고는 퍽 진지하게 들렸다. 정말 무슨 일이 있나?

"집에서 마술 하지 말래?"

무열이 넘겨짚었지만 도현은 고개를 저었다.

"엄만 내가 마술을 하는지 알지도 못해. 설사 알았다 해도 하고 싶으면 해라, 할 사람이고. 우리 집 굉장히 진보적인 가정이거든."

자랑이라기보다는 자조에 가까운 말투였다.

"엄마가 전화한 거야?"

낌새가 이상해 내가 물었다.

"응, 오늘 가족회의 해도 되겠냐고. 몽주 통밥 실력 꽤 되네."

도현은 연습을 그만하자고 했다. 싸부의 기가 달린다나 뭐라나.

"가족회의는 무슨 일로? 너 무슨 사고 쳤어?"

호기심을 참지 못하는 나에게 도현은 피식, 바람 빠지는 소리를 들려주었다.

"관심 고맙다. 오늘 연습 정리해도 되지? 한꺼번에 질리도록 하면 쉽게 싫증 나."

도현은 자기 얘기를 피했다. 어울리지 않게 심각하긴. 무열은 연습을 더 하고 싶은 눈치였지만 나는 지구력에 한계를 느끼는 중이었다. 도현이 손가락을 너무 주물러 속이 울렁거리기도 했다.

"무열이 넌 더 연습하고 싶잖아."

스카프를 접으며 빈말을 했다.

"아니 뭐…… 난 두 시간이나 지났는지 몰랐지."

쭈뼛대던 무열은 슬그머니 스카프를 내려놓았다. 너무 해져 구멍이 숭숭 뚫린 촌스런 스카프였다. 제 생각은 접어 두고 무조건 도현의 지시를 따르는 게 못마땅했지만 참견하지 않았다. 빨리 녀석들을 몰아내고 잠시 쉬고 싶었다.

마술 도구를 챙긴 도현과 무열은 일층으로 뛰어 내려갔다. 끼익끼익 끼익끼익, 나무 계단이 처절하게 신음하는 소리가 들렸다. 보나마나 이구를 보고 가려는 거겠지. 연습이 먼저라며 지체 없이 이층으로 올라가라고 명령했던 도현도 끝끝내 이구를 무시할 순 없었을 것이다.

"이렇게 귀여운 슈나이저는 처음 본다."

"나도."

붙임성 좋은 이구와 두 녀석이 거실을 휘젓고 다니며 장난을 쳤다. 하지만 나는 그 천진난만한 모습들을 보며 마냥 웃고만 있을 수 없었다. 마룻바닥에서 심상치 않은 소리가 들리기 시작했던 것이다.

"스톱!"

내 목소리가 얼마나 컸던지 이구까지 짧은 꼬리를 내리고 멈추었다. 나는 천천히 그들 사이로 걸어 들어갔다. 삐그덕 삐그덕. 마룻바닥이 중병 앓는 소리를 냈다. 소리가 가장 심한 부분에서는 몸이 2밀리미터쯤 내려앉는 느낌이 들었다. 오래된 나무 바닥재가 무게를 못 이겨 밑으로 주저앉기 시작한 것이다.

"망했다."

미리 주의를 줘야 했는데, 마루가 약해졌다는 사실을 까맣게 잊고 있었다. 녀석들을 탓할 수도 없었다. 모르고 그랬으니까. 하지만 타일을 깨뜨린 놈들이 또 한 번 일을 저질렀으니 사고뭉치가 아닐 수 없었다.

"마루가 원래 이랬어?"

"이건 좀 심하다. 집이 아무리 오래됐다지만 처음부터 날림이었던 거 아냐?"

차례로 질문을 던지는 녀석들에게 저음으로 말했다.

"제발 좀 가라."

녀석들은 슬금슬금 내 눈치를 보며 까치발로 걸었다. 마룻바닥이 작은 신음 소리를 내더니 곧 잠잠해졌다. 신발을 찾아 신은 두 녀석은 후딱 현관문을 열고 나갔다. 원수가 따로 없어.

할머니가 걱정이었다. 무척 놀라실 텐데. 난 엄마가 어차피 주저앉을 게 주저앉았을 뿐예요, 라는 말만 하지 않기를 바랐다. 우리 집에서 고부간의 갈등은 영원히 보고 싶지 않으니까.

도서관엔 갈까 말까. 야동 아빠로부터 시작해 심포니 엄마, 주저앉은 마루까지, 도서관에서 놀기보다는 침대에 누워 쉬고 싶었다. 자이는 오늘도 열공하고 있을 텐데. 그 애는 학원 강의 실에 앉아 있으면 모든 아이들이 경쟁자로 느껴져 숨이 막힌 다고 했다. 도서관 열람실에서는 3면으로 된 칸막이가 각자 자 기 길을 가면 된다고 말해 주는 것 같아 마음이 편하다나. 컴퓨 터로 만나는 교육방송 강사들은 전자파만 조금 쏘이게 하는 최고의 가정교사라고도 했다. 난 아직 교육방송 가정교사를 만난 적은 없다. 공부를 해야 한다는 생각은 언제나 변함없는 데, 공부하기 싫다는 생각이 훨씬 더 강력하게 나를 지배하는 게 문제다. 하지만 아직 1학년인데 뭐.

"야, 이구! 얌전히 좀 놀자."

난 결국 방학 두 번째 주말 오후를 이구와 보내기로 했다. 내 고함 소리에 기가 죽었던 이구는 살랑살랑 애교를 떨며 다 가왔다. 아침에 할머니가 샴푸를 하여 드라이어로 말린 털에 서는 향긋한 냄새가 났다. 할머니는 오늘 가까운 동물 병원으 로 사료와 간식, 식기 세트를 사러 간다고 했다. 이구가 할머니 를 잘 만난 건지, 할머니가 이구를 잘 만난 건지 모르겠다.

오빠와 새언니가 집에 왔다. 분가 후 두 번째 방문. 오빠는 새 식구가 된 이구에게 흠뻑 빠졌다. '이구'라는 이름의 유래 를 듣고 나서는 자신을 '엉아'라고 부르기도 했다. 할머니는 그런 오빠를 절반은 흐뭇한 눈으로, 나머지 절반은 쓸쓸한 눈으로 바라보았다.

나는 할머니 옆에 앉아 팔과 어깨를 주무르고 과일을 입에 넣어 주며 온갖 서비스를 다 했다. 내려앉은 마룻바닥에 대해 책임 추궁을 하지 않은 걸 깊이 감사하면서……. 그리 될 줄 몰랐다니 어쩌겠니. 미리 자수한 나에게 할머니는 그렇게 말했을 뿐이다. 낙담하여 어둡게 그늘진 얼굴은 똑바로 쳐다보기도 힘들었다. 엄마는 어차피 주저앉을 게 주저앉았을 뿐예요, 라고는 하지 않았다. 무슨 여자애가 조신하질 못해. 그 말은 얕은 한숨과 함께 흘러나왔다.

"일구 씨, 거기 테이프 붙인 데 밟지 않게 조심해."

이구와 장난을 치는 오빠에게 새언니가 말했다. '거기 테이프 붙인 데'란 문제가 생긴 마룻바닥을 말하는 거였다. 노란색 종이테이프로 통행금지 구역을 표시해 놓고 그곳을 피해서 다니자는 의견은 내 머리에서 나왔다. 주방과 거실과 현관을 연결하는 주요 지점이었지만 반대하는 사람은 없었다. 한 번씩 밟아 본 결과 더 이상 밟아 댔다간 완전히 주저앉을 것 같았기 때문이다.

"알았어. 근데 이 녀석 내가 데려가고 싶은데?"

오빠는 철없이 말했다.

"미안하지만 일구 동생 이구는 할머니가 맡아 기르시기로 한걸?"

1인용 소파에 축 늘어진 언니가 처음으로 입을 열고 끼어들었다. 아침에 외출하려다 할머니에게 오빠 온다는 거 모르냐는 소리를 듣고 집에 남은 언니였다. 까칠까칠한 성미에 발끈할 줄 알았던 언니는 잠깐 인상만 찌푸리고 말았다. 웬일이야? 내가 말했더니 수수께끼 같은 소리를 했다. 이런 간섭, 받을 수 없는 때가 올 수도 있거든. 할머니가 일찍 돌아가시기라도 한다는 말인가? 재수 없게. 언니는 전화로 약속 시간을 미루는 듯했다. 하지만 방에서 속삭이는 말 전부를 알아들을 수는 없었다. 상대는 십중팔구 M이겠지.

"할머니가 애완견에 취미를 붙이실 줄은 몰랐는데."

참 눈치도 없는 오빠. '일구 동생 이구'라는 말을 듣고도 저러나.

"일구 넌 개를 키울 게 아니라 아이 낳을 생각을 해야지."

할머니는 조용히 직격탄을 날렸다. 결혼한 지 3년이 넘었는데 오빠네는 아이가 없었다. 각자 그 이유를 상상할 뿐, 집에서 아이 문제가 거론된 적은 없었다. 내 상상은 뭐랄까, 21세기적이었다. 'Double Income No Kids', 이른바 딩크족으로 살자고 약속했는지도 몰랐다. 사회 시간에 처음 그 말을 배웠을 때 나는 오빠 부부를 떠올렸다. 혹시 딩크족 아냐?

"할머니도 참."

오빠는 벌겋게 얼굴을 붉히고 웃었다.

"결혼을 일찍 해서 그렇지, 아직 아이가 급할 때는 아니죠."

쟁반에 커피를 받쳐 들고 온 엄마가 말했다. 커피믹스의 향과는 다른 풍부한 커피 향이 거실에 번졌다.

"우리나라 결혼 평균 연령이 남자는 서른둘, 여자는 스물아홉이에요. 일구가 서른이니 아직 여유를 가져도 될 나이죠."

오빠와 새언니를 위한 지원 사격이었는지, 벌써 할머니가 되고 싶지 않다는 의미의 항변이었는지는 알 수 없었다. 하지만 새언닌 서른셋인데. 연상연하 커플인 걸 엄마는 의도적으로 무시했다.

엄마는 할머니 앞에 커피 잔을 내려놓았다. 할머니의 표정이 살짝 굳었다.

"난 다음부턴 믹스 마실란다."

엄마는 못 들은 척 커피를 돌렸다. 모두가 아메리카노, 엄마만 에스프레소였다. 새언니 옆에 앉은 아빠는 고개를 소파 뒤로 젖히고 혼수상태로 잠들어 있었다. 피시방에선 야동, 집에선 잠. 이런 남자라면 나라도 살갑게 굴긴 힘들 거다.

"타로 점 봐 줄까요?"

소파에서 몸을 일으킨 언니가 새언니에게 말했다. 아빠의 코 고는 소리가 들릴 때마다 눈살을 찌푸리더니 자기 방으로 올라가려는 모양이었다.

"타로요? 오랜만에 재밌겠다. 지금 큰아가씨 방으로 고고씽?"

새언니는 곤란한 상황에서 구제된 듯 반색했다. 언니가 한 모금 남은 커피를 마저 마시고는 고개를 끄덕였다.

 타로 점을 보려면 당연히 언니 방으로 가야 했다. 전갈자리를 뒤에 두고 붉은 카펫에 앉아야 기본자세가 갖춰지니까. 전갈의 심장에 있는 1등급 별 안타레스에게서 오늘은 어떤 영감을 얻으려나.

 언니는 가끔 식구들에게 타로 점을 봐 주었다. 어떤 문제가 있거나 상담이 필요해서라기보다는 실력을 쌓기 위해서다. 마술이 그런 것처럼 타로도 실습을 많이 해야 해석 능력이 길러질 테니까. 좀처럼 속을 내보이지 않는 타입이지만 그 정도는 눈치로 알 수 있었다. 조용한 편이지만 은근히 독립적이고 자기 일에 철저한 언니였다.

 언니는 보라색 실크 탁자보가 덮인 마호가니 탁자에 자줏빛 벨벳 천을 깐 뒤 타로 카드를 펼쳤다. 손바닥을 카드의 맨 위에 올리고 왼쪽에서 오른쪽으로 누르듯 펴 나가는 폼이 그럴싸했다. 그림이 바닥을 향한 채 엎어진 일흔여덟 장의 카드는 벨벳 천 위에서 둥글게 부채꼴을 이루었다.

 "궁금한 게 있으면 얘기해 보세요."

 호흡을 가다듬으며 정신을 집중하던 언니가 말했다. 그 자리에만 앉으면 신비에 싸인 점성술사라도 된 양 야릇한 기운을 뿜어내고는 했다. 조용히 있겠다는 약속을 하고 따라 올라온 나는 입을 꾹 다물고 구경만 했다.

 "내 인생에 아이가 있는지 알고 싶어요."

헉, 딩크족이 아니었구나. 말의 뉘앙스와 진지함으로 보아 아이를 원하지만 생기지 않는 게 분명했다.

"타로 카드로 인생 전체를 보진 못해요. 앞으로 2년까지의 상황만 봐 줄게요."

언니는 질문 내용에 집중해 카드를 열 장 고르라고 했다. 세 사람의 미세한 숨소리만 들리는 가운데 새언니는 카드를 하나하나 뽑았다. 엎어진 카드들 위에서 새하얀 손가락은 어이없을 만큼 신중하게 움직였다.

카드를 한 장 한 장 뒤집어 배열한 언니는 미간을 바짝 좁힌 채 눈동자를 굴렸다.

"언니는 결핍 속에 있어요. 지금으로선 그걸 불임이라고 얘기할 수 있겠죠? 하지만 언니는 그런 슬픔을 지성적으로 수용할 수 있는 사람이에요. 아픔을 체험하는 가운데 나름의 성찰을 할 수 있는 사람. 이제 얼마 안 있어 지금까지의 상황이 정리되고 새로운 변화가 찾아올 거예요. 아마도 아이가 생기지 않을까 싶네요. 하지만 충격적인 방식이 될 수도 있고, 크든 작든 장애와 고통이 따를 수도 있어요."

"아이가 생기는데 충격적인 방식은 또 뭐야?"

나는 입이 근질근질해져 참지 못하고 끼어들었다. 언니는 들은 척도 하지 않고 다시 카드를 향해 눈동자를 굴렸다. 카드의 그림은 해골만 남은 몰골로 말을 타고 있는 귀신, 칼을 들고 슬픈 표정으로 옥좌에 앉은 여왕, 검은색과 흰색 스핑크스를

앞세우고 위풍당당 전차를 타고 가는 남자, 사방으로 기운을
뻗친 태양과 말을 탄 아기 등 다양했다.

"고난도의 퀴즈 같아요. 하지만…… 알겠어요. 아니, 이미
알고 있었던 것 같아요. 확신을 갖지 못했을 뿐이지."

새언니의 말은 언니의 해석보다 더 어려웠다. 고난도의 퀴
즈 같다면서 뭘 알겠다는 건지.

"나중엔 어때요, 해피할 것 같아요?"

새언니의 작고 동글동글한 얼굴엔 반짝반짝 생기가 돌았다.

"네, 태양이 빛나듯 활기가 넘칠 거예요."

"정말요?"

"그렇다니까요. 분명하고 순수하며 기쁜 상태가 올 거예요.
언니를 깊이 이해하는 마음으로 도와줄 사람도 있을 거구요.
그러니까 잠시 닥칠지도 모를 고난은 꿋꿋이 버텨 내야 해요.
그러면 큰 전투에서 이긴 왕처럼 의기양양하게 그 결과를 누
릴 수 있게 돼요."

언니는 이미 했던 얘기를 다른 말로 바꾸어 살을 붙인 후 다
됐다는 듯 팔짱을 꼈다.

"더 궁금한 건 없어요?"

"아뇨, 충분해요. 더 알면 오히려 혼란스러워질 것 같아. 고
마워요, 큰아가씨."

뜬구름 잡는 얘기에 만족스러워 죽겠다는 새언니가 이해되
지 않았다. 아이가 생긴다고 했지, 참. 하지만 충격적인 방식이

될 수도 있고 크든 작든 장애와 고통이 따른다는데 저렇게 좋아할 것까지야. 그렇게도 엄마가 되고 싶은가.

"언니는 지혜와 결단력이 뛰어난 쌍둥이자리니까 현명하게 대처할 수 있을 거예요."

언니는 카드를 섞으며 한마디를 더했다.

"그러니까 확실히 나한테 조카가 생긴다는 거지?"

나는 다그치듯 언니에게 물었다.

"응. 마치 짠, 하고 놀래 주듯이 우리 조카가 나타날 거야. 더 이상은 나도 몰라."

언니는 나를 더 헷갈리게 만들어 놓고 카드를 섞었다. 어쨌든 결론은 좀 우스꽝스럽게 났다. 오빠네 집에 아이가 짠, 하고 나타난다…….

일층으로 내려가기 싫은 언니는 나에게도 타로 점을 봐 주겠다고 선심을 썼다. 어차피 밑져야 본전이고 재미로 보는 것, 나는 심심풀이로 애정 운을 봐 달라고 했다. 새언니는 풋, 웃었지만 언니는 눈을 내리깔고 카드를 정성스레 섞었다.

부채꼴처럼 펴진 타로 카드들 중에서 바깥으로 삐져나온 것들을 열 장 골라 언니에게 주었다. 신중하지 못하다는 듯 언니가 책망하는 눈길을 보냈으나 개의치 않았다. 공들여 고른다고 뭐가 달라? 이래도 저래도 우연일 뿐인데.

뽑은 순서대로 배열한 카드들은 역시 알아먹을 수가 없었다. 컵 그림이 좀 많았고 말을 탄 해골 귀신도 있었다. 새언니도 뽑았던 건데 왠지 으스스해지는 카드였다.

"이 그림은 어째 기분 나쁜데?"

해골을 가리켰더니 언니는 고개를 저었다.

"타로 카드는 그렇게 단순하게 해석하는 게 아니야. 우선, 넌 지금 사랑에 있어 오리무중의 상태야. 누군가 있긴 있는데 그것이 사랑인지 아닌지, 그 사람이 맞는지 틀리는지, 왔다 갔다 하고 있지."

"무슨 소리야? 아무리 생각해도 남자라고 볼 수 있는 인간은 없는데."

나는 기겁하여 소리쳤다. 주변에 남자라니. 연애 감정은 접어 두고, 성별로만 따진다면 너구리 같은 도현, 어떤 면으로든 멋대가리라고는 없는 무열, '마술은 또 언제 보여 줄 거냐?'는 말을 매번 잊어 먹지도 않고 반복하는 도서관 꽁지머리, 이렇게 셋뿐이다. 모두 남자든 여자든 상관없는 존재들이다. 아니 아니, 생각해 보니 꽁지머리는 좀 달랐다. 내가 처음 카드 배니싱에 성공했을 때 유일한 관객이 꽁지머리 아니었던가. 그땐 분명히 특별한 인연일 거라고 생각했는데. 하지만 그 이후로는 새까맣게 잊고 있었다. 혹시 꽁지머리가? 억지로 끼워 맞추자면 그 사람밖에 없는데 그래도 되나 싶었다.

"잘못 해석한 거 아냐?"

해골 카드를 노려보며 말하자 언니가 차갑게 쏘았다.

"그만할까?"

자존심이 상한 게 분명했다. 점쟁이에게 당신 점 틀렸어, 한 셈이니까.

"아니, 계속해 봐. 누군가 있는데 내가 모르고 있을 수도 있지."

"그래, 그 누군가는 지금 네 머릿속에 떠오르는 남자들 중 하나일 거야."

꽁지머리는 아직 내 머릿속에서 사라지지 않았다.

"넌 그에 대한 감정을 제대로 판단할 수 없을 거야. 좀 모호하지. 이럴 땐 직감을 믿어 보는 것도 좋아. 너무 성급하게 굴지는 말고. 앞뒤 살피지 않고 까불다간 풍차를 향해 돌진하는 돈키호테 꼴이 될 수도 있으니까."

뭐가 조금이라도 보이는 게 있어야 풍차를 향해 돌진하든 시궁창으로 빠지든 하지.

"하지만 일이 어떻게 전개되든 나중엔 뭔가 새로운 상황에 직면하게 될 거야. 별 볼 일 없던 관계에 어떤 급반전이 생겨 둘 사이에 불이 붙든지, 아니면 반대로 잘 되어 가다가 갑자기 쇼킹한 사건으로 게임 아웃되든지."

"둘 다 상상이 안 간다. 어쨌든 쇼킹한 사건은 생기지 않았으면 좋겠는데?"

"그런 일이 생겨도 나쁜 일만은 아닐 거야. 긍정적이고 새로운 상황으로 전환하는 기회가 될 수도 있으니까."

"결국은 뜬구름 잡는 얘기라니까. 그러니까 남자 운이 좋다는 거야, 나쁘다는 거야?"

언니는 대꾸도 없이 배열한 카드를 뒤집어엎고 나머지 카드
들과 뒤섞었다.

"상담자와 의뢰인 사이에 신뢰가 없다면 타로는 하나마나
야."

성질머리 하고는.

"그렇다고 상담자가 그 따위로 고객을 비난해서야 되겠어?
나야 사람이 없으니까 피부에 와 닿지 않을 수밖에 없잖아."

"작은아가씨, 잘 생각해 봐요. 전혀 아니라고 여겼던 사람이
바로 그 사람일 수도 있으니까."

"생각해 볼 것도 없어요. 그저 그렇고 그런 녀석들뿐이니
깐."

내가 장담하자 새언니는 킥킥 웃었다. 뜬구름이나 잡으면서
굉장한 타로 마스터나 되는 양 같잖게 구는 언니나, 남은 답답
한데 속없이 웃는 새언니나 모두 마음에 들지 않았다. 차라리
이구나 데리고 놀걸. 원래 같이 살던 식구들인데, 일단 나가고
나니 같이 모이는 게 약간은 부산스러웠다. 그래도 다섯 명보
다는 일곱 명이 더 나았다는 생각이 드는 건 왜일까. 아무래도
나는 엄마 '과'가 아니라 할머니 '과'인가 보다.

꽁지머리에게 카드 마술을 보여 주었다. 도서관 식당에서였
다. 자이와 함께 멜론 맛 아이스바를 빨고 있는데 그가 맞은편

72

으로 식판을 들고 와 앉았다.

"후식? 라면 먹었구나."

꽁지머리는 밑바닥에 국물만 조금 남은 라면 그릇을 보고 말했다. 끄덕끄덕. 자이와 나는 간편히 답했다.

"마술은 또 언제 보여 줄 거냐?"

그 말이 왜 안 나오나 했지.

"똑같은 말을 그렇게 매번 반복할 수 있다니, 보기보다 질기네요."

면박을 주었지만 이상한 생각이 들었다. 꽁지머리, 혹시 나한테 관심 있는 거 아냐? 요즘은 여고생과 사귀는 게 젊은 남자들의 로망이라던데. 언니의 타로 점 여파인지 상상력이 그런 쪽으로 쏠렸다. 그리고 또, 사람 일은 모르는 거니까. 꽁지머리가 나에게 관심이 있다면 그의 여성 취향은 상투적이지 않다고 할 수 있다. 김태희나 손예진 유의 판에 박힌 미모, S라인, 공주병, 기타 등등. 나는 이런 항목들과는 확실히 거리가 먼 아이니까.

"장난으로 그러는 거 아닌데. 네가 손등으로 대출 카드를 숨긴 날, 갑자기 마술이 좋아졌어. 난 내 인생에 중요한 마술이 일어나길 바라는 사람이거든."

쉽게 이해되지는 않았지만 진정성이 느껴지는 말이었다. 인생에 중요한 마술이 일어나길 바란다……고? 그게 뭔데요? 라고 물어보고 싶지는 않았다. 카레 밥을 앞에 두고 이렇게 진지하다면 뭔가 고요히 간직하고 싶어 하는 게 분명했기 때문이다.

"의외로 멋지다."

자이가 귓속말로 속삭였다. 나에게 꽁지머리에 대한 얘기를 몇 번 들은 터라 호기심이 발동한 모양이었다. 나는 손바닥으로 자이의 입을 막고 옆구리를 쿡 찔렀다.

숟가락으로 카레와 밥을 섞던 꽁지머리가 후훗, 웃었다.

"진몽주."

아니, 언제 내 이름까지 외우고 있었지? 목소리가 어찌나 다정한지, 조금 더 매력적인 남자였다면 마음이 완전히 흔들렸을 것이다.

"마술 좀 보여 주라."

나는 반 토막 남은 아이스바를 앞니와 어금니로 지체 없이 깨물어 먹고 보조 가방에서 트럼프 카드를 꺼냈다. 원 카드 매니퓰레이션을 할 참이었다. 스카프 마술은 아직 자신 없었다. 카드 마술은 그래도 웬만큼 연습했으니 시도해 볼 만했다. 자이도 있었지만 내 마술의 관객은 꽁지머리였다. 나는 진정성이 있는 모든 것을 사랑한다.

원 카드 매니퓰레이션은 기대 이상으로 성공적이었다. 실수도 하나 없었고, 갑자기 기예의 신이 내린 듯 손놀림도 재빨랐다. 처음엔 카드 배니싱에서 시작하므로 꽁지머리는 내가 도서관 대출 카드로 해 보였던 것과 똑같은 마술을 하는 줄 알았을 것이다. 하지만 원 카드 매니퓰레이션은 그다음 단계부터가 진짜였다. 손을 뒤집으면서 손등으로 감췄던 카드를 다시 손바닥으로 감추고, 다시 손을 뒤집으면서 손바닥의 카드를 손등으로 감추는 동작을 반복하는 것이다. 검지와 새끼손가락으로 카드의 양쪽 모서리를 지탱하고 오목하게 들어간 부분으로 중지와 약지를 구부려 넣는 동작을 나는 매끄럽게 해냈다. 그리고 0.1초도 주저하지 않고 중지와 약지로 카드 위쪽을 밀어 손바닥 안으로 카드를 잡는 동시에 손을 뒤집어 보였다. 손등에는 당연히 아무것도 없었다.

"어? 카드가 손등에 숨겨진 줄 알았는데?"

"나두."

어리벙벙해하는 꽁지머리와 자이에게 손바닥의 카드를 보여 주었다. 그러고는 놀람이 채 가시기도 전에 트릭의 순서를 거꾸로 하여 카드를 다시 손등으로 숨겼다. 카드가 나타났다가 숨고, 다시 나타났다가 또 숨어 버리고 하는 동안 꽁지머리와 자이는 뻥뻥뻥 정신없이 눈알을 굴렸다.

마술이 끝나자 꽁지머리는 짝, 짝, 짝, 느리지만 힘찬 박수를 보냈다.

"훌륭해."

카드 배니싱 때보다 훨씬 감동이 큰 듯했다. 하지만 내가 받은 감동을 따라올 수는 없었다. 카드가 마치 손에 없는 것처럼 쉬지 않고 반복해 트릭을 쓰면서, 생전 처음 맛보는 쾌감에 온

몸이 찌릿찌릿했으니까. 남을 완벽히 속여 넘긴다는 게 이렇듯 희열을 느끼게 할 줄은 미처 몰랐다. 게으름 피우지 말고 연습해야지. 암튼 꽁지머리 앞에서 번번이 멋지게 마술에 성공하다니, 신기한 일이다. 정말, 이 남자가 내 운명의 남자인가?

열람실은 에어컨으로 적정 온도가 유지돼 쾌적했다. 오전부터 자이 옆에 앉아 공부에 힘썼다. 문헌정보실엔 가지 않았다. 평일만이라도 열심히 공부해야지. 아빠의 피시방 사업이 순탄치 못하다는 얘기에 약간 충격을 받았다. 컴퓨터만 가동하면서 짭짤한 수익을 남기는 줄 알았는데 그게 아닌가 보았다. 설상가상 언니의 갑작스런 도발은 내 단순한 머리에 혼란까지 초래했다.

아빠는 아침 식사 중에 이런 얘길 했다.

"사이버파크에서 요금을 시간당 600원으로 내렸다네? 제 무덤 제가 파는 것도 모르고 가격 경쟁들이야. 며칠 전부터 손님이 뜸한데 우리도 내려야 할지……."

"손익분기점이 시간당 700원이라면서요."

젓가락으로 생선 가시를 발라내던 엄마가 말했다. 아빠의 직장 '피시 존'은 이용료가 시간당 700원이었다. 엄마 말대로라면 손익분기점에 걸려 있는 것이다.

"손님이 사이버파크로 빠져나가는데 어쩌나? 이제 다른 피시방에서도 요금을 내리겠지."

이 정도에서 대화를 끝내야 했는데……. 언니는 난데없이 폭탄을 터뜨렸다.

"아빠, 피시방 그만두면 안 돼요?"

놀란 것은 아빠, 엄마, 나, 셋 모두였다.

"무슨 소리냐?"

아빠는 입안에 들어갔던 숟가락을 빼고 물었다.

"적자가 날 위기라면서요. 안정적인 흑자를 낸다면 모를까, 그닥 내세울 만하지도 못한 사업을 계속할 이유가 없잖아요."

입속의 밥을 씹지도 않고 꿀꺽 삼킨 아빠는 물 한 컵을 단숨에 들이켰다.

"내세울 만하지도 않지만 떳떳하지 못할 것도 없다. 네 대학 등록금 다 거기서 나왔어. 우리 식구 굶지 않고 살고 있고."

"게임 중독 걸린 애들 오면 오는 대로 다 받고, 피시방 폐인들 그냥 놔두면서도 떳떳하다구요?"

너무 심한 거 아닌가. 나도 담배 연기 자욱한 피시방에서 죽치는 초딩, 중딩, 고딩들 보면 착잡할 때가 있긴 하지만 이렇게 칼처럼 찌를 것까지야…….

"그만둬."

엄마가 짧고 단호하게 말했다. 언니는 눈을 내리깔고 새침하게 입을 다물었다. 할머니 따라 약수터에나 갈걸. 이런 분위기는 정말 견디기 힘들다.

"피시방 인수하지 않았으면 나와 우리 가족이 폐인 됐겠지. 사무실에서 펜대만 굴리던 내가 명퇴당하고 뭘 할 수 있었겠니. 난 어떻게든 피시 존에서 내 가족 지킨다. 적어도 몽주 대학 졸업시킬 때까지는."

그 순간만큼 아빠는 더 이상 야동 아빠가 아니었다. 가장으로서의 포스가 느껴진다고나 할까. 마지막 말 두 마디 때문인지 뺨에 찌르르 전류가 흘렀다. 나는 오래전 아빠가 필리핀으로 이민 가는 친구에게 피시방을 인수했을 때 '하필 스타일 구기게 피시방이야.' 생각했던 걸 깊이 반성했다.

오랜만에 열공하는데 도현에게서 문자가 날아왔다.

- 도서관에 있냐? 쉬엄쉬엄하고 자이 가심심해하거든 불러^^;;

좀 괜찮게 봐 주려고 해도 절대 그럴 수가 없는 녀석. 자이에게 문자를 보여 주었더니 얼굴이 순식간에 달아올라 몸을 배배 꼬았다. 뭐야, 애 좋아하고 있잖아.

"이따 도현이 부를까?"

작게 물었더니 기겁하여 고개를 홱홱 내저었다. 내숭은. 너구리 같은 도현이 녀석, 작업 거는 데 나를 이용해 먹는 꼴이 밉살스러웠다. 용감하게 나타나 자이만을 위한 마술을 보여 주면 단번에 넘어갈 것을, 후지게도 고전적인 방법을 쓰는 게 딱했다. 작업의 정석은 다리 놓고 건너는 게 아니라고, 녀석에게 한마디 충고를 해 줘야겠다.

도현이 녀석 때문에 정신이 한번 흐트러지니 집중이 되지 않았다. 자이와 도현이 사귀게 된다면? 하는 생각에서부터 시작한 공상은 새끼에 새끼를 쳐 언니의 일기로까지 이어졌다.

언니와 아빠가 5분 간격으로 출근하고 엄마마저 아련한 향수 냄새를 풍기며 외출한 아침, 나는 언니의 방으로 들어갔다. 양심상 일기장 훔쳐보기를 자제해 왔지만 호기심이 활활 불타올랐다. M과는 어떻게 돼 가고 있을까. 혹시 그에게 느닷없이 차여 히스테리를 일으킨 건 아닐까. 피시방 폐업을 주장하며 언니가 식탁 분위기를 험하게 들쑤시고 나간 뒤끝이라 별별 생각이 다 들었다.

그사이 일기는 딱 하루치가 씌어 있었다. M의 집에 갔었다는 일기 내용은 피시방 폐업 주장과 관련해 언니의 상태를 알려 주기에 충분했다.

M이 수강생들을 집으로 초대해 식탁에서 수업을 했다. 요리를 즐기는 그는 생연어 루이베를 만들어 서빙까지 했다. 에이프런을 두르고 일일이 음식을 덜어 줄 때 그는 특히 내 접시에 신경을 썼다.

나는 요즘 스물여섯 인생의 가장 충만한 한때를 보내고 있다. M이 아니었다면 30년 된 이층집처럼 따분한 나날을 보내고 있겠지. 그는 한옥과 한국인의 정서에 매료돼 1년하고도 넉 달을 이곳에서 지냈다.

M은 우리 가족에 대해 궁금해했다. 네 가족 어떤 사람들이야? 물론 너처럼 매력적이고 품위가 있겠지? 나는 간단히 '착하고 평범한 사람들' 정도로 답했다. 그때 마침 M의 휴대폰이 울려 다행이었다. 언젠가 한국의 피시방에 대해 "too bad"라고 했던 M에게 내 아빠가 피시방 사장이라고 하기는 싫었다. 무엇 하나 숨기지 않고 떠벌리는 몽주와 달리 나는 보이기 싫은 건 절대 보여 줄 마음이 생기질 않는다.

그런데, 문제가 그뿐일까. 인생의 가장 충만한 한때를 맞아 나는 약간의 혼란을 겪고 있다. M을 만나면서부터 내 안에 잠자고 있던 것들이 들고일어나 들썩들썩 춤을 추는 것 같다. 내 마음이 원하는 대로 팔을 뻗고 엉덩이를 흔들고 끝없이 원을 그리며 도는 춤.

답답해지기 시작했다. 모험과 변화를 두려워하는 지극히 평범한 가정, 표준에 가까운 판에 박힌 성장 과정, 개성이고 뭐고 없는 모범적인 학교생활, 지겨워 죽을 것 같은 안정된 직장…… 이런 끔찍한 인생을 조금도 의심하지 않고 미련하게 잘도 걸어왔다는 생각이 든다.

나는 꿈을 꾸기 시작했다. 땅에서 붕 떠서 하늘을 날아가는 꿈을. 기분 좋은 현기증이 느껴진다. 울렁울렁 멀미가 난다. 이 멀미를 이겨 내고 저 높이 하늘을 날며 멋들어지게 춤을 추고 싶다.

M은 곧 캐나다로 돌아간다. 그는 고향에서 2~3년 열심히

목수 일을 해 돈을 번 후 아프리카로 여행을 떠날 계획을 갖고 있다. 함께하고 싶으면 언제든 합류해도 좋다는 그에게 사서 고생이 하고 싶으면 연락을 하겠다고 했다. 흑인 이슬람교도 목수와의 아프리카 여행, 어떨까?

언니의 남자친구 M은 캐나다 인 영어회화 선생이었구나. 이제 우리 집에도 진정한 국제화가 실현되려나. 하지만 흑인, 이슬람교도, 가난한 목수, 이런 항목들은 적잖이 당황스러웠다. 언니의 남성 취향이 이렇게 파격적이었나. 대체로 보수적인 우리 집에선 절대로 먹혀들지 못할 프로필이었다. 언니가 이렇게 헛똑똑이일 줄은 몰랐다. 완벽을 추구하는 척하지만 남자를 고르는 눈은 허술하기 짝이 없었다. 대체 무엇에 넘어간 거지?

자기 멋대로 춤을 추는 것 같다느니, 멀미하면서 하늘을 날고 싶다느니 하는 말들은 당최 알아들을 수 없었다. 일기장에서까지 이렇게 멋을 부리는 인간들은 정말 가증스럽다. 아무일 없이 순탄하게 살아온 게 뭐가 억울하다고 불평불만을 늘어놓는 것도. 버려진 애완견처럼 처절하게 고생을 해 봐야 그런 말이 쏙 들어갈 거다.

암튼 그럭저럭 조용히 지내 왔던 우리 가족이 요즘 들어 가지가지로 삐거덕거리고 있는 것 같아 영 불안하다. 노란색 종이테이프로 통행금지 구역을 표시해 놓은 거실 마루처럼.

"오늘은 공부 열심히 하네?"

"어? 어."

딴생각에 빠졌던 나는 자이의 귓속말에 얼른 볼펜을 고쳐 잡았다. 언어 영역 참고서는 한 페이지도 넘어가지 않았다. 내 팔자에 공부는 무슨 공부.

"나 5시에 깨워 줘. 집에 가게."

말을 하고는 책상에 털버덕 엎드렸다. 머리가 복잡하고 띵할 땐 자는 게 약이다. 자이는 기가 막힌다는 듯 두 눈동자를 깜박거렸다.

"도서관으로 끌어들인 내 체면 좀 생각해 주면 안 되니?"

"자고 나서 생각해 볼게."

나는 자이에게로 향했던 얼굴을 반대편으로 돌렸다. 바로 가까이 있는 에어컨이 가동되기 시작했다. 실내 온도 23도. 잠 자기에 쾌적한 온도다. 잠이 쏟아져 정신이 까무룩 흐려졌다. 아무 때나 잠에 빠져들 수 있는 도서관, 굿이다.

수도 파이프

엄마는 오늘도 심포니에 있었다. 품위가 달리는 아줌마들은 없고, 혼자였다. 엄마가 심포니에 있다는 걸 말해 준 사람은 피시방 낮 시간 알바 오빠였다. 니네 엄마 심포니에 계시더라. 아빠에게 용돈 5천 원을 구걸하러 갔다가 굴욕적인 장면만 목격하고 나오던 길이었다. 엄마는 아빠의 피시방에 어쩌다 잠깐 들를 뿐인데 우아한 자태가 알바 오빠에게 기억되었나 보다. 아빠의 굴욕은 나에게도 굴욕적이었다. 젠장.

이번엔 야동이 아니었다. 피시방에 들어섰을 때 아빠는 의자에서 일어나 있었다. 머리를 들이밀다 만 자라처럼 엉거주춤한 자세였다.

"애새끼들 바퀴벌레처럼 모아 놓고 돈 버시니 좋으세요? 지 엄마가 한 번 붙잡아 가는 걸 봤으면 다음엔 대가리도 들이밀지 못하게 해야지. 안 그래요?"

아빠를 야단치는 아줌마는 콩알만 한 남자아이의 목덜미를 움켜쥐고 있었다.

"백 번 옳으신 말씀입니다. 제가 기억력이 없어 우리 집에 첨 온 앤 줄 알았습니다. 죄송합니다."

그걸 변명이라고 하나. 죽여 줍쇼, 가만있든가 분하면 고소하쇼, 뻔뻔스럽게 나가든가 할 일이지. 아빠는 불난 집에 휘발유를 들이붓고 있었다. 콩알만 한 남자아이는 학원 땡땡이 치고 피시방에서 '서든 어택'이라도 하다가 학원 선생의 전화를 받고 출동한 엄마에게 붙잡힌 게 틀림없었다. 이런 애들이 어디 한둘인가.

나는 빼빼 마른 아줌마가 아빠의 코앞에다 삿대질을 하는 걸 보고 피시방을 나왔다. 그 자리에 뛰어들어 편을 든다면 아빠를 더욱 비참하게 만들 테니까. 기분이 엉망진창이었다.

그런데 엄마는 피시 존에서 어떤 일이 일어나는지도 모르고 심포니에 모델처럼 앉아 있었다. 한 손엔 에스프레소 잔, 또 한 손엔 책을 든 채로 우아하게. 배경 음악만 깔아 준다면 맥심 커피 광고에 나오는 임수정보다 못할 게 없었다. 아빠의 굴욕과 대비해 대략 난감한 구도였다.

내가 엄마였다면 하루 서너 시간만이라도 피시방 일을 도와 인건비를 줄일 텐데. 아빠는 이용료를 시간당 600원으로 내리느니 마느니 하고 있는데 품위만 지키고 있는 엄마가 야속했다. 애시당초 가족들을 피시방 인력으로 쓰지 않겠다고 한 아빠의 선언을 그렇게까지 철저히 존중해야 하는지. 엄마에게서 나는 커피 향은 그래서 더 맡고 싶지 않을 때가 있다. 그런데 언니가 일기장에 쓴 말은 무슨 뜻일까. 엄마가 이층 테라스 너머 어딘가를 응시하는 것 같다던가 뭐라던가.

오늘 아침 또 언니의 일기를 훔쳐봤다. 이제 양심은 가출한 지 오래여서 떨리지도 않았다. 이틀 만에 꺼낸 일기장엔 바로 하루 전 일기가 씌어 있었다. 흑인 이슬람교도 애인 M에 대한 얘기가 궁금했는데 엄마 얘기가 기다리고 있었다. 일기만 아니었어도 심포니에는 오지 않았을 것이다.

엄마에게선 커피 향이 난다. 그냥 커피 향이 아니라 깊이 심취한 사람에게서만 날 수 있는 커피 향이다. 이 집과는 결코 어울리지 않는. 그것은 포르투갈제 커피 머신이 이 집 주방과 절대 어울리지 않는 것과 비슷하다. 어쩌다 보게 되는 엄마의 시선은 이층 테라스 너머 어딘가를 응시하고 있는 것 같다.

지난주 토요일, 심포니에 있던 엄마는 마치 처음부터 그곳에 있었던 듯 자연스러워 보였다. 내가 스무 살이 된 이후 엄마가 가장 생기 있어 보이는 순간이기도 했다. 그리고 누구도 따라올 수 없는 타고난 단아함. 같이 있던 다른 아줌마들은 들러리도 되지 못했다.

커피를 가져다준 아저씨는 한눈에도 젠틀해 보였다. 구불구불 흐트러진 파마머리와 잘 다림질된 흰색 와이셔츠가 큰 키와 어울렸다. 한 사람 한 사람 주문대로 커피를 놓아 주는 것 같았으나 엄마에게 좀 더 신경을 쓴다는 걸 알 수 있었다. 엄마는 집에서 절대로 보여 주지 않는 화사한 웃음을 아저씨에게 지어 보였다. 아빠의 피시방을 지나치기 싫어 길을 빙 둘러 가다 우연히 보게 된 엄마의 모습이었다. 엄마는 분명히 꿈을 꾸고 있었다.

"엄마의 시선이 이층 테라스 너머 어딘가를 응시하고 있다."는 말과 "엄마는 분명히 꿈을 꾸고 있었다."는 말은 같은 의미일까. 그럴지도 몰랐다. 테라스 타일 사건이 있었을 때 엄마는 이렇게 말했다. '추억은 과거일 뿐이야. 반짝이던 코발트블루빛 타일이 이렇게 자기 색을 잃고 깨진 것처럼 사람도 변하는 거고. 그럴 땐 꿈을 꾸면 돼. 현실보다 꿈이 더 가깝게 느껴질 때가 있으니까.' 난 독백과도 같던 엄마의 말을 이해 못했는데, 언니는 그 말을 듣지 못해도 엄마가 자연스럽게 이해되나 보다. 그렇게 뛰어난 이해력을 가지고 정작 자기 자신은 똑바로 들여다보질 못하다니 정말 헛똑똑이가 따로 없다.

엄마는 거의 매일 심포니를 찾는 것 같았다. 도서관에서 돌아왔을 때 맨얼굴이 아닌 엄마에게서 볶은 커피 향이 날 때가 많았다. 여름을 맞아 입구를 작은 야생화 화분들로 장식한 심 포니, 커피 값은 얼마나 할까.

심포니의 유리문을 열고 들어섰다. 머리가 생각하기도 전에 몸이 먼저 들어갔기 때문에 엄마와 눈이 마주쳤을 때는 내가 먼저 놀랐다.

"어? 엄마……."

"너, 여기 웬일이니? 학원 안 갔어?"

엄마는 손에 들고 있던 책을 테이블에 떨어뜨렸다. 당황할 만도 하지. 가족 중 하나가 이 그윽하기 그지없는 공간에 나타 날 줄은 몰랐을 테니까.

"학원 끝난 시간이잖아. 오늘은 도서관에 들르지 않았을 뿐 이야."

나는 알리바이에 모순이 있나 없나 머릿속으로 계산하며 가 방을 추슬렀다. 도서관에 갔다가 아빠에게 용돈을 타 내려고 조금 일찍 나왔는데 거의 학원 끝마칠 시간과 엇비슷했다.

"여긴 무슨 볼일로……. 너 이쪽으로 다니지 않잖아."

"어, 오다가 알바 오빠 만났는데 엄말 봤다고 해서."

엄마는 인상을 찌푸렸다. 자기도 모른 채 누군가에게 들킨 게 불쾌한 모양이었다.

"좀 앉아도 돼?"

대답도 듣기 전에 엄마 앞에 앉았다.

"막내 따님이십니까?"

이건 또 뭐야. 애프터쉐이브 냄새와 함께 나타난 남자는 언니의 일기 속에 등장했던 아저씨 같았다. 자연스럽게 흐트러진 파마머리와 잘 다림질된 흰색 와이셔츠, 큰 키. 흐트러진 파마머리는 베토벤 머리와 흡사했다. 나이는 감을 잡을 수 없었으나 엄마보다 젊어 보이는 건 분명했다. 그런데 그냥 따님도 아니고 막내 따님이라. 이렇게 말할 정도면 엄마와 꽤 친한 사이라는 건데.

"아, 네. 지나가던 길에 절 봤나 봐요."

엄마는 딱할 만큼 얼굴이 붉어졌다. 이거 점점 흥미로워지는걸.

"커피, 마시나?"

베토벤은 눈웃음을 띤 채 나를 내려다보며 물었다. 맑고 선량해 보이는 눈빛. 호감과 거부감이 교차했다.

"네, 아니, 뭐, 가끔씩."

내 입에서는 대답이 조잡하게 흘러나왔다.

"아직 커피에 익숙지 않은 소녀를 위해 부드러운 커피 한 잔 만들어 봐야겠습니다."

베토벤은 엄마에게 부드러운 웃음을 남기고 갔다.

"이 집 주인아저씨야. 요즘 저 아저씨한테 커피 만드는 거 배우고 있거든."

엄마는 별일 아니라는 듯 건조하게 말했다. 붉어졌던 얼굴은 다시 원래 색깔로 돌아와 있었다.

"혼자?"

"아니, 다른 아줌마들이랑."

"커피 전문점 하려고?"

"글쎄, 창업 자금이 없잖니."

"근데 뭐하러 배워?"

"요즘은 취미 생활도 전문가 수준으로 하는 시대야."

"아빠한텐 말했어?"

"질문 그만하면 안 되겠니?"

엄마는 조용히 짜증을 냈다. 민감하게 반응하는 걸 보니 아빠에게는 말하지 않았네, 뭐.

잠시 후 베토벤은 작품을 만들어 왔다. 새털구름 모양의 생크림 위에 코코아 가루를 흩뿌리고 그 위에 작고 납작한 허브 잎 하나를 올린 커피였다.

"화이트 초코 모카, 맛이 괜찮을 거야."

베토벤이 손바닥을 앞으로 내밀며 먹어 보라는 제스처를 하기가 무섭게 흰 머그잔을 입으로 가져갔다. 솔직히 말해 이런 커피를 먹어 보는 게 처음이었다.

"어때, 혀끝부터 즐거워지지?"

입꼬리의 생크림을 핥아먹는 나에게 베토벤이 말했다. 끄덕끄덕. 혀끝이 즐거운 것까지는 모르겠지만 맛이 기가 막히긴 했다. 따뜻하고 달콤하며 풍부하고 가벼웠다.

"집에서도 한번 만들어 주세요. 간단하니까."

베토벤은 엄마에게 레시피를 설명했다.

"먼저 우유를 데우고, 그 안에 쪼꼬렛을 잘게 잘라 녹여요. 그다음 커피 가루를 넣어서 잘 섞습니다. 그러고 나서 위에다 생크림을 예쁘게 짜 얹고 코코아 가루를 살짝 뿌리면 끝이에요."

"무심한 엄마가 만들어 주는 화이트 초코 모카가 이만큼 맛있을까요?"

엄마는 마치 광고 속 주인공처럼 말했다.

"절대 무심한 엄마일 것 같지 않은데요. 커피에 대한 감각이 주란 씨 정도면 충분히 맛있을 겁니다."

뭐? 주란 씨? 기분을 확 잡치게 하는 호칭이었다. 아니, 오주란 씨도 아니고 주란 씨라니. 딸까지 앉아 있는데 무례했다. 언니는 뭐? 한눈에도 젠틀해 보였다고? 첫인상은 젠틀한데 아무래도 가짜인 듯싶었다. 그리고 촌스럽게 쪼꼬렛이 뭐야, 쪼꼬렛이.

"저, 엄마한테 할 말이 있는데요."

나는 두 사람의 웃음을 자르고 말했다. 베토벤을 무안하게 만들고 싶었으나 그는 비위도 좋게 내 어깨를 톡톡 두드리고 자리를 떴다. 재수 없어.

"괜히 심술부리지 말고 그거나 마셔."

엄마는 한마디 하고 독서를 시작했다. 말할까 말까. 피시방에서 본 일을 그대로 엄마에게 전하고 싶었다. 피시 존의 현실을 모르고 심포니에서 꿈만 꾸고 있는 엄마를 비난하고 싶기도 했다. 하지만 나는 입을 열지 않았다. 화이트 초코 모카가 너무 달콤해서만은 아니었다. 엄마의 꿈을 깨뜨리면 큰 혼란을 초래할 것 같은 불안감 때문이었다. 그 불안감의 근원이 무엇인지는 나도 알 수 없었다.

화이트 초코 모카는 더 이상 달콤하지 않았다.

"나 이제부터 강도현이 아니라 김도현이 될지도 몰라."

"뭐?"

오렌지 주스를 마시고 있던 무열과 나는 도현의 말을 알아듣지 못했다. 두 시간 동안의 마술 연습으로 둘 다 녹초가 되어 있었다.

"이 싸부가 이제 강씨가 아니라 김씨가 될지도 모른다니까."

무열과 내 입에서 "왜?"라는 말이 동시에 튀어나왔다.

"엄마 성을 따라야 하나 고민 중이야."

"왜?"

무열은 또 한 번 "왜?"를 외쳤다.

"엄마 아빠 이혼한 지 9년 됐는데, 아빠가 작년에 다른 여자랑 결혼했거든. 엄마 말이, 이제 내가 아빠가 아닌 엄마의 아들이란 걸 분명히 해야겠대."

"너희 부모님, 이혼했어?"

나는 긴급 속보라도 들은 것처럼 놀라서 물었다. 한 학기가 지나도록 몰랐던 일이다.

"어. 굳이 밝힐 필요가 없어서 니들한테는 얘기 안 했어. 월드컵 때였으니까 벌써 옛날 얘기잖아. 세 식구가 아무렇지도 않게 독일전을 보면서 목이 쉬어라 응원하고 난리를 쳤는데 그다음 날 말해 주더라고. 아빠와 엄만 마음이 안 맞아 따로 살게 되었다나. 마지막으로 터키전을 보고 아빤 집을 나갔지. 한국이 터키한테 펠레 스코어로 졌을 때 나 막 울었다는 거 아냐."

도현의 큭큭 웃는 소리가 껵껵 우는 소리로 들렸다. 한국이 터키에 져서 운 게 아니라 아빠와 마지막 시간을 보내는 게 슬펐겠지. 그땐 녀석이 여덟 살밖에 안 된 아이였으니까. 나에겐 2002년 월드컵이 또렷하지 않은데 도현인 하나하나 생생히 기억하는 것 같았다.

"너, 그래서 그 옛날 월드컵 송을 휴대폰 벨소리로……."

"눈치 빠르네. 쪽팔린다."

알고 보니 정말 불쌍한 놈이었네. 녀석의 붉어진 뺨을 쓰다듬어 주고 싶은 충동이 잠깐 일었으나 참았다. 요즘 이런 고난쯤은 흔한 얘기가 되어 버렸는데 뭘.

"근데 성까지 바꿔야 하는 건가?"

무열이 멀뚱멀뚱 듣고 있다가 납득할 수 없다는 듯 말했다.

"나도 처음엔 짜증 지대였지. 엄마와 달리 난 아빠를 좋아했으니까. 성을 바꾼다 어쩐다 하는 게 귀찮기만 하더라고."

92

"어쨌든 지금은 성을 바꾸게 됐다는 거 아냐."

성질 급한 나는 과정이야 어쨌든 강도현이 김도현으로 바뀔지도 모른다는 사실이 중요했다.

"응, 아직 동의하진 않았지만 심각하게 고려하고 있어. 엄마가 원하니까. 그리고 아빠가 다른 여자와 재혼하고선 갑자기 멀어진 것 같긴 하더라고. 좀 있으면 아이도 태어날 거고. 난 이복동생은 필요 없거든."

능글맞은 너구리 같던 녀석이 갑자기 안돼 보였다. 좀 잘해 줄 걸 그랬나?

"그 측은해하는 눈빛들은 뭐냐? 큰일이라도 났어?"

도현은 아무렇지 않은 척했지만 쓸쓸한 표정만은 어쩔 수 없었다.

"엄마 아빠 인생은 그분들 거고, 난 상관없어. 뭐 어때? 난 그냥 내 인생을 살면 되는데."

도현은 빨간 스펀지 볼 하나를 왼손과 오른손으로 번갈아 바꿔 쥐더니 두 손을 마주 모으고는 나비처럼 펼쳤다. 스펀지 볼은 감쪽같이 사라지고 없었다. 녀석은 귀 뒤에서 스펀지 볼을 꺼내더니 순식간에 두 개로 만들었다. 손동작이 빨라 넋이 빠질 지경이었다.

"내 인생은 바로 이거야. 마아술."

녀석은 다시 장난기 많은 너구리가 되어 끼끼 웃었다.

"내 손끝에서 생각지 못한 일들이 벌어진다는 건 정말 근사해. 최고라구. 빌어먹을 인생이 날 허접하게 속이는 것과는 차원이 다르지."

스펀지 볼 두 개는 다시 커다란 스펀지 볼 하나로 바뀌어 있었다.

오늘 도현은 좀 달라 보였다. 이혼 가정의 자식이라는 걸 알아서가 아니었다. 녀석이 왜 마술을 하게 되었는지, 어렴풋 알 것 같았기 때문이다.

"짜식, 마술을 재미로 하는 게 아니었구나. 난 색다른 이벤트 좀 해 볼까, 그딴 생각뿐이었는데."

"재미로 찾은 게 마술이라면 제대로 찾은 거지. 진몽주가 그런 재미를 위해 훌륭한 싸부를 만난 건 행운이고."

도현은 느끼하게 나를 들여다보며 웃었다.

"아, 몽주 넌 할머니 생신 때 마술을 보여 드리고 싶다고 했지."

무열이 잊고 있었다는 듯 말했다.

"그건 지금도 마찬가지야. 내 최초의 기억에 대한 사랑이랄까. 시각과 촉각과 후각으로 처음 이 딱딱한 머릿속에 각인되었던 게 할머니의 넓은 등판이었거든. 네 살 때였던가, 다섯 살 때였던가. 할머니 등에 업혀 있던 장면이 생각나. 이 집 마당이었는데, 초록색 잔디에서 커다란 애들이 뛰어놀고 있었어. 오빠랑 언니였을 거야. 사각 빤스만 걸친 오빠가 잠자리채로 나빈지 잠자린지 잡는다고 설쳐 대고, 뽀샤시한 언니는 하늘색

94

원피스 자락을 팔락이며 오빠 뒤를 쫓아다녔어. 할머니가 얼마나 크게 웃던지 지진이 일어나는 것 같더라. 하지만 그 느낌이 왠지 편안했어. 그리고 지금까지 쭈욱 할머니는 나의 쉼터가 돼 주셨지."

"아름다운 가족 영화의 한 컷이네. 헌데 몽주의 그때 그 서정은 어디로 사라졌을까."

도현이 초를 쳤으나 구박하진 않았다. 녀석의 상처를 엿본 날이니까. 나에게도 언젠가는 인생의 깊은 상처가 새겨질 날이 있겠지. 어쩐지 그날이 곧 올 것만 같아 불안하다.

연습을 끝낸 뒤 두 녀석을 몰고 밖으로 나왔다. 마당에서 할머니가 수도꼭지를 틀었다 잠갔다 하고 있었다. 치맛자락이 다 젖어 밑으로 축 늘어졌다.

"할머니, 이뿐 할머니 만나러 안 가?"

"이뿐 할머니고 뭐고, 수도에서 녹물이 나오니 어쩌냐."

할머니에게 다가가 고무호스를 받아 들었다. 수도꼭지에 끼워진 고무호스에선 불그스름한 물이 찔찔 흘러나오고 있었다.

"진짜 빨갛다."

"이거 지하수야?"

무열과 도현이 녹물을 손에 받아서는 대단한 발견이라도 한 양 소리쳤다.

"어, 나무랑 잔디에 물 주려고 판 거야. 옛날엔 우리 마당이 푸른 잔디로 뒤덮인 시크릿 가든이었거든."

"아…… 상상이 안 가네."

도현이 녀석은 다시 밉상이 되어 중얼거렸다.

할머니는 마당에 흥건한 녹물을 내려다보며 거의 울 듯이 말했다.

"전엔 이렇게 뻘겋진 않았어. 장마 때 한 달 넘게 안 틀었더니 그새 녹이 번진 모양이다."

"먹는 물 아닌데 어때."

이렇게 말했지만 붉은 녹물은 어쩐지 께름칙해 보였다.

"나무가 먹어야 하잖아. 사람만 깨끗한 걸 좋아하겠니."

할머니는 나무 걱정을 했지만 그보다는 마당의 수도관조차 늙은 티를 내는 게 싫은 거였다.

"할머니, 순수 소녀세요."

"하하, 맞아."

넉살 좋은 도현이 할머니의 비위를 맞추고 무열이 맞장구를 쳤다.

"그러냐? 내가 나이는 먹었어도 소녀 적 감성은 죽지 않았지."

가까스로 웃음을 찾은 할머니에게 두 녀석은 꾸벅 인사를 했다.

"또 오겠습니다."

"다음엔 저희가 맑은 수돗물을 받아다 나무들에게 먹일게요."

아주 드물게 귀여울 때가 있는 녀석들. 특별히 문밖까지 배웅해 주기로 하고 따라 나갔다. 그런데 괜히 따라나섰나? 담에 대한 두 녀석의 집착이 도졌다.

"담이 확실히 바깥으로 기울었어."

"음…… 맞아, 확실히 그래."

도현이 내 머리를 두 손으로 잡아다 벽에 붙였다.

"한번 봐 봐."

"니들 담에 편집증 있어? 뭐가 어떻다고."

도현의 손을 뿌리치고 담의 경사를 살폈다. 한쪽 눈을 감고 노려보니 약간 바깥으로 기운 것 같긴 했다. 집은 이곳저곳 삐거덕거리고, 마당에선 녹물이 나오고, 담은 기울고……. 다음은 뭐지?

"난 잘 모르겠구만, 할 일들도 없어."

겁이 났지만 애써 외면하고 담에서 머리를 뗐다.

"5도는 기울었는데."

"내 눈에도 그렇게 보여."

담벼락에 달라붙은 두 녀석의 엉덩이를 걷어찼다.

"그런 자세로 공부하면 서울대도 가겠다."

녀석들은 내 발길질을 피해 도망가면서 소리쳤다.

"난 마술사가 될 거라니까!"

"난 서울대 안 가!"

문을 쾅 닫고 안으로 들어왔다. 청록색 페인트 조각이 우수

수 떨어져 내렸다. 정말, 이사 갈 때가 됐나?

할머니는 역기의 고정 벤치에 앉아 있었다. 녹물에 젖은 치마를 두 손으로 부여잡고 30년 된 구라파식 이층집을 바라보고 있었다. 이 낡고 퇴색한 집이 할머니는 그렇게도 좋은가. 나는 옆에 앉아 할머니 팔에 내 팔을 끼웠다.

"니들 할아버지가 있을 땐 관리를 잘했는데……. 사람이나 집이나 사랑을 받아야 망가지지 않는 게야."

"그래도 할머니, 사는 데 아무 문제 없잖아."

어떻게든 할머니를 위로하고 싶었지만 궁색하기만 했다.

"우리 몽주가 이 사진을 본 적이 있던가?"

할머니는 치마 주머니에서 사진 한 장을 꺼냈다. 언젠가 본 것 같기도 하고 아닌 것 같기도 한 가족사진이었다.

"이거 우리 집이야?"

사진 속의 집은 『행복이 가득한 집』에서 본 전원주택들 못지않았다. 새하얀 이층집에 파란 기와를 얹은 뾰족 지붕과 널찍한 이층 테라스, 초록 잔디가 깔린 아담한 정원, 키 작은 나무들. 이 그림 같은 집을 배경으로 한 가족이 웃고 있었다. 할아버지와 할머니가 의자에 앉고 다른 가족은 주위로 빙 둘러서서. 내가 다섯 살 때 돌아가신 할아버지는 카우보이모자로 멋을 낸 모습이었다. 할머니의 무릎에 앉은 아기는 사과 머리에 공갈 젖꼭지를 물고 있었다. 할머니 옆의 비쩍 마른 소년과 어린 소녀는 '찍사'의 지도가 있었는지 완전한 차려 자세였다.

『행복이 가득한 집』에서 본 연출 사진의 인위적인 가족들보다 몇 배는 행복해 보이는 모습이었다. 이럴 때가 있었나. 이 가족 사진처럼 평화로운 시절이 분명히 있었을 텐데 불행히도 기억은 희미했다.

"이 아기, 나구나."

나는 사진 속의 공갈 젖꼭지를 가리켰다.

"그때가 8개월쯤 됐을 거다. 네가 태어나기 전 할아버지가 늦둥이 맞는다고 순백색으로 집 단장을 했지."

할머니가 내 등을 어루만졌다.

"나한테도 이렇게 귀여운 시절이 있었다니 믿기지 않아."

"식구들 귀염을 독차지했지. 예쁜 구라파식 이층집에 아주 잘 어울리는 아이였어."

"그랬어? 그때가 내 인생의 황금기였구나."

나는 히히 멋쩍게 웃었다.

"17년이 길긴 긴 세월인가 보다. 우리 몽주는 이렇게 훌쩍 컸고 이 집은 나처럼 늙었으니."

할머니는 옅은 한숨을 쉬었다.

"할머니, 구라파식 이층집은 변했지만 난 절대로 변하지 않을 거야. 나 언제나 할머니 편이거든."

"그래, 우리 몽주밖에 없다."

할머니는 뱃살이 출렁이도록 크게 웃었다. 빈말이 아니었다는 건 할머니도 알고 있겠지. 태어나서 나의 첫 기억, 할머니의 너른 등판에 대한 기억 때문일까. 나는 할머니를 외롭게 놔두고 싶지 않았다.

공연 시작 15분 전, 청색 티셔츠를 입은 스태프가 관객 입장을 알렸다. 길게 줄을 선 사람들이 출입문이 열린 공연장으로 들어가기 시작했다. 도현과 무열은 아직 나타나지 않고 있었다. 하여튼, 문제아들이 따로 없었다.

"티켓 맡기고 우리 먼저 들어갈까?"

자이는 시큰둥했다.

"글쎄."

보아하니 도현과 같이 들어가고 싶어 하는 것 같았다. 도현이 아니라면 이렇게 공들여 차려입고 나왔을 리 없다. 짧은 청치마에 레깅스, 아디다스 티셔츠까지, 나 좀 봐 달라고 응석을 부리는 콘셉트였다. 카고 칠부바지에 언니가 입다 버린 빈티지 반팔 티셔츠를 걸친 나와는 대조적이었다. 꽁지머리와 같이 왔다면 나도 신경 좀 썼을 텐데.

50퍼센트 할인 연극 티켓을 준 사람은 꽁지머리였다. 그는 도서관으로 종종 공연 초대권이나 할인 티켓이 들어온다고 했다. 제목은 '파우스트'. 이건 도현을 위한 연극 아냐? 썩 내키지 않았지만 내 수준이 드러날까 봐 일단은 받았다.

"보셨어요?"

나는 혹시나 하여 꽁지머리에게 물었다.

"아직."

"그럼 나랑 같이 갈래요?"

나는 제법 당돌하게 나간 나 자신에게 만족했다. 누군가를 좋아하려면 용기가 필요한 법. 원 카드 매니퓰레이션을 성공적으로 보여 준 날 이후, 그에게 조금씩 마음이 기울고 있었다. 감동적인 두 마디 말 때문이었다. 네가 손등으로 대출 카드를 숨긴 날, 갑자기 마술이 좋아졌어. 난 내 인생에 중요한 마술이 일어나길 바라는 사람이거든. 나에겐 마술이 단지 멋지게 남을 속이는 쇼일 뿐이지만, 꽁지머리가 마술에 대해 갖는 환상을 무시하고 싶은 생각은 없었다. 어쨌든, 난 언니가 말했던 내 주변의 남자는 꽁지머리라고 믿어 버리기로 했다.

꽁지머리는 실망스런 대답을 했다.

"같이 가기로 한 친구가 이미 있는데, 아쉬운걸?"

'아쉬운걸?'이란 말이 조금의 위안은 됐지만 쪽팔렸다. 뱉어 낸 말 주워 담을 수도 없고.

"두 장만 더 줘요.『파우스트』를 읽는 녀석도 있고, 갈 친구들 좀 돼요."

담담한 척 한 말은 나도 어처구니가 없을 정도였다.『파우스트』를 옆구리에 끼고 다니는 도현과 갈 생각은 없었고, 그렇다고 딱히 함께 갈 다른 친구들도 없었다. 〈맘마미아〉 같은 뮤지컬이라면 또 모를까, 나도 내키지 않는 〈파우스트〉를 누구에게 보러 가자고 한단 말인가. 꽁지머리는 할인 티켓 두 장을 더 주었다. 나는 뜨듯해진 얼굴을 들키지 않으려고 재빨리 뒤돌아 나왔다.

할인 티켓은 결국 자이와 도현, 무열에게 넘겼다. 『파우스트』를 끼고 다니는 도현이 가겠다고 하자 무열과 자이는 자석에 쇳가루 달라붙듯 따라붙었다. 그리고 무더운 주말 저녁, 나는 약속 시간을 지키지 않는 두 녀석을 기다리며 스트레스를 받고 있다.

도현과 무열은 공연 시작 직전에 나타났다. 기다리기를 포기하고 극장 입구로 들어서는데 어지러운 발짝 소리가 쓰나미처럼 몰려왔다.

"같이 들어가!"

지겨운 녀석들. 시무룩했던 자이는 표정 관리를 하지 못하고 해죽 웃었다. 곧 어울리지 않는 한 쌍의 커플이 탄생하려나. 나는 녀석들을 쳐다보지도 않고 앞장서 들어갔다.

연극은 예상대로 지루했다. 파우스트가 "나란 인간은 도대체 무엇인가!" 하며 자책에 빠져 중얼거리는 도입부터 하품이 나왔다. 벌어지는 입을 다물고 가까스로 참았다. 객석에서는 숨소리 하나 들리지 않았다. 이렇게 재미없는 연극에 이토록 집중할 수 있을까.

슬쩍 곁눈질을 하니 내 왼쪽에 앉은 무열은 완전히 몰입해 있었다. 파우스트의 넋두리를 이해나 하는 거야? 무열의 왼쪽에 앉은 자이는 손톱만 씹어 댔고, 그 왼쪽에 앉은 도현은 진지

해 보였다. 녀석은 멋으로나마 『파우스트』를 끼고 다녔으니 이해를 좀 하는지도 몰랐다.

내가 연극에 주의를 기울인 것은 메피스토펠레스라는 악마가 등장했을 때였다. 그는 검은 망토를 두르고 음산한 모습으로 나타나 파우스트를 꾀기 시작했다.

"생의 의욕과 욕망을 드리기 위해서 저는 선생님의 하인이건 종이건 무엇이든 되어 드리겠습니다."

"오, 그렇다면 나는 그 대가를 지불해야 하겠지?"

"선생님의 인격으로 보아 그것을 의심하진 않습니다만."

"무엇을 지불하면 되겠나?"

대사는 빠르게 이어졌다. 그리고 관객을 더 놀라게 한 장면이 있었으니, 바로 마술이었다.

파우스트의 영혼을 희롱하던 메피스토펠레스는 자기가 서 있는 자리에서 한 바퀴 휘익 돌았다. 망토가 펄럭이며 한껏 부풀어 올랐다. 그는 빈손을 들어 파우스트의 면전에 대고 손목에 스냅을 주었다. 펑! 소리와 함께 불꽃이 화륵 터졌다가 사라졌다.

"앗, 자넨 정말 신통한 재주를 가졌군."

파우스트가 말하기도 전에 객석에선 짧은 탄성들이 일제히 터졌다. 메피스토펠레스는 불꽃을 또 한 번 터뜨렸지만 더 이상의 마술은 보여 주지 않았다.

연극의 내용은 생각보다 단순했다. 메피스토펠레스와의 계약으로 30년이나 젊어진 파우스트가 그레트헨이라는 여자를 유혹하며 방탕하게 살다가 나중에 후회하게 된다는 얘기였다. 천재 학자 파우스트가 인간적으로 한계가 있었던 것처럼 우리 인간도 그렇다는 건가? 어쨌거나 욕망과 쾌락만을 좇던 파우스트가 구원을 받는 대목은 어처구니없고 생뚱맞았다.

연극이 끝난 후 무열은 극장 로비의 정수기 물을 다섯 번이나 받아 마셨다. 공연을 방금 끝내고 나온 배우처럼 얼굴이 붉게 상기돼 있었다. 진이 빠진 모양이었다. 예술에 대한 감수성이 이 정도나 되는 애였나?

편의점에서 각자 음료수 하나씩을 사 들고 근처 공원으로 갔다.

"연기자가 되는 것도 멋진 일 같아. 두 시간이나 관객을 꼼짝 못하게 사로잡을 수 있다니 대단하더라, 정말."

자이는 깜찍한 거짓말을 했다. 따분함을 참으려 손톱만 씹다가 나중엔 작은 한숨 소리까지 냈으면서. 도현은 그런 자이를 보고 귀엽다는 듯 씩 웃었다. 연극에 몰두하고 있었지만 바로 옆에 앉은 여자애의 산만함을 전혀 모르진 않았겠지.

"난 차라리 개콘 보는 게 낫겠더라. 머리 아픈 건 딱 질색이야."

개그 콘서트 같은 덴 별 관심이 없었지만 괜히 반발심이 생겨 말했다.

"니들, 아까 메피스토가 마술 보여 줄 때 어땠냐? 난 그 정도로 파우스트를 가지고 논다는 게 우습던데. 겨우 불꽃 두 번 터뜨린 게 다였잖아. 파우스트를 압도하려면 좀 더 강한 임팩트가 필요했어."

도현은 '임팩트'에 악센트를 주면서 아쉬움을 표했다. 나도 그런 생각이야 했지만 안타까워할 일은 없었다.

"연극배우가 그만큼 했으면 성공한 거지, 얼마나 더 잘해야 해?"

"무대에 올라가면 연극배우가 아니라 메피스토펠레스가 돼야지. 저건 분명히 노력 부족이야."

도현은 연출가나 되는 양 냉정한 평가를 했다.

"연기만 좀 되면 나도 그만큼은 하겠더라."

입을 다물고 있던 무열이 불쑥 뱉은 말이었다. 자기 비하가 몸에 밴 녀석이 뜻밖이었다. 도현은 고개를 위아래로 크게 끄덕거리면서 동의를 표했다.

"그래, 연기만 좀 되면."

그러고는 곧 무열의 기를 죽였다.

"하지만 연기가 좀 되기란 절대로 쉬운 일이 아니지. 마술에서도 그런 것처럼. 기억하냐? 마술도 연기가 돼야 비로소 완전해질 수 있다는 거."

"노력하고 있어. 나도 잘하는 게 한 가지는 있어야 하니까."

무열은 빈 콜라 캔을 구기며 머리를 주억거렸다. 자기 의견이라고는 없던 애가 오늘따라 달라진 모습을 보였다. 〈파우스트)가 그렇게 자극을 주었던가? 도현이 녀석은 친구의 자존심을 건드려 놓고 계속 잘난 척이었다.

"마술에다 연극을 결합해 보면 어떨까? 마술을 하되 스토리가 있는 마술을 보여 주는 거지. 이를테면 마술 연극이라고 해야 하나?"

"크로스오버 마술 연극을 개척해 볼 참이야?"

자이가 제법 아는 척을 하면서 도현의 턱 밑에 얼굴을 들이댔다. 나의 심술을 부추기는 행동이란 건 생각 못했겠지.

"마술 연극은 미개척 분야가 아니야."

나는 목소리를 깔았다. 여섯 개의 눈알이 나에게로 쏠렸다.

"벌써 3년 전에 '찰리의 모험'인지 '칠리의 모험'인지 하는 마술 연극이 공연된 적 있고, 재작년에도 '매직 도깨비'라나 뭐라나 하는 가족 마술극을 공연했거든."

여섯 개의 눈동자가 설핏 흔들리는 게 느껴졌다. 도서관에서 얻은 상식이 뜻하지 않은 장소에서 진가를 발휘하는 순간이었다.

도현이 난데없이 "브라보!"를 외치며 손뼉을 쳤다.

"몽주가 날 감동시킬 때가 있네. 어디서 그런 정보를 얻은 거야, 음?"

녀석은 긴 팔을 뻗어 내 정수리를 정성스레 쓰다듬었다. 착각인가. 녀석의 눈빛이 귀여워 죽겠다고 말하는 것 같은 느낌은. 정수리에서 도현의 손을 떼어 팽개치고 자이의 눈치를 살폈다. 자이는 바닥까지 내려간 바나나 우유를 스트로로 쭉쭉 빨아 댔다. 쿠룩쿠룩 하는 소리가 신경질적으로 들렸다. 왠지 고소했다.

도현은 나에게 버림받은 손으로 자이의 비어 버린 바나나 우유 통을 잡았다.

"내가 버려 줄게."

자이는 금세 마음이 풀려 고개를 끄덕였다. 이 자식 바람둥이 아냐? 녀석은 이런 상황을 즐기기라도 하듯 실실 웃고 있었다. 의뭉한 너구리 같은 놈. 무슨 얘기를 하려는지 앞으로 약간 돌출된 입이 움찔거렸다.

"장르를 누가 개척했느냐도 중요하지만 누가 일인자가 되느냐도 중요하지. 무열, 같이 해 보지 않을래?"

"잘할 수 있을까?"

도현의 허풍보다 무열의 진지한 대답이 더 어이없었다.

"관객 동원은 우리가 맡자."

자이가 배시시 웃으며 말했다.

"글쎄."

내 입에서 당연하지, 어쩌고 하는 소리는 나오지 않았다. 도현의 허풍도 자이의 맞장구도 재미없었다. 꽁지머리와 함께 왔다면 이렇게 딱한 시간을 보내지는 않았을 텐데. 그런데 그와 함께 〈파우스트〉를 보러 갈 사람은 누구일까. 나는 그 주인공이 여자가 아닌 남자이기를 바랐다.

엄마가 또 이사 얘기를 꺼냈다. 이번엔 아주 구체적이었다. 좋은 조건에 방이 네 개인 아파트로 이사할 기회가 왔다고 했다. 엄마 친구의 남동생이 인도네시아로 파견 근무를 나간다는 것이었다. 조금 손해를 보더라도 모르는 사람보다는 아는 사람에게 집을 넘기고 싶은 게 그분의 생각이라고 했다.

금요일 저녁, 집에서는 비상 회의가 소집돼 100분 토론이 벌어졌다. 찬성 측 패널은 엄마와 언니, 반대 측 패널은 할머니와 나였다. 나야 뭐 언제나 할머니 편이니까. 우유부단한 아빠는 어쩌다 보니 사회자가 되어 있었다. 바로 며칠 전 아침 알바생으로 늙수그레한 청년 실업자를 구해 좀 여유가 생긴 참이었다. 사람을 더 두지 않고 버티려다 그로기 상태까지 가더니 얼굴이 많이 수척해졌다.

"당신은 그러니까 이 집의 수명이 다했다고 생각하는 거야?"

"다 알고 있는 사실이잖아요."

"알긴 누가 다 안다는 게야. 조금 불편해서 그렇지 사는 덴 별 문제 없다. 오래됐다고 무조건 고개를 돌리는 게 문제라면 문제지."

할머니는 엄마를 제법 강도 높게 비판했다.

"좋은 기회잖아요, 할머니. 리모델링까지 하며 아끼던 아파트라니 괜찮을 거예요. 할머니도 편하실 거구."

언니가 할머니를 생각해 주는 척하면서 엄마 편을 들었다. 이쯤에서 내가 나서 줄까.

"집의 기능을 생활의 편리함으로만 보는 건 일차원적 생각이야. 집은 거기 사는 사람들의 기억이 새겨지는 곳이고 역사가 스며드는 곳이니까. 편리함의 가치는 집이 갖는 의미의 가치를 절대 따라올 수 없어."

네 사람의 시선이 일제히 나에게로 쏠렸다. 어떻게 네가 그런 걸 다 아니, 하는 눈빛들. 도서관에서 읽은 잡식성의 글들이 참 여러모로 쓸모가 많았다.

"거참 좋은 얘기구나. 당신도 편리보다는 의미 쪽일 것 같았는데 의외야. 집이 좀 낡은 게 그렇게 불편한가?"

아빠는 엄마에게 발언권을 주었다.

"나에게 이 집이 갖는 의미가 사라졌기 때문이에요."

엄마의 대답은 간단했으나 쉽게 이해할 수는 없었다.

"당신에게 이 집이 갖는 의미가 뭐였지?"

"그건 나도 잊었어요."

"잊다니."

"생각나지 않는다구요."

"의미가 사라진 건 아는데 그 의미가 뭔지는 잊어버렸다니, 말이 되나?"

평소와 다르게 아빠는 집요하게 나왔다. 엄마는 인상을 찌푸렸다. '그 의미'에 대해 더 이상의 대화는 이어지지 않았다. 그런데 방금 나눈 이야기가 이사 문제보다 더 중요하게 느껴진 건 나뿐이었을까? 한 가지는 분명히 알 수 있었다. 아빠와 엄마 사이엔 확실히 틈이 생겼다. 어떻게 아느냐고? 대화가 그 정도로 안 되는데 어떻게 몰라.

토론은 각자 자기 말만 하면서 결론 없이 진행되었다. 이사 찬성인 엄마와 언니, 반대인 할머니와 나의 구도만 더 확실해졌을 뿐이다. 아빠는 토론 진행에 흥미를 잃었는지 누가 무슨 얘기를 하든 말든 듣기만 했다. 자기 의견은 없는 건가.

대답이라도 하듯 아빠는 정말 중요한 얘기를 꺼냈다.

"돈 문제는 어떡하고. 아파트로 이사 가려면 당장 은행 융자를 받아야 하는데."

뒤늦게 제기된 문제에 잠깐 동안 조용한 술렁임이 일었다.

"어머니가 좀 도와주셨으면 해요."

엄마는 할머니에게 갑작스런 도움을 요청했다. 할머니에게 돈이 어딨다고. 아니, 있어도 그렇지. 이사 반대 측의 패널에게는 너무나 무리한 요청이 아닐 수 없다.

"뭘 말이냐."

할머니는 정색했다.

"저희 능력 안 되는 거 아시잖아요."

"매달 용돈 타 쓰는 시에미한테 민망한 소리만 하는구나."

"얼마 되지도 않는 용돈인데 민망한 건 저희들이죠. 제 얘기……."

"시골 땅이라도 팔자는 게냐?"

할머니는 엄마를 정면으로 쏘아보았다. 순간 정적이 흘렀

110

다. 그나저나 우리 집에 시골 땅이 있었구나. 언젠가 들은 것
같기도 했지만 기억은 흐릿했다.

"다른 방법이 없으니까요."

"얘가, 지금까지 뭘 들은 거야. 난 이사 안 간다."

"어머니가 양보해 주세요. 전 이 집이 힘들어요."

이건 또 무슨 소린가. 집이 힘들다니.

"왜? 뭐가 힘든 거야?"

아빠가 다시 진행자로 돌아와 질문을 던졌다.

"아까 말했잖아요. 이 집이 주는 의미가 사라졌다고."

"무슨 얘기를 하는 건지."

말을 하면 할수록 아빠와 엄마는 안 통했다. 아빠가 엄마를
이해하기란 불가능해 보였다. 그래도 나는 어슴푸레 느껴지긴
하는데. 엄마가 말한 '집이 주는 의미'란 그 집에 사는 사람과
관련된 게 아닐까. 특히 아빠. 엄마가 아빠를 바라보는 시선이
그걸 말해 주었다. 감정이라곤 한 점도 들어 있지 않은 무미건
조한 시선. 상대방에게 아무 의미를 찾지 못할 때 갖는 시선이
바로 그런 것일지 몰랐다.

"방에 들어가 쉬어야겠다."

할머니는 소파에서 일어났다.

"잘 생각해 보세요, 어머니. 이 집 더 오래 두면 집값도 형편
없이 떨어져요."

할머니의 등에 대고 엄마가 말했다. 왠지 그 말이 경고성으

로 들렸다.

"융자를 받는다면 얼마나 받아야 하는 거지?"

언니가 끌어안고 있던 쿠션을 옆에다 내려놓고 말했다.

"얼마면."

엄마는 짧게 대꾸하고 입을 다물었다. 얼굴이 무척 피곤해 보였다.

언니도 참, 얼마인지 안다면 그 돈을 내놓기라도 하려고? 절대 그런 일은 없을 거라고 나는 확신한다. 첫 월급 턱을 속옷과 양말짝으로 대신한 후 단 한 푼도 집에다 내놓은 적이 없는 짠순이이기 때문이다. 뭐, 그건 오빠도 크게 다르지 않다. 대학 졸업 이후엔 일체의 경제적 지원을 하지 않는다는 엄마의 방침에 따라 결혼도 모교 캠퍼스를 빌려서 하고 3년 넘게 이 구라파식 이층집에 빌붙어 살았으니까.

하지만 집안 사정이 어려우면 밥값 정도는 내야 하지 않나? 모르긴 몰라도 언니가 모아 놓은 돈이 최소한 몇 천만 원은 될 거다. 지독한 년.

100분 토론은 결론 없이 흐지부지 끝나고 식구들은 각자 자기 방으로 들어갔다. 엄마는 주방의 포르투갈제 커피 머신에게로 갔다. 엄마가 중독된 건 커피일까, 아니면 다른 무엇일까. 이런 의문이 생기는 순간 심포니의 베토벤이 눈앞에 어른거렸다. 짜자자잔~. 운명 교향곡의 서두가 머릿속을 장중하게 난타했다. 설마.

방정맞은 생각을 쫓아내느라 나는 내 방으로 올라와 으랏차 차차! 허공에다 이단 옆차기를 날렸다. 쿵. 방바닥에 곤두박질 치며 머리를 침대 모서리에 부딪혔다. 에씨, 모르겠다. 잠이나 자야지.

보일러

살다 보면 뜻하지 않은 횡재를 만나기도 하는 법인가 보다. 꽁지머리의 집에 놀러 가는 일이 생겼으니. 꽁지머리는 도서관 근처로 이사했다. 도서관 매점에서 뚝뚝 끊기는 싸구려 우동을 먹으며 알게 된 정보였다. 매점에 캔 커피를 사러 왔다가 당연하다는 듯 합석한 꽁지머리는 뜻밖에도 우리를 자기 집에 초대했다. 난 그것만으로도 이번 여름방학은 기억에 남는 방학이 될 거라고 확신했다. 기회란 아무 때나 오는 게 아니다.

꽁지머리의 집은 기대 이상이었다. 남자가 사는 집 맞나? 싶을 정도로 구석구석 느껴지는 범상치 않은 감각. 거실에 놓인 새빨간 3인용과 1인용 천 소파가 가장 눈에 띄었고, 온통 그림들로 채워진 한쪽 벽은 압권이라 할 만했다. 고흐와 샤갈부터 내 수준으로는 도저히 이름을 알 수 없는 화가들의 그림들까지, 비록 복제화들이긴 했지만 꽁지머리의 격을 몇 단계 업그레이드해 주고도 남았다. 소파 앞의 긴 좌식 테이블과 주방 식탁은 나무를 잘라 직접 만들었다고 했다. 걸핏하면 마술 좀 보여 달라고 성화를 하던 사람이 맞는지 의심스러웠다. 꽁지머리의 사생활 속으로 들어간 순간, 그에 대한 호감 지수가 급상승하고 있었다.

그러나 꽁지머리는 결코 잘난 척이나 하는 허접한 부류가 아니었다. 손님을 맞는 한마디에서 알 수 있듯, 그는 상대방을 편하게 해 주기 위해 자신을 한 등급 낮출 수 있는 사람이었다.

"집들이 선물은 준비해 왔나?"

"그만한 예의도 없이 왔을라구요. 좀 쉬었다가 새로운 마술을 보여 드릴게요."

슈퍼마켓에서 산 5천 200원짜리 갑 티슈 세트를 슬쩍 옆으로 내려놓았다.

"꽃무늬 갑 티슈보다 백배는 감동적이다."

꽁지머리는 싱글거리며 갑 티슈를 수납장에 넣고 왔다. 쪽 팔려라.

방 구경을 하고 싶다고 했더니 꽁지머리는 "얼마든지." 했다. 개인 주택 이층 전셋집은 크지도 작지도 않은 방이 두 개였다. 현관과 가까운 방은 오디오 세트와 티브이, 시디장과 디브이디장, 책이 가득한 책장 두 개로 꽉 차 보였다. 이집트 벽화

무늬의 카펫과 큼직한 쿠션이 휴식 공간을 근사하게 만들어 주었다.

"혹시 여자랑 사는 거 아냐? 감각이 완전 여자잖아."

꽁지머리가 잠깐 현관의 신발을 정리하는 사이 자이가 귓속 말로 속삭였다.

"남자도 화장하는 시대야. 여자 남자 구분이 어딨다고."

나는 자이의 근거 박약한 의심을 일축했다. 게다가 난 알고 있었다. 꽁지머리에게 여자 친구가 없다는 사실을. 언젠가 동료 사서가 이렇게 말하는 걸 들었다. 김태상 씨 여자 친구 하나 소개해 줘야겠어. 고딩한테 마술이나 보여 달라고 징징거리고 딱하다 딱해. 꽁지머리 이름은 그때 알았다. 김태상. 친밀감을 허물어 버리는 것 같아 그 이름은 잊어버리고 다정다감한 애칭, 꽁지머리를 고수하기로 했다.

다음으로 꽁지머리가 안내한 방은 침실이었다. 벽 한쪽을 차지한 붙박이 옷장과 킹사이즈 침대 말고는 침대 옆에 세워진 커다란 그림밖에 없었다. 구스타프 클림트의 〈키스〉. 학기 초 미술 선생님이 화보집 몇 권을 돌려 보게 했을 때 화제에 올랐던 그림이다. 미술 선생님은 아이들이 관심을 가졌던 〈키스〉에 대해 '모든 것을 바치게 하는 사랑의 순간'이라고 했던가. 나도 모르게 얼굴이 뜨뜻해졌다. 꽁지머리, 여자가 필요한 거야. 첫사랑의 대상이 모든 것을 바치게 하는 사랑의 순간을 갈망하고 있다니 꽤 당황스러웠다.

116

꽁지머리의 손님 대접은 심플했다. 집에서 만든 바나나 우유와 직접 구운 쿠키, 깎은 사과가 전부였다.

"오빠가 아니라 언니라고 불러야겠어."

자이는 계속 시비였다. 타인의 취향을 남성적인 것과 여성적인 것, 두 가지로만 분류하다니 좀 어이없었다.

"그렇게 부르든지. 듣기 좋다."

꽁지머리가 한술 더 뜨며 큭큭 웃었다.

"참, 마술 보여 준다고 했지?"

"네, 좀 먹구요."

"너 요즘 뭐 불안한 일 있냐?"

나는 쿠키를 씹다가 구강 운동을 멈췄다. 꽁지머리의 질문 때문이 아니었다. 그의 손이 내 입가에 와 닿았던 것이다. 쿠키 가루를 톡톡톡 털어 낸 시간은 겨우 2초나 될까. 그러나 손길의 감촉은 입술 왼쪽에 오래도록 남았다.

"다리 떨고 있잖아."

젠장. 온몸이 얼어붙었는데 오른쪽 다리만 떨고 있었다.

"아, 네, 뭐, 불안한 일이라면…… 엄마가 이상해요."

생각지도 않은 말이 튀어나왔다. 집안 얘기는 한 번도 한 적이 없는데.

"왜? 커피 중독이라서?"

자이가 끼어들었다. 엄마가 커피 머신을 들여 놓고 매일 커피를 마신다고 했을 뿐인데 언제 커피 중독으로 발전한 거지?

"아니, 그런 문제가 아니야. 뭐랄까, 존재에 관한 문제라고 할까?"

"그런 차원의 문제라면 니가 알 리 없잖아."

친구라는 게 옆에서 도와주진 못할망정 깎아내리기나 하고. 그러는 넌 존재가 뭔지나 아니? 하고 싶었지만 한번 째리고 말았다. 자이가 나보다 시험 문제는 잘 풀지 모르지만 인간에 대한 문제라면 나랑 상대가 될 수 없다. 이를테면, 가족 때문에 5분 이상 골똘히 생각해 본 적이 이자이에게 있던가? 결코. 내가 아는 한 자이는 자기 생각만 하기에도 하루 스물네 시간이 모자라는 아이다.

"엄마가 뭐, 위기의 여자라도 되셨나?"

꽁지머리는 역시 날카로웠다.

"네, 뭐, 거의. 권태기인 것 같기도 하고 언제부턴가 몽상가가 된 것 같기도 하고……."

"맞아. 딱 몽상가 타입이야, 네 엄마. 그리고 엘레강스한 게 너희 집 분위기랑은 솔직히 어울리지 않잖아."

오늘따라 얄밉게 태클을 거는 자이가 거슬렸다. 우리 집 분위기를 파악할 만큼 애정 어린 관심을 보였던 적도 없잖아. 친구들이라고는 하나같이.

"다음에 얘기할게요."

나는 자이를 무시하고 꽁지머리에게 말했다.

"결혼 제도만큼 불합리한 것도 없지."

꽁지머리가 사과를 씹으며 중얼거렸다. 너무 넘겨짚는 거 아닌가? 오버라고 말하고 싶었지만 그만두었다.

집들이 선물용 마술을 보여 주려고 가방을 여는데 휴대폰 벨소리가 들렸다. 마뤄야 아베마뤄야……. 자이의 휴대폰이 었다.

"어? 도현……."

순식간에 급 맑음이 된 자이는 도현의 전화를 받자마자 급 흐림으로 바뀌었다.

"왜 그래?"

하는 나에게 자이는 휴대폰을 넘겼다. 얼떨결에 전화를 귀에 갖다 댔다.

"전화는 왜 꺼 놨냐?"

오늘은 녀석의 목소리만 들어도 짜증 났다.

"무슨 일이야?"

"식당에서 오므라이스 먹었는데 돈이 없어. 4천 원만 갖고 나와 주라."

하여튼 도움이 안 된다니까.

"무열이한테 말해 봐."

"무열이 연락 안 돼. 폰 두고 나갔대."

"다른 친구는 없냐? 하필 나야."

"자학이랑 보충 안 하는 애들은 니들밖에 없지. 그러지 말고 나 좀 구해 줘. 여기 국민은행 사거리 박리다매 분식집이야. 싸부가 그깟 몇천 원 때문에 망신살 뻗치는 건 너도 원치 않겠지? 자이한텐 쪽팔리니까 얘기하지 말고."

"됐거든."

전화를 끊었다. 날 뭐로 보고. 자이한테는 쪽팔리면 안 되고 나는 상관 없다는 말인가. 나쁜 자식.

"무슨 일이야?"

자이가 새침하게 물었다.

"날 괴롭히려고 작정했다는데?"

"널 괴롭히는데 날 거쳐서 할 건 뭐야."

자이는 질투하고 있었다. 더 이상 대꾸하지 않고 휴대폰을 돌려주었다.

가야 하나. 신경 끄려고 했는데 자꾸 걸렸다. 밥값을 못 내 개망신이라도 당하면 어쩌지. 1분, 2분…… 시간이 갈수록 초조해졌다.

"저, 미안하지만 마술은 다음에 보여 줄게요. 급한 일이 있어 가 봐야겠어요."

"무슨 급한 일?"

민감한 반응을 보인 것은 꽁지머리가 아니라 자이였다.

"돈 한 푼 없이 4천 원짜리 오므라이스 먹고 민폐 끼치는 녀석 때문에. 왜, 너도 같이 갈래?"

"내가 뭐하러? 집에 가서 인강 들어야 해."

도현을 만난다면 열 일을 제쳐 둘 애가 인터넷 강의는 무슨.

자이는 단단히 삐쳐 있었다. 내가 고의로 일을 만든 것도 아니고, 너구리 같은 녀석 하나 때문에 친구에게 찬바람을 일으키다니 너무했다. 전에는 느껴 보지 못했던 외로움이 싸하게 몸을 훑고 지나갔다.

"그 녀석이 나한테까지 민폐를 끼치네. 마술 보고 싶었는데 말야. 4천 원은 있니?"

꽁지머리는 아쉬워하며 겨드랑이에 두 손을 끼웠다.

"돈은 있어요. 근데 마술, 다음에 와서 해도 돼요?"

나는 구걸하듯 물었다. 특별한 시간을 허무하게 날려 버리고 싶지 않았다.

"얼마든지. 단, 친구가 없을 때만. 사람들 집에서 법석대는 거 싫어하거든. 예의는 지켜야지."

"친구랑 같이 살아요?"

"어, 고등학교 동창 녀석."

어쩐지, 꽁지머리의 취향은 아닌 것 같더니. 뭐 어쨌든 다음에 또 올 수 있다는 허락을 얻어 냈으니 상관없었다.

"다음엔 너 혼자 와."

자이는 가방을 메고 나가며 유치하게 가시 돋친 소리를 했다. 대꾸하지 않았다. 제풀에 지칠 때까지 기다려야지. 저런 비뚤어진 사랑이라면 난 던져 버리고 말 테다.

꽁지머리는 어느새 쿠키를 한 봉지 담아 와 가방 옆 보조 주머니에 넣어 주었다. 센스 있는 남자 좋아. 너구리 구제를 포기하고 그냥 꽁지머리와 둘만의 시간을? 아주 잠깐 동안 즐거운 상상을 해 봤으나 이미 운동화를 발에 꿴 후였다.

귀한 시간에 구조 요청을 보낸 녀석은 은행 앞에서 징글맞게 웃고 있었다.

"밥값은 어떡하고?"

"카드 마술 한 번에 주인아줌마가 흐물흐물 녹더라."

죽여 버리고 싶었다. 마술로 상대를 녹일 사람은 나였다구! 소리라도 지르고 싶었지만 신음을 토하며 참았다.

나의 마술 실력을 생각하며 분노를 삼켰다. 내가 과연 카드 마술로 꽁지머리를 완전히 녹일 수 있을까? 네버. 자신 없다. 기적은 매번 일어나지 않는다. 기예의 신이 내리는 것도 한두 번이지. 마술의 최고 경지는 스스로 자기 마술에 속게 되는 거라고, 언젠가 도현은 말했다. 나는 마술에 폭 빠지기만 했을 뿐 아직 왕초보에 불과했다.

꽁지머리를 감동시킬 방법이 꼭 마술이어야 하는가, 라고 묻는다면 나는 그렇다, 라고 대답할 수 있다. 왜냐고? 꽁지머리와의 인연이 마술에서 시작되었기 때문이다. 꽁지머리도 그러지 않았던가. 내가 손등으로 대출 카드를 숨긴 날 갑자기 마술이 좋아졌다고. 자신은 인생에 중요한 마술이 일어나길 바라는 사람이라고. 꽁지머리가 마술을 보여 달라고 어린애처럼 칭얼거리는 건 결코 장난이 아니었다. 그가 나의 마술을 보길

원한다면 나는 노력할 의사가 충분히 있다. 그리고 그가 원하는 마술을 잘 해내기 위해 어지간한 분노는 참아 낼 준비도 되어 있다. 다시 말해, 현실적으로 나를 도와줄 사람은 도현이라는 얘기다.

나는 구겨진 인상을 펴고 골치 아픈 싸부에게 누그러진 자세를 취했다.

"황금 같은 시간을 내팽개치고 왔으니 그에 걸맞은 보상을 해 줘."

"그거야 말하면 잔소리지. 어떻게 보상해 줄까?"

녀석의 면상이 좌악 펴졌다. 주인의 작은 관심에 출싹거리며 꼬랑지를 흔들어 대는 이구와 다를 게 없었다. 대체 이 녀석이 원하는 건 뭘까. 자이의 마음을 끌면서 나를 의도적으로 귀찮게 하는 태도가 꼴 보기 싫었다.

"뻔하지. 니가 할 수 있는 게 한 가지밖에 더 있어?"

"그러네, 마술."

녀석은 빨리 알아먹었다.

"오늘의 주제는 '8월에 내리는 눈'이야."

가방에서 마술 도구 주머니를 꺼낸 녀석은 씩 웃음을 지었다. 뭐야, 미리 준비해 왔다는 거야? 녀석의 행동은 8월에 내리는 눈만큼이나 의아스러웠다.

은행 건물 뒤편에는 작은 정원이 있었다. 숨겨진 공간이라고 하기에 매우 적합한, 아담하고 비밀스런 느낌을 주는 정원이었다. 정원 한쪽에는 등나무가 우거져 있었다. 도현은 나를 흰 페인트칠을 한 나무 벤치에 앉힌 후 주머니에서 하얀색 실크 스카프 한 장을 꺼내 들었다.

"8월이라 눈이 펑펑 내리지는 않을 거야. 아주 잠깐 꿈결처럼 내릴 테니 한눈팔지 말고 봐."

도현이 길고 정교한 손가락으로 실크 스카프를 한 손에 잡아 반으로 접은 후 동그랗게 말아 올리는 데까지는 3초도 걸리지 않았다.

"자, 8월에 내리는 눈이야."

녀석은 손목에 탁 스냅을 주었다. 스카프를 돌돌 말아 쥐었던 손에서 새하얀 함박눈이 푸르르 퍼져 올랐다가 우쭐우쭐 춤추며 떨어져 내렸다. 손톱 크기의 흰 종이들이었지만 그 순간만큼은 진짜 함박눈으로 보였다.

"시원하지?"

"그레이트."

어처구니없게도 내 입에서는 감탄사가 터져 나왔다. 도현은 춤을 추며 내려앉는 눈송이 몇 개를 잡아채 다시 허공으로 던졌다.

"앗!"

어디선가 실크 스카프가 나타나 도현의 손에 쥐여 있었다. 솔직히 이번만큼은 이은결보다도 근사했다. 관객이 앗, 소리를 지르도록 철저히 연습해야 한다더니 녀석은 정말 밥 먹고

124

마술 연습만 하는 모양이었다.

하늘거리는 실크 스카프가 흰 눈송이로, 눈송이가 다시 실크 스카프로 변하는 마술은 세 번 반복되었다. 꽁지머리의 집에서 금세 나와야 했던 언짢음은 8월에 내리는 눈으로 소복소복 덮였다. 도현의 마술에 알 수 없는 감동이 몰려와 당황스러웠다.

녀석은 마술로써 현실을 잊으려는 것 같았다. 기껏해야 거친 연습장에 불과했을 종이 쪼가리가 폴폴 날리는 하얀 눈의 환상으로 변할 때마다 녀석의 표정은 혼자 보기 아까울 만큼 환하게 빛났다. '8월에 내리는 눈'은 분명히 나를 위한 마술이었지만, 반짝반짝 춤추듯 내리는 눈 속에서 도현은 나보다 더 감격에 겨워 보였다. 한여름 함박눈의 기적을 바라보는 녀석은 강도현도 김도현도 아닌 열일곱 살 소년 도현일 뿐이었다.

"이만하면 황금 같은 시간 만회하고도 남는 보상이지?"

도현은 끼끼 웃으며 내 머리카락에 붙은 눈송이를 하나하나 떼어 냈다. 어깨에 내려앉은 눈송이도 털어 주었다. 손길이 무척이나 다정했다. 이 자식, 무슨 꿍꿍이가 있는 거지? 나는 녀석의 속을 헤아리지 못해 멍하니 서 있기만 했다.

하지만 곧 정신을 차렸다. 도현이 무슨 생각을 하건 관심 뚝해야지. 녀석의 장난질에 휘둘리지 말자. 나에겐 꽁지머리가 있으니까. 내가 녀석에게 새끼손톱만 한 호감을 갖는다면 그의 마술에 대해서일 뿐이다.

자, 이제부터 도현의 마술에 대해서 생각하기로 하자. 고딩 아마추어 마술 치고 도현의 마술은 확실히 노련한 구석이 있었다. 녀석이 마술을 하는 동안에는 속는 줄을 모른다. 마술이 끝난 후에야 어떻게 속였는지를 생각하게 된다. 그렇다면 결국 속은 건가, 속지 않은 건가.

도현에게 물었다.

"관객은 속는 줄 알고 속는 걸까, 속는다는 걸 모른 채 속는 걸까?"

도현은 진지하게 생각하는 척하더니 내 눈을 깊이 들여다보았다.

"마술사는 관객을 속이기 위해 속이는 걸까, 감동을 주기 위해 속이는 걸까?"

뭐야, 선문답도 아니고. 같은 질문을 뒤집은 것뿐인데 갑자기 복잡해졌다. 글쎄, 난 그냥 할머니 생신에 선물로 마술을 보여 주고 싶었을 뿐이다. 지금은 남을 속이는 재미에 빠져들고 있을 뿐이고.

"넌 어떻게 생각하는데?"

공을 도현에게 넘겼다.

"나도 잘 모르겠어."

녀석은 고개를 가로저었다.

"언젠가는 답을 찾겠지."

기껏 폼 잡다가 싱겁긴.

"둘 다가 아닐까? 속여야 감동이 생기고 감동의 이면엔 완벽한 속임수가 있으니까."

즉흥적으로 한 말이었지만 마음에 들었다.

"우리 몽주 제법인데?"

뒤통수를 톡톡 때리는 도현의 손을 잡아 반 바퀴 비틀었다.

"너무 친한 척하지 마, 밥맛없어."

"8월에 내리는 눈을 위해 보름을 바쳤는데 너무하다."

가관으로 찌그러진 녀석의 얼굴에서 얼룩덜룩한 그늘이 느껴졌다. 더 이상 보지 않고 앞장서 정원을 걸어 나갔다.

"같이 가."

녀석은 그늘을 툭툭 털어 내고 호들갑을 떨며 내 뒤를 따라왔다. 그래, 바로 그거야, 짜샤.

저녁노을이 후텁지근한 공기 속에 찔끔찔끔 스며들고 있었다.

"뭐 시원한 것 좀 먹고 가면 안 될까? 관람료 대신 팥빙수, 같은 센스를 원한다고 할까."

"벌써 잊었니? 8월에 내리는 눈은 내가 황금 같은 시간을 내팽개치고 온 데 대한 보상이었다는 거."

도현의 청을 깨끗이 거절했다. 8월에 내리는 눈은 기대 이상으로 근사했지만 지금은 자르는 게 속 편했다. 왠지 머릿속이 어수선한 하루. 집에 들어가 이구와 신 나게 장난이나 쳐야지. 나는 최대한 빨리 단순한 상태로 돌아가고 싶었다.

"니들 엄마 커피 만드는 거 배우러 다닌다는구나."

일요일 오전, 아침 식사 후 인스턴트커피를 마시며 할머니가 말했다. 집 안에 원두 향이 아무리 그윽하게 번져도 인스턴트만을 고집하는 할머니는 "커피 배리스튼지 바리스탄지 원." 하며 기어코 못마땅한 심사를 내비쳤다.

"정말? 어떻게 알았어, 할머니?"

마치 모르고 있었다는 듯 과장되게 놀라는 척했다.

"이뿐이 며느리가 그랬다는구나. 거기 옆집 여자가 커피 만드는 거.배우러 다니는데 니 엄마도 같이 다닌다고. 여자들 허파에 바람 들었다고 흉을 봐 야단쳤다는데, 이뿐이 며느리 말이 영 틀린 건 아니지. 남편은 코흘리개들 상대로 푼돈이나마 긁어모으고 있는데…… 몽주 넌 오늘 어디 안 가냐?"

할머니는 손녀들 앞에서 며느리를 험담한 게 걸렸는지 얼른 말을 돌렸다.

"그게 뭐 나쁜가요? 취미 생활을 제대로 하는 것뿐인데. 얼굴에 보톡스나 맞으러 다니는 여자들보단 낫잖아요."

언니는 생각 없이 할머니 속을 긁었다.

"남편이 편하게 돈 벌면 커피 만드는 걸 배우든 케이키 만드는 걸 배우든 누가 뭐라고 해. 부부가 어려울수록 손발을 맞춰야 하는 법인데, 이건 왕비 마마가 따로 없으니 원."

"할머니, 엄마가 피시방 나가 있으면 아빠는 더 힘들 거야. 알잖아, 아빠가 식구들 고생시킬 사람 절대 아니라는 거."

"니 아빠 깊은 속이야 누가 따라오겠냐."

할머니는 빈 커피 잔을 내려다보며 긴 한숨을 쉬었다. "할머니이." 하고 옷깃을 잡아 흔들었지만 맞장구를 치지는 않았다. 아빠는 속이 깊은 게 아니라 그냥 착할 뿐이다.

"할머니, 타로 점 봐 드릴까요?"

웬일이야, 언니가 할머니 기분을 맞춰 줄 때도 있고.

"정말이야?"

물었더니 언니가 피식 웃었다.

"때를 놓치면 누워 떡 먹기도 할 수 없는 법이야."

대체 무슨 말인지. 요즘 들어 알아들을 수 없는 말을 많이 하는 언니였다.

"할머닌 자체 정화 능력이 뛰어난 분이라 사실 사주고 타로고 필요도 없어요. 하지만 재미 삼아 한번 보는 것도 나쁘지 않을 거예요. 점을 친다 생각지 말고 타로로 대화를 나눈다 생각하면 돼요."

상담자다운 포스가 그럴듯하게 풍겨 나오는 말이었다.

"일구네 올 때까지 할 일도 없고, 시간 때우긴 좋겠구나. 이 할미가 이층으로 올라가랴?"

타로를 심심풀이 화투장 이상으로 생각지 않던 할머니도 솔깃해했다.

"물론이에요. 전갈의 심장 안타레스에서 영감을 얻어야 하니까."

할머니는 그 말은 별로 주의 깊게 듣지 않고 소파에서 일어났다. 일구 오빠가 점심을 먹으러 오기로 되어 있어선지 엉덩이를 일으키는 동작도 가벼워 보였다. 마트에 장을 보러 간 엄마는 아직 돌아오지 않고 있었다.

큼직한 잎사귀 무늬의 청록색 커튼까지 내린 언니의 방은 주술적인 분위기가 났다. 붉은 카펫과 마호가니 탁자, 벽에 붙은 다크 블루의 별자리 그림이 그런 분위기를 만들어 냈다. 전갈자리에 머리를 두고 앉은 언니는 1분쯤 눈을 꼭 감고 있더니 심호흡을 하고는 눈을 떴다. 1등급 별 안타레스가 영감을 불어넣었나? 하여간 폼 하나는 그럴싸하다.

무엇이 가장 알고 싶냐는 언니의 질문에 할머니는 필요 이상 심사숙고했다. 시간을 때우는 차원이 아니라 진지하게 상담에 임하는 태도였다.

"나중에 이 할미가 어떻게 살고 있을지 봐다우."

마침내 입을 연 할머니는 다소 광범위하다 싶은 요구 사항을 내놓았다.

"구체적으로 질문을 해야 해요, 할머니. 타로는 그래야 정확한 해석이 나와요."

"그러냐? 그러니까 말하자면 내가 말년에 외롭지는 않겠냐, 뭐 그런 얘기지. 지금도 말년이긴 하다만."

"할머니도 참, 그런 얘기가 어딨어? 우리 할머니가 외롭다니 말도 안 돼."

나는 목에다 힘을 주고 말했지만 할머니의 허전한 표정을 바꾸지는 못했다.

언니는 고개를 갸웃하고는 타로 카드를 화투장 섞듯이 탁탁탁 섞었다. 그러고는 마호가니 탁자 위에 부채처럼 좌악 펼쳤다. 할머니는 언니가 시키는 대로 집중하여 카드를 뽑았다.

배열된 카드들 중에서 눈을 가린 채 긴 칼 두 개를 어깨에 엇갈려 들고 있는 사람, 스핑크스가 올라탄 수레바퀴 등의 그림이 가장 먼저 눈에 띄었다. 엎어진 컵과 바로 서 있는 컵이 섞인 그림, 어린아이들이 꽃이 가득한 컵을 들고 있는 그림도 있었다. 그리고 새언니와 나의 타로 점에서 등장했던, 말을 탄 해골 남자도 있었다. 우리 집 귀신인가?

"할머니는 지금 인생의 전환점에 와 계세요. 동요와 혼란이 수반되는 시기죠. 가까운 사람들 사이에서 갈등을 겪고 있고, 문제는 덮어진 상태지만 불편함과 긴장은 계속 잠재돼 있어요. 당장은 절망과 무기력에 빠져 있을지도 모르겠어요. 하지만 마음먹기에 따라서는 그런 과정을 거쳐 새로운 삶을 맞이할 기회가 될 수 있으니 마음을 잘 다스려 보세요."

할머니의 상태를 웬만큼 아는 사람이라면 굳이 타로 점을 보지 않더라도 충분히 할 수 있는 말이었다. 하지만 그렇게 나쁘게 말할 것까진 없잖아.

"할머니 질문은 외롭지 않겠냐, 였던 것 같은데."

핵심을 놓치고 잘난 척하는 언니에게 참지 못하고 말했다.

"상담자는 의뢰인하고만 얘기해."

언니는 내 이마를 찌그러뜨릴 듯 사납게 쏘아보았다.

"할머니는 외롭지 않을 거예요. 다정다감한 사람이 곁에서 함께해 줄 테니까. 애인같이 친밀하게 실질적인 도움을 줄 사람이에요. 이 사람이 주는 따스한 기운은 열 사람 몫을 하고도 남아요……."

할머니는 한숨인지 콧바람인지 모를 소리를 흠―, 하고 길게 냈다.

"그래도 험한 꼴은 안 볼 모양이구나."

큼큼 웃는 모습이 쑥이라도 씹은 듯 씁쓸해 보였다.

"네, 지금까지는 과거의 추억들이 할머니를 지탱했다면 앞으로는 새로운 관계와 환경에서 힘을 얻으실 수 있을 거예요. 하지만 지금은 잘 안 보이죠. 길이 있는데 눈을 가리고 있는 사람처럼. 필요한 건 용기예요."

할머니는 카드의 그림들을 하나하나 훑어보았다. 애인같이 친밀하고 열 사람 몫의 따스한 기운을 줄 사람을 찾는 것처럼.

"할머니는 전갈자리에다 혈액형이 O형이라 엄청난 파워를 가진 분이세요. 겉으로 보기엔 평범해도 절대 그렇지 않죠. 말년은 아주 평온할 거예요. 금전적으로 안정될 거구요."

"할머니 짱 좋다. 나중에 좀 빌붙어도 되지?"

두툼한 팔에 매달려 히히거리자 할머니가 어깨를 들썩이며 웃었다.

아래층에서 초인종 소리가 들려왔다.

"일구 왔나 보다."

이것으로 타로 상담은 끝났다는 듯 할머니는 지체 없이 엉덩이를 들고 일어났다. 육중한 체격에 빠르기도 해라. 일구 오빠가 저렇게 좋은데 어느 날 독립 만세 하고 나갔으니, 할머니 마음이 얼마나 휑했을까. 이구가 왁왁 짖는 걸 보니 오빠가 들어왔나 보다.

점심 식사의 메인 요리는 꽃게탕과 잡채였다. 먹성이 좋은 오빠는 게살을 발라낸 껍데기가 앞 접시에 수북하게 쌓이도록 먹더니 이구를 안고 먼저 거실 소파에 자리를 잡았다. 오빠 품에 안긴 이구는 꼬리를 살랑살랑 흔들며 꽃게 냄새가 밴 커다란 손을 핥았다.

식사를 끝내고 얼마 안 돼 과테말라 안티구아 원두 향이 거실을 점령했다. 잠시 뒤 새언니가 쟁반에 커피를 받쳐 들고 나타났다.

"할머니는 원두커피 안 드신다면서요?"

갈색의 걸쭉한 인스턴트커피를 할머니 앞에 놓으며 새언니가 말했다.

"입이 구식이니 어쩌겠니."

할머니의 안면 근육이 잠깐 씰룩거렸다. 아빠는 커피를 후루룩 한 모금 마시고는 말했다.

"저도 다음부턴 인스턴트로 마실까 봐요. 원두는 마실 때도 그렇고 다 마시고 나서도 그렇고, 왠지 달착지근하게 남는 맛이 없어서……."

"뒤끝이 매정할 만큼 깔끔해서 그럴 거예요. 사람도 원래 그렇잖아요. 너무 깨끗한 척하면 가까이하기도 어렵고 터놓기도 쉽지 않고."

새언니가 내 옆에 앉더니 원두커피와 인스턴트커피의 차이점을 나름의 비유를 들어 분석했다.

"네 말이 딱 맞구나. 깔끔하고 정나미 없는 것보단 이것저것 대충 섞여도 푸짐한 맛이 나는 게 좋지. 맥심 노랑이, 얼마나 맛있냐."

할머니는 '맥심 노랑이'를 힘주어 말하고, 진흙탕 같은 맥심 커피믹스를 꿀꺽 넘겼다. 하지만 커피 맛보다는 사람 맛에 대해 얘기했다는 인상은 지울 수 없었다. 마침 에스프레소 잔을 들고 오는 엄마를 힐끔 쳐다볼 때의 눈빛이 그랬다.

"그래도 원두커피에 한번 맛들이면 인스턴트커피는 상대하고 싶지 않을걸요? 우리 집 커피는 어머니가 그라인딩 기술이 좋아서 그런지 맛도 스타벅스 커피하고는 비교가 안 돼요."

등받이 없는 의자에 곧게 허리를 펴고 앉은 엄마는 새언니 말에 소리 없이 웃었다. 에스프레소 향이 아메리카노 향을 압도하며 후각을 자극했다.

"난 입맛이 구식인가? 나도 할머니처럼 맥심 노랑이가 더 맛있는 거 같아."

감자 칩을 씹고 있던 나는 할머니 편을 들었다.

"그렇지?"

할머니는 나의 지지에 흡족해했다. 나로 말할 것 같으면 할머니의 기분이 상하지 않기만을 바랄 뿐, 원두커피와 인스턴트커피 중 어떤 게 더 맛있든 상관없었다. 그건 감자 칩이 맛있냐 고구마 칩이 맛있냐, 하는 것처럼 기호의 문제이지 우열의 문제가 아니니까. 굳이 맛있는 커피를 들자면 심포니의 베토벤이 만들어 주었던 화이트 초코 모카 정도랄까. 그 남자가 엄마를 "주란 씨"라고 부르는 바람에 입맛이 싹 가셔 버리긴 했지만, 내가 먹어 본 커피 중 화이트 초코 모카가 최고인 것만큼은 분명했다. 그날 베토벤이 레시피까지 얘기해 주었건만 엄마는 나에게 한 번도 화이트 초코 모카를 만들어 주지 않았다. 엄마의 시선은 아직도 먼 곳을 향해 있나 보다.

"털 날릴 텐데 커피 마실 동안 이구는 좀 내려놓지 그러니."

엄마가 오빠 품에서 방정맞게 꼬리를 흔드는 이구를 보고 말했다.

"뭐, 내 털보다 깨끗할 텐데."

오빠는 히죽 웃고 이구의 목덜미를 주물렀다.

"일구 말이 맞다. 일주일에 두 번씩 꼬박꼬박 목욕시키니 사람보다 깨끗할 게야."

이구를 내려놓을 필요가 없음을 할머니는 명백한 이유를 들어 강조했다. 어쩐지 아슬아슬해지네.

"이구 녀석 누구한테 진득하게 안겨 있질 못하는데, 오늘은 아주 편안히 엎어져 있구나. 일구가 나중에 애 하난 잘 봐 주겠어."

잠깐 조는가 싶던 아빠가 참견하더니 커피를 또 후루룩 들이마셨다.

"그렇죠, 아버님? 아닌 척하면서도 일구 씨 자상한 면이 있다니까요. 우리의 푸근하신 할머님 영향이겠죠?"

새언니가 물방울 굴러가는 소리로 웃고는 옆에 앉은 할머니의 어깨를 꼭꼭 주물렀다.

"아이만 낳으면 키우는 건 문제없겠구나."

할머니는 큼큼 소리 없이 웃고는 새언니의 등을 둥글게 쓸었다.

"애 때문에 너무 조급해하지 말고 마음 편히 지내거라. 생길 아이면 언제든 생기지 않겠니?"

"네, 근데…… 할머니, 아버님, 어머님."

새언니는 세 사람을 한꺼번에 부르고는 뜸을 들였다. 집안의 어른 셋을 모두 부른 건 가족 전체를 부른 거나 마찬가진데, 어째 좀 거창했다.

"저희, 아이 입양하려구요."

나는 감자 칩 씹던 입을 멈추었다. 내가 지금 무슨 말을 들은 거지?

136

아빠는 커피를 채 못 넘기고 사레가 들려 켁켁 기침을 해 댔다. 놀란 사람은 아빠뿐만이 아니었다.

"입양이라니?"

"양자를 들이겠다는 거냐?"

엄마와 할머니가 거의 동시에, 잘못 들은 얘기를 확인하겠다는 태세로 물었다.

"네, 입양 기관에서 아이를 데려다 키우려구요."

'입양'이라고 한 거 맞구나.

"정아랑 1년 동안 생각해 보고 내린 결론이에요."

오빠 말에 정아, 새언니는 맞장구치듯 고개를 끄덕였다.

나와 잠깐 눈이 마주친 언니는 당황하면서도 약간은 흥분한 듯 뺨이 달아올랐다. 생각나지 않을 수 없을 것이다. 새언니에게 타로 점을 봐 주었던 때를 말이다. 내 인생에 아이가 있는지 알고 싶어요, 했던 새언니에게 언니는 말했다. 얼마 안 있어 지금까지의 상황이 정리되고 새로운 변화가 올 거라고, 충격적인 방식으로 아이가 생길 수도 있고 장애와 고통이 따를 수도 있을 거라고. 아이가 짠, 하고 우리를 놀래 주듯이 나타날 거라고. 이 정도면 직장 그만두고 점성가들의 거리에 돗자리를 깔아야 할 판이었다.

그런데 어쨌든, 새언니는 그날 언니의 말에 "확신을 갖지 못했을 뿐 이미 알고 있었던 것 같다."고 했다. 그러니까 오빠 말대로 1년 동안이나 입양을 생각해 왔구나. 어쩐지 좀 이상하더라니.

"아직 아이가 급할 나이도 아닌데 그렇게까지 해야겠니?"

"종손이 남의 아이를 데려다 대를 잇다니, 안 되지."

엄마는 미세하게 짜증을 섞어 말했고, 아빠는 별로 파워가 느껴지지 않는 권위를 내세워 말했다. 두 사람이 한목소리를 낸 게 얼마 만이더라. 할머니는 충격이 컸던지 입을 꾹 다문 채 어디라고 할 수 없는 허공을 힘겹게 바라보았다.

"할머니, 아버님, 어머님, 저희도 고민할 만큼 했어요. 근데, 답이 안 나왔죠. 시험관 아기는 처음부터 고려해 볼 생각도 없었으니까요. 그렇다고 생기지 않을 아이가 깜짝쇼 하듯 '나 여기 있었어.' 하면서 나타날 리 없잖아요. 그래서 답을 바깥에서 찾은 거예요. 입양. 오랜 시간 생각하고 생각한 끝에 결정을 내리고 저희 하이파이브까지 했지 뭐예요. 결혼 후 우리가 한 일 중 가장 멋진 일이었으니까요. 혈연으로 맺어져야만 가족인가요? 피보다 진한 유대감이 있다면 얼마든지 가족이 될 수 있죠."

새언니의 말이 너무도 거침없어 모두가 어리뻥뻥 눈동자만 굴렸다.

"나도 새언니 말에 동의해요. 혈연이니 혈통이나 그런 거, 한 세대만 지나면 원시 구닥다리 생각으로 치부될 거예요."

언니가 끼어들었으나 자기 얘길 하는지 남의 얘길 하는지 알 수 없었다. 남의 일에 별 관심이 없는 언니이니 자기 얘기일

138

가능성이 높았다. 아니, 그게 분명했다. 언니 역시 혈통을 배반할 가능성이 다분한 처지였으니까.

"원시 구닥다리를 지키지 않아 세상이 이렇게 어지러운 거다. 너무 경솔한 게 문제야. 아빠는 반대니까 다시 생각해 봐라."

아빠는 얼굴에 온갖 주름을 다 잡았다.

"1년이나 생각했다잖아요. 어쩌면 가볍지 않은 결단을 내리는 데 큰 용기가 필요했을 거예요. 안 그래, 오빠?"

언니는 필요 이상 말이 많았다. 애인이 아무리 '캐나다산'이라도 그렇지, 할머니 충격받은 거 보이지도 않나.

"어, 뭐, 거의 그렇다고 볼 수 있지."

예민해진 눈초리들을 의식하며 오빠가 천천히 말했다.

그러면 난? 솔직히 말하자면 좀 헷갈렸다. 입양은 이 비정한 세상에 꼭 필요한 일이라는 데는 동의하지만, 위험한 모험이라는 것도 틀림없는 사실이다. 사랑을 담 너머까지 확대하는 데는 박수를 보내야겠지만, 남의 자식을 자기 자식처럼 사랑하는 건 아무나 할 수 있는 일이 아니다. 버림받은 아이들 구원은 어쩔 수 없이 일부 선량한 사람들의 몫이 되겠지만, 유전자와는 상관없이 아이를 데려다 키우기에 오빠나 새언니는 너무 평범한 사람들이다. 아이가 나 정도로만 커 줘도 다행이지만, 감당할 수 없는 꼴통이나 사고뭉치로 자란다면 후회할 수도 있다. 그래서 결론은 뭐냐고? 음…… 나라면 입양을 포기하겠다. 가족 하나를 들이기 위해 다른 가족들을 화나게 하는 건 바보 같은 일이다. 게다가 나이 서른, 서른셋에 입양은 섣부른 판단일 수도 있었다. 하지만…… 입양을 하든 말든 키울 사람들이 알아서 할 일 아닌가? 자식을 만드는 데 허락을 받는다니, 우스운 일이다. 21세기를 맞은 지가 언젠데. 새 술은 새 부대에 담아야 한다고 어느 위인이 말했더라? 뭐야, 생각할수록 더 헷갈리잖아. 어쨌든 난 입을 다물어야 했다. 할머니가 입을 열면 그때 할머니 편에 서야지.

"2~3년 더 기다려. 그래도 늦지 않아."

에스프레소를 방금 다 마신 엄마가 명령조로 말했다. 시선을 아래로 착 깔고 긴 속눈썹을 깜박이는 게, 이 상황이 무척 피곤한가 보았다.

"저희도 신중히 생각하고 있어요. 믿어 주세요."

좀체 말대꾸를 하지 않는 오빠가 이렇게 얘기할 정도면 그만큼 결심이 굳다는 얘기였다. 엄마는 에스프레소 잔을 테이블에 탁 내려놓으며 불편한 속내를 드러냈다.

"나 좀 들어가 쉴란다. 아침에 약수터에서 운동을 너무 심하게 했나 봐. 몸 가벼운 이뿐이랑 똑같이 따라 한 게 잘못이지. 뭐든 적당히 하는 게 제일이야."

할머니는 입양에 대해선 한마디도 없이 엉뚱한 말만 하고 자리에서 일어났다. 할 말이 없다기보다 말하고 싶지 않은 게 분명했다. 창백하고 딱딱하게 굳은 얼굴을 보면 알 수 있었다.

아니, 다른 사람은 몰라도 나는 안다. 할머니의 등에 업혀 할머니의 숨소리를 듣고 할머니의 말소리를 들으며 자란 나는. 오빠의 품에서 폴짝 뛰어내린 이구가 할머니 발뒤꿈치로 따라붙었다. 할머니는 이구를 들어 올려 가슴에 품고는 방으로 들어갔다.

잠시 후 입양에 대해 지루한 논쟁이 시작되었지만 나는 자리에서 일어났다. 결론이 어떻게 나든 골치 아픈 얘기는 듣고 싶지 않았다. 이럴 때 슬쩍 빠져도 탓할 사람이 없는 열일곱 살이라는 건 다행스런 일이다. 내 방으로 올라와 손가락 운동을 시작했다. 이제 손가락의 유연성은 어느 정도 생겼다. 마술에 지름길은 없으며 피나는 연습이 유일한 방법이라는 도현의 말, 명심해야지. 8월에 내리는 눈을 보여 주었던 녀석은 지금쯤 그때의 일은 깡그리 잊고 다른 매직을 마스터하고 있을지도 모른다. 다음 마찻사 모임은 또 언제 해야 할까. 여름방학이 벌써 절반이나 뚝딱 흘러갔다.

할머니가 아프다. 급성 위염. 이틀 동안 죽만 먹으며 할머니는 방에 누워 있었다. 오빠네가 왔다 간 날 밤부터 위염은 시작되었다. 위가 쓰리고 콕콕 찌르는 듯하며 조금만 먹어도 팽만감이 심해 거북하다고 했다. 모두들 꽃게탕이 탈을 일으켰다느니 위장 기능이 약화되었다느니 했지만 나는 생각이 달랐다. 인간의 몸은 얼마나 정직한가.

할머니의 몸은 거부 반응을 일으키고 있었다. 꽃게탕과 잡채에? 노! 이사 얘기와 원두커피, 입양, 그리고 이층 테라스의 깨진 타일과 꺼져 버린 마루, 녹물이 나오는 마당의 수도에. 구라파식 이층집과 이곳에 함께 살던 사람들, 이 모두가 온전하기를 할머니는 꿋꿋이 믿고 또 바랐을 것이다. 그런데 하나둘씩 깨어지고 빗나가고 어긋나고 있었다. 그러니 할머니가 아프지 않을 수 있겠어?

오늘 아침엔 할머니의 몸을 긴장시키는 것들에 또 한 가지가 추가되었다. 보일러가 말썽이었다. 한여름인데 어째 으스스 춥다며 할머니는 따뜻한 방바닥에서 한숨 자기를 원했고, 할머니 방에 보일러를 가동하려고 했던 아빠가 고장 났다는 뉴스를 전했다. 아무리 30년이나 된 집이라지만 해도 해도 너무하는 거 아닌가? 게릴라 시위를 하듯 이곳저곳 연쇄적으로 말썽을 일으키다니. 집에서 중병을 앓는 소리가 들리는 듯했다.

보일러 수리공은 나중에 부르기로 하고 전기요를 찾아다 깔았다. 할머니는 다음에 다시 가동해 보고 그때도 안 되면 수리를 맡기자고 했다. 구라파식 이층집에 또 문제가 생겼음을 인정하고 싶지 않은 것이다. 멀쩡하게 다시 돌아갈지 어찌 아느냐고 할머니는 말했지만 글쎄, 그렇게 될까?

이뿐 할머니는 단짝답게 이틀 연속 문병을 왔다. 전복죽이며 홍삼 양갱이며 정성 어린 선물의 절반은 내 차지였다.

"기특해라. 할머니 아프다고 요렇게 착 달라붙어 간호를 하는 손녀가 다 있네. 당신 복 많은 줄이나 알아. 구라파식 이층 집 늦둥이만 한 효녀도 읎으니까."

두문불출, 꼬박 이틀을 할머니 곁에 있었던 나에게 이뿐 할머니는 칭찬을 퍼부었다. 물론 할머니 병간호가 목적이었지만 약속도 없었고 도서관 이틀 안 간다고 피해를 볼 일도 없었다. 오랜만에 할머니와 노닥거리고 평소 구경도 못한 음식들까지 이것저것 먹어 보니 집에 붙어 있는 것도 꽤나 할 만했다. 엄마는 더 이상 학원에 빠져선 안 된다며 차갑게 못을 박았다.

하지만 내가 처음부터 자청해서 집에 있었던 건 아니다. 할머니가 원했다. 몽주야, 오늘 할미 말동무 좀 해다우. 바로 어제, 도서관에 가기 전 외출 인사를 하러 들어갔을 때 할머니는 그렇게 말했다. 난 두 번 생각할 것도 없이 털버덕 그 자리에 주저앉았다. 할머니가 언제 나에게 부탁이란 걸 한 적이 있었던가. 할머니도 많이 약해졌구나. 통마늘을 생으로 씹어 삼킨 양 속이 쓰리고 아팠다.

이뿐 할머니가 와 있는 동안은 그저 만화책이나 빌려다 보고 있으면 되었다. 두 할머니가 어찌나 죽이 착착 맞는지 같이 있는 것만으로도 할머니의 컨디션이 좋아지는 듯했다.

"할머니랑 이뿐 할머니랑 전생에 부부 아니었을까?"

『원피스』 45권에 푹 빠졌다가 나와 46권을 집어 들며 말했다.

"부부가 아니라 불륜이었을 테지. 부부면 웬수 아니냐?"

이뿐 할머니가 남편에게 엄청 당하고 살았다는 얘기가 그제야 생각났다. 뭐가 좋은지 두 할머니는 배를 잡고 까알깔깔깔 깔 웃어 댔다. 오전의 티브이 토크쇼 고정 방청객 같은 웃음소리였지만 할머니가 웃으니 좋았다. 누가 나에게 '베프'가 뭐냐고 묻는다면, 주저 없이 '우리 할머니와 이뿐 할머니 같은 사이'라고 말해 줘야지.

이뿐 할머니가 돌아간 후 할머니는 나에게 경대 서랍에서 전화번호 수첩을 꺼내 오라고 했다. 서랍을 열어 보니 속지가 ㄱㄴㄷ 순으로 된 낡은 수첩이 들어 있었다.

"전화번호가 그대론지 모르겠다."

할머니는 집게손가락에 침을 발라 'ㅍ'을 찾아 넘겼다.

"몽주야, 여기다 전화 좀 넣어 봐라."

할머니가 가리킨 곳엔 '파주 재필 엄마'라고 씌어 있었다. 무선 전화기를 가져다 '031'로 시작하는 번호를 꾹꾹 눌렀다.

"재필 엄마가 누군데?"

"이 할미가 파주에서 시집살이할 때 빨래터 동무였지."

"방망이로 팡팡 빨래 두들기면서 시댁 험담하고 그랬구나, 할머니."

"암, 옛날 여자들이야 커피 만들러 다닐 데가 있나, 빵 만들러 다닐 데가 있나."

농담으로 한 말에 할머니는 뼈 있는 말로 대답했다. 물론 공격의 타깃은 엄마였다.

발신음이 세 번 울리고 "여보세요." 하는 소리가 들리자마자 할머니에게 송수화기를 넘겼다.

할머니와 재필 엄마의 수다가 한참 이어지는 동안 나는 화장실에 다녀왔다. 방바닥에 엎드려 『원피스』 47권 첫 장을 넘기는데 할머니의 얘기가 귓속을 파고들었다.

"아니 그냥, 가서 살지도 않을 땅 그냥 놔두면 뭐하나 싶어 그러지. 딴 데 얘기 말고 조용히 시세나 알아보고 연락 줘."

할머니는 속삭이듯 말했지만 나는 이미 그 말의 의미까지 눈치챈 뒤였다.

"할머니, 시골 땅 팔려고?"

전화를 끊기가 무섭게 사실 확인에 들어갔다.

"무슨 소릴 하는 게야."

할머니는 모른 척했지만 당황한 게 분명했다. 선풍기가 힘차게 돌아가는데 갑자기 부채질을 하며 덥다고 했다.

"그럼 파주 땅값이 그냥 알고 싶었던 거야?"

"매실차 한 잔 마실까? 매실이 위장에도 그렇게 좋다는구나."

할머니는 딴청을 했다. 땅값을 그냥 한번 알아보려고 그런 게 아니었구나. 더 이상 캐묻지 말아야지.

"그래? 나도 할머니랑 매실차 마셔야겠다."

벌떡 일어나 밖으로 나가는데 등 뒤에서 할머니가 은근히 힘주어 말했다.

"못 들은 거로 해라."

아, 정말 땅을 팔지도 모르겠구나. 할머니는 신념과 자존심을 꺾고 이 집에서 지켜 온 것들을 포기하겠다고 마음먹은 모양이었다. 나는 마지못해 도장을 꾹 찍듯 대답했다.

"응."

할머니를 안심시키려는 대답이었을 뿐 날 믿어, 꽝! 했던 건 아니었다. 할머니 특유의 파워가 한풀 꺾인 마당에 신 날 일은 조금도 없었다.

삐걱삐걱.

할머니 방을 나와 주방으로 가다가 기겁하여 그 자리에 섰다. 깜박 잊고 통행금지 구역을 밟아 버렸다. 마루가 더 내려앉았는지 소리가 전보다 크게 들렸다. 이거 완전 가라앉아 버리면 어쩌지.

아침 식사는 늘 하는 둥 마는 둥 하던 언니가 밥 한 공기를 다 비우고 숟가락을 놓았다.

"웬일이야? 하루 세 끼 꼬박꼬박 찾아 먹는 게 야만적이라고 하더니."

먹어도 안 먹어도 접시처럼 납작한 언니의 배를 노려보며 내가 말했다.

"먹을 수 있을 때 먹어 두는 것도 나쁘진 않을 것 같아서."

"결식아동처럼 말하네."

사실은 결식아동이 아니라 시한부 인생이라고 말할 뻔했다.

146

요즘 들어 언니는 자주 죽음을 앞둔 불치병 환자처럼 말하곤 했다. 무슨 심경의 변화라도 있나. 정말이지 언니의 속은 1밀리미터도 알 수가 없다.

"옷차림이 좀 튄다."

젓가락으로 밥알을 세던 엄마가 젓가락질만큼이나 무심하게 한마디 했다.

"이 옷이 어때서? 다른 여자들에 비하면 거의 수녀복인데."

가슴이 푹 파인 민소매 티셔츠와 미니스커트를 수녀복이라고 우기다니. 언니의 억지는 조금 우스웠다. 출근하는 척하고 다른 데로 샐 거면 잠자코 있다 나갈 일이지, 뻔뻔하기 짝이 없었다. 언니는 오늘 출근을 하는 게 아니라 소풍을 가기로 돼 있었다. M, 그러니까 브라운 마헤르 모하마드와 함께. M의 풀 네임을 어떻게 알았냐고? 물론 일기를 보고 알게 되었다. 그 브라운 마헤르 모하마드와 언니가 오늘 마지막 데이트를 즐기는 것이다. 그는 곧 캐나다로 떠난다. 즉, 우리 집의 국제화가 물 건너가게 생겼다는 말이다. 잘된 일이지 뭐.

"오늘 야외엔 햇빛이 장난 아닐 텐데, 자외선 차단제 많이 발랐어?"

식탁에서 일어서는 언니에게 짓궂게 물었다. 하지만 언니는 조금도 당황하지 않았다.

"당연하지. 오늘 자외선 지수 끔찍하던데."

내 말을 알아들은 거야, 못 알아들은 거야. 긴 생머리를 휙

뒤로 젖히며 주방을 나가는 언니는 씩씩해 보이기까지 했다. 뭐야, 저 이해할 수 없는 상태는.

M이 한국을 떠나는 마당에 언니는 이상할 만큼 태평해 보였다. 이별을 슬퍼하는 기색이 전혀 없었다. 그들은 핑퐁 키스까지 주고받는 사이 아니던가? 어쩌면 두 사람 쿨하게 헤어지기로 한지도 모를 일이었다. 일기장에서도 터무니없이 담담했으니까.

M이 출국할 날짜가 가까워 온다. 온타리오 주 시골 마을의 목수로 돌아가는 것이다. 그는 그곳에 도착하는 대로 마당에 놓을 2인용 그네 의자를 만들 거라고 했다. 먼저 와서 앉는 사람이 임자라고 하는 그에게 나는 아무 대구 없이 웃기만 했다.

그가 쉬는 모레, 가까운 교외로 소풍을 가기로 약속했다. 전시관 리노베이션 때문에 바빠 눈치가 좀 보이지만 월차를 내서라도 다녀와야지.

작별 인사는 길게 하지 않겠다. 내가 브라운 마헤르 모하마드를 보내는 방식은 '굿바이' 정도로 짧고 간결한 것이어야 한다. 왜냐고? 두고 보면 안다.

언니의 진심은 뭔지, 이렇게 헷갈려서야 원. 일기장에 "왜냐고? 두고 보면 안다."는 식의 화법을 구사하는 것도 어이가 없었다. 자기 자신을 놀려 줄 생각인가.

148

오빠의 아이 입양 문제에 대한 입장은 참으로 언니다웠다. 한마디로 상관하고 싶지 않다는 거였다.

오빠가 아이를 입양하겠다고 얘기했을 때 난 딸꾹질이 나올 정도로 놀랐다. 오빠 부부의 갑작스런 입양 결정에 놀란 게 아니라 나의 예지력에 놀란 것이다. 나의 타로 점이 그 정도 수준에 이르다니. '입양'이라고 명백하게 꼬집지는 않았지만 90퍼센트는 그렇다고 할 수 있었다. 아이가 생길지 모른다. 충격적인 방식이 될 수도 있고, 크든 작든 장애와 고통이 따를 수도 있다. 아이는 우리를 놀래 주듯이 짠, 하고 나타날 것이다. 입양을 암시적으로 풀이한다면 이보다 정확한 표현이 어디 있을까. 가족과 주변 친구, 동료들을 상대로 부지런히 공부를 해 온 보람이 있었다. 영어가 조금만 더 유창하다면 타로 마스터가 되어 외국인들을 상대로 타로 상담을 할 수도 있을 텐데. 언젠가는 반드시 해내고 말겠다.

아이 입양을 놓고 식구들은 갑론을박했지만 나는 아무 관심도 없다. 내 문제가 아니니까. 나는 나 아닌 다른 사람의 인생까지 간섭할 의사가 조금도 없다. 각자 자기 방식대로 행복하게 살기를 바랄 뿐.

일기장에서까지 잘난 척이라니. 가족을 생각하는 마음이 한 조각이라도 있다면 한 번쯤 진지하게 고민해 볼 수는 있을 텐데 말이다. 하긴 가족도 남이라고 하는 여자니까. 차라리 아주 먼 별로 날아가 혼자 우아하게 살아 보시지. 그런데 영어로 타로 상담을 하고 싶다고? 그렇담 브라운 마헤르 모하마드를 따라가 남의 일에 관심 없는 사회에서 타로 점이나 봐 주며 심심하기 짝이 없는 삶을 살아 보든가.

할머니와 맥심 노랑이를 한 잔씩 타서 마시고 티슈로 입을 닦았다. 사흘 만에 가방을 메고 도서관으로 갈 참이었다. 자이를 보지 못한 지 나흘째. 단짝 친구를 연적 취급하는 게 엄청 짜증 났는데, 쩍쩍쩍 떠드는 소리가 듣고 싶어지니 알다가도 모를 일이다.

할머니는 다행히 어젯밤부터 기운을 차리고 거동을 시작했다. 이전과 같은 힘이 느껴지진 않지만 식사 후 맥심 노랑이를 찾는 고집엔 웃지 않을 수 없었다. 그래, 할머니가 그렇게 맥없이 찌그러질 리 없지.

식탁에서 일어서는데 잠시 주방을 나갔던 엄마가 들어오며 말했다.

"화장실 변기 사용할 때 조심해야겠다. 물 내리는 꼭지가 말을 안 들어. 손가락에 힘주지 말고 살짝 눌러야 해. 꽉 누르면 멈추지 않고 물이 나오니까."

"그래? 가끔 물이 계속 나오는 것 같을 때가 있긴 했는데."

"내가 몇 번이나 그거 조절하느라 애먹었는데, 너였구나?"

엄마는 다른 사람들이 그랬을지도 모르는 사실까지 나에게 뒤집어씌웠다.

"나만 미워해. 도서, 아니 아니, 학원 갔다 올게."

실수할 뻔했잖아. 조심해야지. 빈 그릇을 개수대에 갖다 넣고 가방을 멨다. 할머니가 너무도 울적해 보여 변기 꼭지 얘기는 더 이상 할 수 없었다. 지금 집 안의 무엇인가가 망가졌다는 건 할머니를 가장 참담하게 하는 일이니까.

그런데 이상한 일이다. 집이 아무리 오래되었다지만 어찌 이렇게 하나씩 연쇄적으로 망가질 수가 있지? 마치 도미노 블록 쓰러지듯 말이다. 내가 세 살 때쯤 강남의 한 백화점이 와르르 무너진 적이 있다던데, 우리 집이 어느 날 폭삭 주저앉으면 어쩌나 무서운 생각까지 든다. 어쨌든 조심하는 수밖에. 이층 계단을 오르내릴 때도 조심, 테라스 타일을 밟을 때도 조심, 거실을 오갈 때도 조심, 대문을 열고 닫을 때도 조심……. 이거 바닥에 붙어 설설 기어 다녀야겠네. 정말, 이사를 가야 하는 건가?

담장

마술 동아리에 회원 한 명이 늘었다. 새 회원은 이자이! 이 놀라운 사실은 아직도 받아들이기가 힘들다. 하지만 뭐 어쩌리. 나머지 두 회원의 적극적인 동의로 전격 통과된 것을. 면접이고 뭐고 기본적인 절차도 없었다. 동아리 활성화를 위해 회원 확대에 힘써야 한다는 게 두 녀석의 한결같은 주장이었다. 정식 모집을 통해 들어온 나에겐 어이없는 일이었다.

자이의 마찻사 입회 동기는 뻔했다. 도현을 빼앗길 수 없었겠지. 도현을 빼앗을 마음이 손톱 거스러미만큼도 없는 나로선 황당할 뿐이지만 그것 말고는 이유가 없었다. 어떻게 확신하느냐고? 자이는 '숨은 뜻' 따위는 없는 아이다. 즉, 뻔하다는 얘기다. 처음에 마술을 하겠다고 했을 때 얼마나 어이가 없던지.

도서관 열람실에서 마주치자마자 자이는 대뜸 말했다.

"나, 마찻사에 가입하기로 했어."

"가입하고 싶어"도 아니고 "가입하기로 했어"라니. 자기중심적인 면이 다분하다는 건 알았지만 깜찍함이 도를 넘어서 있었다.

"새 회원 뽑을 계획 없는 것 같던데?"

최대한 평정심을 유지하며 했던 이 말은 그러나 보기 좋게 무시되고 말았다.

"무열이랑 도현이한텐 벌써 허락을 받았어."

꽈당. 실제로 넘어지진 않았지만 자이의 옆자리에 털썩 주저앉았다.

"어, 그래? 축하한다, 하하."

나는 두 녀석의 목을 한 바퀴 비틀고 싶은 심정이었다. 회원이 딱 셋인데, 만장일치로 통과시켰어야지. 마음속으론 격한 항의를 하면서 자이에게는 생각보다 쉽진 않을 거야, 걱정하는 말을 해 주었다. 그러고는 어색하게 앉아 영어 단어를 머릿속에 욱여넣느라 네 시간을 투쟁했다. 중간에 도현에게 전화해 새 회원 영입에 대한 보고를 하라고 추궁했으나 어이없는 대답만 들려왔다. 자이라면 넌 무조건 찬성 아니야?

문헌정보실의 꽁지머리는 마침 휴가라 얼굴조차 볼 수 없었다. 동료 직원에게 꽁지머리의 전화번호를 물어보고 싶었지만 차마 말이 나오지 않았다. 열일곱 인생이 이렇게 갑갑해서야 어디. 친구들이라곤 하나같이 있으나마나 한 인간들이고, 좋아하는 사람의 전화번호 하나 모른다. 기분이 한없이 눅눅해졌다. 혼자 꽁지머리의 집을 찾아가는 상상을 일곱 번쯤 해 보았으나 실행으로 옮길 생각은 한 번도 하지 못했다. 나, 자격이 없는 거 아닌가? 그만한 열정도 없이 어떻게 한 사람을 좋아한다고 할 수 있나. 꽁지머리에게 같이 사는 친구가 있든 없든 나는 용기를 내지 못할 것이다. 그게 바로 겉으론 씩씩한 척하면서 속으론 우유부단하기 짝이 없는, 열일곱 살답지 않은 진몽주였다. 자이였다면 몇 번이고 도발을 했을 텐데. 아닌 척하면서 당돌한, 열일곱 살다운 자이니까.

오늘은 이자이 환영회와 마술 연습을 겸해 내 방에서 모임을 갖기로 했다. 자이는 마술 동아리 회원이라기보다 마술을 보러 온 공주님처럼 정성을 다해 꾸미고 왔다. 이 더운 날 꼭 끼는 스키니진에 무지개 색 니트 모자까지 뒤집어썼다. 콧잔등에 땀방울이 송골송골 맺혔는데도 덥지 않단다.

"내가 하겐다즈 아이스크림이라도 사 올 걸 그랬나? 스트로베리, 후식으로 진짜 짱인데."

자이는 환영회가 다소 싱겁게 끝난 걸 안타까워했다. 3천 원씩 회비를 걷어 동네 피자 한 판을 시켜 먹은 게 다였으니까.

"됐어. 배부르면 연습하는 데 좋지 않아."

나는 스트로베리 아이스크림이 아쉬워 침을 삼키는 녀석들

154

의 입을 미리 막았다.

"강도현, 황무열, 니들도 배부르지?"

녀석들은 내 눈치를 보며 힘들게 고개를 끄덕였다.

"근데 나, 엄마 성으로 완전히 바꾸었어. 헷갈리더라도 김도현이라고 불러 줘. 강도현보다 김도현이 더 낫지 않냐?"

큭큭거리는 강, 아니 김도현. 천진난만하게 웃는 얼굴이 속 시원히 얻어터지고 웃는 것마냥 측은해 보였다. 드디어 성을 갈긴 갈았구나. 기분이 묘했다.

"그래, 김도현, 새로운 모자 가정의 출발을 축하한다."

녀석의 새로운 성을 붙여 한마디 해 주었다. 어색했다.

"어, 성을 갈고 축하받긴 처음이다."

도현은 뒤통수를 긁적였다.

"근데 괜찮아?"

자이가 도현의 눈치를 살피며 물었다.

"괜찮고말고. 21세기에는 가족의 형태도 고정된 틀을 벗어나야 한다, 그것이 진보된 사회의 모습이다. 이건 내 말이 아니라 티브이 시사 프로에서 들었던 말이야. 생각해 보니 아빠와 살지 않으면서 아빠 성을 죽을 때까지 가지고 간다는 게 좀 엽기적이긴 하더라."

낄낄낄 웃는 녀석이 나이 마흔은 된 것처럼 늙어 보였다. 가슴이 쿡 쑤셨다.

"강도현이든 김도현이든 도현이는 도현이지."

무열이 조용히 있다가 명쾌하게 한마디 했다.

"그래. 너구리는 죽어도 너구리지 오랑우탄이 될 수는 없는 거야."

내 말에 도현은 바람 빠지는 소리를 내며 웃었다. 무더운 날이었지만 녀석은 왠지 추워 보였다.

새 회원 이자이와 함께 마술 연습을 시작했다. 도현은 자이에게도 예외 없이 손가락 스트레칭을 시켰다. 딱하게도 자이는 손가락 유연성이 제로였다. 중지와 약지 사이를 벌리는 것도 잘 안 되었다. 절망한 듯 울상을 짓는 게 불쌍했지만 못 본 척했다. 도현의 마음을 차지하려면 그 정도는 참아야지. 자이에 비하면 나는 숙달된 조교였다. 자이가 들어오니 오히려 의욕이 생긴다.

도현과 무열은 새로운 마술 연습에 들어갔다. 도현은 고급 카드 마술에 속하는 카드 체인징, 무열은 날아다니는 빵 마술이었다. 도현이 프로페셔널해 보인다면 무열은 거의 필사적이었다. 둘이 시민 공원에서 열리는 아마추어 마술 대회에 참가한다는 소식이 곧 전해졌다. 큰 대회는 아니지만 그동안 갈고 닦은 실력을 검증받는다는 데 의미를 둔다나 뭐라나. 나는 아직 대회에 나갈 수준이 안 돼 눈물을 머금고 빼 버렸단다. 나쁜 놈들. 부지런히 실력을 연마해 언젠가는 나 혼자서 출전하고 말아야지.

그런데 무열이 며칠 새 확실히 달라졌다. 경직되었던 안면

156

근육이 풀리고 몸의 유연성도 현저히 좋아졌다.

"무열이 오늘 좀 있어 보인다?"

나는 기꺼이 띄워 주었다.

"뭘."

무열은 네모난 얼굴을 주억거리며 몸 둘 바를 몰라 했다. 은근히 귀여운 데가 있네.

"무열이 지난주부터 연기 학원 다녀. 마술과 마임을 접목하겠단다."

도현이 말하고 크크 웃었다.

"진짜?"

자이와 내가 동시에 소리쳤다.

"와!"

"어쩌다?"

포크를 빵에 찔러 스카프 모서리에 감추는 연습을 하던 무열은 "말하지 말라니까." 하며 쑥스러워했다.

"무열이 이놈, 작정했대. 가볍게 볼 놈이 아니라니까. 바람을 넣은 난 가만있는데 잽싸게 행동 개시를 했잖아."

도현이 무열의 더벅머리를 흐트러뜨리고 이두박근에 가볍게 주먹을 날렸다.

"근데 믿어도 되는 거야? 일주일 학원 다녔다고 벌써 실력이 향상되다니 말야. 연기가 되잖아, 지금."

내 말에 무열의 얼굴은 방금 찜질방 숯가마에서 나온 것처럼 빨갛게 익었다.

"그냥 선생님이 하라는 대로 했을 뿐이야. 마임 수업, 힘들지만 진짜 짱이거든. 학원 누나들이 나한테 그러긴 하더라. 뚝배기보다 장맛이라고."

하하하……. 잠시 공감하는 웃음이 방을 한 바퀴 돌았다.

"학원비는 어떡하고? 무지 비쌀 텐데."

나는 현실적인 문제를 거론했다. 무열의 집이 그리 넉넉지 못하다는 건 다 아는 사실이었다.

"첫 수강료는 석 달 안에 갚기로 하고 누나한테 빌렸어."

무열은 엄지에 끼운 빵을 내 앞으로 불쑥 내밀었다. 엄지가 빵에 가려져 공중으로 빵이 날아오는 것 같았다.

"어떻게 갚으려고?"

"내일부터 새벽에 신문 돌린대."

도현이 워터폴로 촤르르 카드를 떨어뜨리면서 무열 대신 대답해 주었다.

무열의 마술 마임 도전기가 시작된 데 대해 모두들 한마디씩 하고는 다시 연습에 들어갔다. 잘 빚은 메주 같은 무열의 얼굴은 의욕으로 빛났다. 매사에 자신감이 없더니, 오래 살고 볼 일이야.

도현은 오늘 가르치는 데 의욕을 잃었는지 입 다물고 자기 연습만 했다. 무열의 추격에 정신이 번쩍 들기라도 했나? 습관성으로 하던 잔소리도 하지 않았다.

"마술 대회 그랑프리는 맡아 놨어."

했더니 헛소리를 지껄였다.

"그랑프리로 누군가의 마음을 움직일 수 있다면 못할 것도 없지."

순간 자이의 눈빛과 내 눈빛이 쩽 교차했다. 자이는 촉수가 온통 도현에게로 향해 있으니 나를 견제할 수밖에 없다 치고, 난 뭐지? 나도 '누군가'가 누구인지 알고 싶은 건가? 한 발 뒤로 물러서서 냉정히 생각하니 사실 그랬다. 누구일까. 어이가 없었다. 그 '누군가'가 누구이든 알 게 뭐야. 하지만 그게 바로 나라면, 하는 생각이 껌처럼 달라붙었다.

"마음이나 비우고 해."

나는 자이와 쩽 부딪쳤던 눈빛을 흐트러뜨리고 도현에게 말했다. 다시 카드에 몰입한 도현은 대꾸도 하지 않았다.

"넌 연습 안 해?"

자이가 뻣뻣한 손동작을 어쩌지 못한 채 새침하게 물었다. 남이야. 삐그덕 소리가 날 것 같은 손가락이나 어떻게 해 볼 일이지.

"안 하다니. 갈 길이 얼마나 먼데."

나는 양손을 다른 모양으로 하여 한 수 위의 스트레칭을 해 보였다. 오늘따라 손가락 놀림이 자유로웠다. 역시 실력이 있는 사람과 없는 사람이 적당히 섞여 있어야 플러스 플러스가 되는 법이다. 스카프 매듭 풀기가 잘되면 로프 마술도 시도해 봐야지. 할머니 생신 때까진 세 가지 종목쯤 확실히 마스터해야 할 텐데. 선물이라고 당당히 내놓을 만큼 잘해 보이고 싶다. 음력으로 9월 5일이니 길지도 짧지도 않은 시간이다. 열심히 해야지. 무열이처럼.

　오후 4시. 엄마는 오늘도 심포니에 있었다. 여전히 우아한 맵시로 앉아 그에 어울리는 간결한 미소만을 띤 채로. 베토벤은 고풍스런 로스팅 기계 앞에서 직접 커피콩을 볶으며 열강 중이었다. 여유 있는 제스처와 세련된 손짓은 주변에 둘러앉은 아줌마들을 매료하고도 남을 만했다. 아줌마들의 시선은 베토벤의 얼굴에 붙박여 있었다. 엄마는 로스팅 기계의 커피콩을 들여다보고 있었으나 강의에 열중하는 것 같진 않았다.
　나는 구청 분수대 옆의 돌 벤치에 앉아 엄마를 바라보았다. 높이 치솟았다 멈추기를 반복하는 물줄기들 사이로 엄마의 옆모습이 내 눈에 단속적으로 들어왔다. 세월의 흔적이 있을 뿐 엄마는 조금도 망가지지 않았다. 눈 밑에 약간의 그늘이 드리워져 있긴 하지만 아름다운 여자를 더욱 아름답게 만들어 주는 조건, 고독인 것처럼 보였다. 지금 보이는 저 장면이 커피 광고의 한 컷이라고 한다면, 주인공은 말할 것도 없이 우아한 엄마와 근사한 베토벤이었다. 인정하고 싶지 않지만 두 사람, 참 잘 어울렸다.
　로스팅 강의는 한 시간가량 계속되었다. 고작 콩이나 볶으

160

면서 뭐 저렇게 공을 들이는지 알 수 없었다. 집에서 커피 좀 격식 차려 마시겠다고 강의까지 듣는 이유가 뭘까. 할머니 말대로 커피믹스에 뜨거운 물만 부으면 맛있는 커피를 마실 수 있는데. 21세기의 '배운 아줌마'들은 일상이 모두 심심한가? 그래서 집에다 커피 머신을 들여 놓고 홈 바리스타가 되려고 하는 거야? 나는 쌓여 가는 불만을 차곡차곡 눌러 내리면서 끈기 있게 베토벤의 강의를 지켜보았다.

엄마를 미행한 것은 아니었다. 구청 옆 은행에 학원비를 저축하러 온 길에 혹시나 하여 멀찍한 거리에서 심포니를 들여다보았을 뿐이다. 그리고 역시나 엄마가 있었다. 아침에 신경이 날카로웠던 엄마는 안정제라도 먹은 듯 편안해 보였다. 베토벤이 신비의 안정제 역할을 한다는 건 이제 별 연구를 하지 않고도 알 수 있었다.

엄마와 신경전을 벌인 대상은 이번에도 할머니였다. 주부가 식탁을 어떻게 책임져야 하나를 놓고 몇 마디 날 선 대화가 오갔다. 짧은 논쟁은 할머니의 불만으로부터 시작되었다.

"요즘 식탁 보기가 민망하구나. 먹을 만한 게 없어. 집에서 노는 사람들이야 괜찮지만 나가 일하는 사람은 잘 먹어야 기운을 쓰지."

나가서 일하는 사람은 당연히 아빠였다.

엄마는 밥알을 몇 개 모아 입으로 가져갔을 뿐 아무 반응이 없었다.

"요 몇 년 새 아범이 많이 늙었어. 나이는 들고 힘은 부치는 게지. 뺨이 푹 꺼진 게 환자 같더라. 평생 육식 체질로 살아왔는데 이렇게 푸성귀 판이니. 취미 생활에 드는 돈은 아껴도 식생활에 드는 돈은 아끼지 말아야 해."

"중년에는 채식이 좋아요, 어머니. 고혈압, 당뇨, 동맥경화 예방하려면 육식은 피해야 해요."

엄마는 조용히 밥알을 세듯 일정한 톤으로 말했다. 바로 그런 말투가 상대를 더 약 오르게 하는 걸 알고 그러나, 모르고 그러나. 할머니의 얼굴이 금세 울긋불긋해졌다.

"그렇다고 고기 구경을 안 시키다니 너무하지 뭐니. 과식만 하지 않으면 되는 걸 뭐가 문제라고."

할머니가 역정을 냈다.

"김치찌개에 돼지고기 들어갔고 계란, 두부에도 단백질은 있어요."

엄마는 또 왜 이러지?

"찌개에 들어간 돼지고기 몇 점으로 기별이나 가겠니? 커피에 쏟는 정성 반만큼이라도 식탁에 쏟으면 당장 밥상이 달라질 게다."

할머니는 기어이 속에 담아 두었던 말을 내뱉고야 말았다.

"커피와 밥상에 무슨 관련이 있는지 모르겠네요. 부당한 말씀이세요."

"마음이 밖에 나가 있으니 그렇다는 거다. 안에다 둘 마음이 없으니 밥하고 요리하는 데 무슨 재미가 나겠냐."

할머니가 그렇게 정곡을 찌를 줄은 몰랐다. 엄마를 치밀하게 연구 분석하고 있었다니. 엄마는 숨을 쌕쌕 몰아쉬며 자신을 진정시키는 것 같았다.

한참 동안 침묵이 흘렀다. 약 10분 정도 됐을까. 그 시간이 지옥에서의 하루처럼 길게만 느껴졌다. 그리 요란하게 뭉치지는 않아도 무던하게 잘 지내던 가족 사이에 서서히 틈이 생기고 있었다.

엄마는 젓가락을 놓고 차분한 톤으로 말했다.

"어머니 보시기엔 제가 모든 걸 방치하고 있는 것 같겠지만, 전 제가 할 수 있는 만큼 애쓰고 있어요. 그 이상은 오히려 위험해져요."

그러고는 커피 머신에서 에스프레소 한 잔을 뽑아 밖으로 나갔다.

할머니는 엄마의 말을 이해했을까. 난 전부는 아니지만 조금은 알 수 있었다. 그 이상은 오히려 위험해진다는 말. 나도 그 이상 엄마가 애쓰기를 바라지는 않는다. 그러다 오히려 틈이 더 벌어져 복구가 불가능해지면 그땐 정말 대책이 없을 테니까.

커피콩 볶기 강의가 끝나고 아줌마들은 베토벤이 가져다준 커피를 마시며 오후를 해피하게 보내고 있었다. 엄마의 웃음은 오늘따라 더 화사했다. 녹색 계열의 실크 원피스만큼이나.

오후 5시를 조금 넘어 아줌마들은 아쉬움이 덕지덕지 묻은 얼굴로 심포니를 나왔다. 베토벤은 유리문 밖까지 따라 나와 배웅했다. 훈훈히 불어오는 바람에 살짝 웨이브 진 머리카락이 부드럽게 날렸다. 시원하게 넓은 이마가 드러나 웃음이 더 환하게 느껴졌다. 근데 저 사람 뭐야, 일일이 악수를 청할 것까진 없잖아. 예상대로 마지막 악수는 엄마와 했다. 뭐든 아끼는 건 마지막 차례가 된다.

엄마는 세 아줌마와 헤어진 뒤 다시 심포니로 들어갔다. 이건 또 무슨 반전? 스토리가 이상해지잖아. 베토벤을 따로 만나는 거야? 몇 초 사이 내 머릿속엔 아침 드라마의 장면들이 휙휙 지나쳐 갔다. 심포니로 들어간 엄마는 베토벤과 몇 마디 말을 주고받으며 커피콩 진열대 앞에 서 있었다. 그러고는 커피콩을 한 봉지 사 들고 나왔다. 불륜 드라마는 피해 간 셈이다. 후유유.

하지만 나는 안심할 새도 없이 구청 입구의 기둥 뒤로 재빨리 숨었다. 엄마가 분수대 쪽으로 다가오고 있었다. 엄마는 내가 앉았던 돌 벤치에 다리를 포개고 앉았다. 분수의 물줄기를 배경으로 앉아 있는 엄마는 너무도 외로워 보였다. 그건 순간의 감각을 자극하는 광고가 아니라 가슴속 깊은 곳을 저미어 오는 영화의 한 장면 같았다. 차라리 엄마가 고상함과는 거리가 먼 보통의 아줌마였다면 어땠을까. 과테말라 안티구아 에스프레소에 중독된 여자가 아니라 인스턴트커피 맥심 노랑이

164

에 맛들인 아줌마라면……. 하지만 다른 모습의 엄마는 상상이 되지 않았다. 나의 엄마는 단 한 사람, 심포니의 커피콩을 손에 쥔 채 분수대 돌 벤치에 외롭게 앉아 있는 엄마였다. 이렇게 숨어 엄마를 바라보면서 나는 어느 때보다 엄마를 많이 이해할 수 있을 것 같았다. 하지만 아빠는?

아빠를 생각하니 다시 혼란이 찾아왔다. 엄마에겐 즐길 고독이라도 있다지만 아빠는 뭘 즐겨야 하지? 야동? 하지만 그건 즐기는 게 아니라 빠져드는 거다. 그것도 더러운 진창으로. 가족 부양의 책임을 무겁게 등에 지고 가는 것도 모자라 그 대가로 찌질한 삼류 영화 같은 삶을 살아야 하다니, 너무한 일 아닌가?

엄마가 집을 향해 천천히 발걸음을 떼는 걸 보고 나도 기둥 뒤에서 나왔다. 엄마의 뒤를 따라가지 않고 아빠의 직장 피시존으로 향했다. 오늘은 용돈을 뜯지 말고 일이나 도와줘야지. 나도 가끔은 착한 딸이고 싶다.

아빠는 야동 앞에서 졸고 있었다. 아니, 고개를 90도로 푹 꺾고 고된 숨소리를 내며 아예 숙면을 취하고 있었다. 야동도 아빠의 피로를 풀어 주기엔 역부족인 것이다. 아 참, 새로 구한 알바생이 얼마 되지도 않아 그만뒀지. 갑자기 퀵 서비스 알바를 하기로 했다며 일당을 달라고 하여 어이없었다는 얘기를 들었다. 아직 후임 알바생을 구하지 못했는지 사람이 새로 들어왔다는 얘기는 듣지 못했다. 기묘한 자세로 엉킨 살덩어리

들은 잠든 관객을 깨우지도 못한 채 컴퓨터 모니터 속에서 헉
헉대며 꿈틀거리고 있었다. 구역질 나. 피시방에 밴 찌든 담배
냄새까지 더해져 속이 뒤집혔다. 아빠의 손을 치우고 마우스
로 야동을 꺼 버렸다.

"다 했는데요."

카드를 들고 온 초딩이 3천 원을 내밀었다. 카드의 번호를 보
고 이용 시간을 확인하니 세 시간 하고도 59분 57초. 아주 꽉 채
워서 했구나. 3천 원을 받고 동전 통에서 200원을 꺼내 주었다.

"400원 더 줘야죠."

조그만 녀석이 눈을 똑바로 뜨고 잡아먹을 듯 나를 올려다
보았다.

"4 곱하기 7은 2천 800원 아냐?"

"시간당 600원이잖아요."

녀석이 가리키는 곳에 A4 사이즈의 컴퓨터 용지가 붙어 있
었다.

요금 인하! 시간당 600원.

아, 결국 요금을 내렸구나. 요금은 100원 내렸는데 가슴은
100만 원어치쯤 출렁 내려앉았다. 피곤에 전 아빠의 얼굴을 내
려다보았다. 아빠는 어쩌면 알바생을 구하지 않기로 했는지도
몰랐다. 시간당 700원이 손익분기점이라고 했으니 600원을 받
으면 적자라는 얘기다. 그럼 적자를 메울 수 있는 방법은? 하
나밖에 없었다. 인건비 줄이기. 아빠는 지금 온몸으로 적자를

막아내고 있었다.

동전 통에서 400원을 내주며 짜증을 냈다.

"엄마도 아시냐? 너 여기서 네 시간이나 게임하고 있었던 거."

"당근 모르죠."

"친구랑은 안 노냐?"

"게임하면서 친구도 사귀고 다 해요."

녀석은 히히 웃고는 피시방을 나갔다.

아빠는 내가 빈 부스에서 식은 자판기 커피를 갖다 버리고 재떨이를 비웠을 때서야 부스스 눈을 떴다.

"언제 왔냐."

오른손은 자동으로 컴퓨터 마우스를 잡았으나 내려야 할 야동이 사라진 뒤였다. 흠흠, 헛기침을 하면서 내 눈치를 살피는 게 비굴해 보였다.

"지금. 아빠 들어가 좀 쉬어. 두 시간쯤 내가 카운터 보고 있을게."

"무슨 얘기냐. 넌 아빠 일엔 신경 쓰지 말고 공부나 해. 그게 도와주는 거다."

그런 판에 박힌 얘기는 듣고 싶지도 않았다. 뭐가 도와주는 거야, 피를 빨아먹는 거지. 사실 내가 이런 생각을 하게 될 줄은 몰랐다. 부모가 궁지에 놓였을 때야 자식이 철든다면 다행인가 불행인가.

"어차피 나 오늘 공부 안 돼. 몹시 꿀꿀하거든. 이럴 때 효도하면서 건전하게 시간을 보내겠다는데 안 될 게 뭐 있어. 아님 딴 데 가서 놀 거야. 용돈 팡팡 쓰면서."

"자식. 그럼 알바비 줄 테니 한 시간만 해 봐."

"아니, 두 시간이야. 한 시간은 퀘퀘한 냄새에 익숙해질 시간도 안 돼."

"녀석, 고집하고는. 그럼 아빤 시원하게 사우나나 하고 와야겠다."

아빠는 지폐 통에서 만 원짜리 하나를 꺼냈다. 혹시 야동이 화면 아래쪽에 숨겨져 있는지 확인하는 것도 잊지 않았다. 찜찜하기도 하겠지.

피시방 일은 정말 따분했다. 카운터에 앉아 카드를 내주거나 받고, 돈을 받거나 거슬러 주는 게 전부인데 그게 재밌을 리 없었다. 침을 뱉어 놓은 재떨이나 라면 국물로 지저분해진 부스를 치우는 일은 지겨웠다. 게임에 몰입해 온갖 욕설을 입에 달고 키보드를 두드려 대는 초딩들은 당장 내쫓고 싶었으나 죽을힘을 다해 참았다. 그렇게 하자면 손님의 절반은 내쫓아야 할 판이었다. 방학이라 동네 조무래기들이 많았다.

하지만 이런 생각을 하는 나도 어느새 카운터에 앉아 온라인 게임을 하고 있었다. 이런 저주받을……. 잠깐 앉아 있는 사이 게임에 빠져든 주제에, 바로 이 자리에 종일토록 앉아 야동에 빠져 허우적대는 아빠를 비난할 자격이나 있나?

'메이플스토리'를 신 나게 하다가 노가다가 너무 심해 그만 두고 가방에서 통장을 꺼냈다. 엄마를 감쪽같이 속인다는 데 죄책감이 들기도 하지만, 이 납작한 통장은 만질 때마다 기분이 좋다. 자그마치 60만 원! 학원비가 15만 원씩 넉 달 치 저축되어 있다. 봉투에 넣은 그대로 학원에 갖다 낼 때는 몰랐는데, 이게 내 수중에 있고 보니 제대로 실감 났다. 60만 원이라니. 이렇게 모으면 졸업할 때는 500만 원쯤 되겠지? 그 정도면 한 달 이상 유럽 여행을 할 수 있는 돈이다. 졸업과 함께 유럽 여행이라니, 벌써 비행기를 탄 것처럼 가슴이 울렁거렸다. 하지만 울렁거림을 진정시키는 얼굴들이 하나둘 떠올랐다. 할머니, 아빠, 엄마⋯⋯. 오빠와 언니는 뭐 그렇다 치고, 인생이 피곤한 가족들을 남겨 두고 과연 내가 유럽 여행을 갈 수 있을까? 나 같은 휴머니스트가, 그것도 한 달 이상이나, 게다가 자이와 함께.

　통장을 접는 순간, 이미 준비되었던 것처럼 정수리를 치는 말이 있었다. 가족 여행. 내가 왜 그 생각을 못했지? 뿅망치로 한 대 맞은 것처럼 기분 좋은 충격이 왔다. 돈이란 정말 이럴 때 필요한 거구나. 가족 여행 계획을 발표한다면 모두가 두 번은 놀랄 것이다. 학원비를 가로채고 새빨간 거짓말을 했다는 것에 한 번, 철부지 막내가 가족 여행을 생각했다는 것에 또 한 번. 아드레날린이 꽉꽉 분비되는지 갑작스레 얼굴이 따끈따끈 달아올랐다.

"학생."

누군가 잔뜩 짜증이 섞인 말투로 카운터를 탕탕 쳤다. 고개를 들어 보니 성난 장비 같은 남자가 인상을 구기고 있었다.

"몇 번을 불러야 해?"

그럴 수도 있지. 눈앞에 내민 두툼한 손바닥에 8번 카드를 얹어 주었다. 흡연석 카드였다. 담배에 찌들어 꺼멓게 썩어 들어가는 얼굴을 보면 물어보나 마나였다. 몇 년째 실직 중일까. 밉살스럽기도 하지만 불쌍하기도 해 백화점 주차 도우미처럼 예쁘게 손바닥을 펴 8번 부스를 가리켰다.

"필요하신 게 있으면 말씀하십시오."

남자는 들은 체도 않고 8번 자리로 갔다. 나 참, 생각해서 어른 대접을 해 줬더니 가까스로 피워 낸 측은지심을 꺼뜨리고 있잖아. 아빠가 중년의 막장 피시방 폐인이 되지 않고 피시방 주인이 된 건 그나마 다행인가?

내 생각은 다시 가족 여행으로 돌아왔다. 구령대에 올라가 상장이라도 타는 아이처럼 가슴이 팔딱팔딱 뛰었다. 가족 여행, 그건 실현 불가능한 일이 아니었다. 돈이 있으니까. 겨울방학 때까지 학원비를 모으면 다섯 식구가 제주도 정도는 갈 수 있겠지. 열여덟 살을 맞으며 처음으로 하늘을 날게 되는 건가? 플라이 투 더 스카이. 나뿐 아니라 가족 모두에게 그런 순간이 필요한 때이다.

할머니는 아직 들어오지 않고 있었다. 이뿐 할머니를 만나러 간다며 나갔다는데 네 시간 넘게 감감무소식이었다. 그렇다고 먼저 연락을 할 수도 없었다. 휴대폰은 쓸데없는 물건이라며 공짜 폰에도 눈길 한 번 주지 않는 할머니였으니까.

다음 주에 오기로 했던 오빠네가 갑자기 들이닥쳐 뜻하지 않은 가족 모임을 하게 되었다. 오빠가 왔다는 걸 알면 할머니 기분이 조금은 풀어질 텐데.

그놈의 담벼락이 문제였다. 도현과 무열이 들락거리며 한마디씩 하던 담벼락이 드디어 아빠의 눈에 들어온 것이다. 아침에 피시방으로 출근하던 아빠는 어깨에 멘 도시락 가방을 추로 이용해 기울기를 쟀다. 약 7도. 다시 집에 들어와 그 사실을 알리고 아빠는 사람을 불러다 임시로 나무 기둥이라도 받쳐야겠다고 했다. 도현과 무열이 30년 된 구라파식 이층집에 괜한 시비를 건 게 아니었음이 밝혀진 순간이었다. 아빠를 따라 나가 내 눈으로 신중히 확인해 보니 과연, 담은 명백히 기울어 있었다. 전엔 긴가민가했는데 그 사이 좀 더 기울었다는 얘기다. 가까스로 삐딱하게 버티고 선 할아버지의 작품을 보는 것만으로도 불안해 딸꾹질까지 나왔다.

식후 맥심 노랑이를 마시던 할머니는 납빛으로 굳어 소파에 붙박여 있었다. 내가 뭐랬어요, 하듯 엄마가 흘리는 눈길도 알아채지 못했다. 도서관에 간다며 할머니보다 내가 먼저 집을 나섰으니 그 후 할머니의 상태는 알 수 없었다. 집을 망가뜨리는 귀신이 붙지 않고서야 어떻게 이럴 수가 있지? 이 이상한 도미노가 멈추지 않을까 봐 두려웠다.

아빠는 8시에 들어오겠다고 전화를 해 왔다. 늦은 밤부터 새벽까지 알바를 하는 오빠에게 좀 일찍 와 달라고 부탁했단다. 아침 알바생은 아직 구할 계획이 없는 것 같았다. 시간당 이용료 600원. 이것이 다시 700원으로 회복되지 않는 이상 아빠의 고된 노동은 계속될 전망이었다. 아예 학원을 다니지 않겠다고 해 버릴까. 불쑥불쑥 그런 충동이 일었지만 15만 원을 포기하기도 쉽진 않았다. 아무래도 난 속 깊은 효녀는 못 되나 보다. 그리고 어차피 아빠도 엄마도 내가 학원까지 끊는 효녀가 되는 데 순순히 동의하지는 않을 텐데 뭐. '내가 누구 때문에 고생하는데' 식의, 사랑을 가장한 질타를 감당할 의사도 없었다. 가끔 피시방에서 카운터나 보며 아빠를 사우나에서 잠깐씩 쉬게 하는 수밖에.

엄마와 새언니는 김치를 담그느라 주방에 있었다. 심부름을 시키는 엄마의 목소리만 이따금 들릴 뿐 대체로 조용한 편이었다.

"언니한테 전화해 봤니?"

엄마가 에이프런을 두른 채 거실 쪽으로 목을 빼고는 물었다.

"어, 중요한 약속 있대."

중요한 약속이 있다는 건 문자 메시지를 날렸다가 답장으로 받은 내용이었다. 나는 그 한마디로 모든 걸 이해하고 더 이상

172

메시지를 날리지 않았다. 오빠네와 저녁 식사를 하는 것보다는 모하마드와 함께 이별의 핑퐁 키스를 나누는 게 중요할 테니까. 며칠 있으면 모하마드는 캐나다로, 또 그 며칠 후에 언니는 미국으로 떠나기로 되어 있었다. 웬 미국이냐고? 놀랄 일이지만 언니는 연수를 떠나게 되었다고 했다. 뜻밖이었다. 일기장에서도 그런 얘기는 찾아볼 수 없었으니까.

언니의 설명은 이랬다. 이번 연수는 미국 뉴욕 주 국제 교류 기금 공모 사업의 문화·학술 전문가 지원 프로그램으로 이루어지는데 단기 2개월, 장기 1년 연수에 각각 한 명씩 참가하기로 되어 있었다. 그런데 1년 연수 대상자가 갑작스런 사정으로 참가를 포기했고 언니가 대타로 가게 되었다는 것이다. 경력은 짧지만 영어가 좀 되어 5대 1의 경쟁률을 뚫을 수 있었다는 말도 덧붙였다. 기회는 준비가 된 사람에게 온다더니, 영문과 출신에 영어회화 공부를 열심히 한 보람이 있구나. 나는 부러움 반 시샘 반으로 축하의 말을 해 주었다.

언니가 처음 연수 얘기를 꺼냈을 때 엄마는 딱 두 마디만 했다. 그래, 확실하게 네 일을 만들어. 여자도 언제든 독립적으로 자기 인생을 살 수 있어야 하니까. 숨은 뜻이 있는 말처럼 들렸지만 굳이 해석을 하고 싶진 않았다. 아빠는 실력으로 어려운 관문을 통과했다며 무척이나 자랑스러워했다. 언니가 피시방을 정리하라며 싸가지 없이 비수를 꽂은 일은 그새 잊었나. 아무튼 아빠가 피시방에서의 고생을 참아 내는 데 당분간은 큰 힘이 될 듯 싶었다. 할머니는 여자애가 1년이나 집을 떠나 있어야 하니 어쩌냐며 걱정했다. 손녀딸에 대한 안쓰러움이라기보다는 식구가 또 하나 줄어들게 된 데 대한 허전함 같았다.

빅뉴스를 전해 들은 오빠와 새언니는 좋은 기회를 잡았다며 잠깐 환호하고, 선진국과 비교되는 한국의 문화 사업 수준에 대해 회의적인 견해를 쏟아 내기도 했다.

어쨌든 언니는 출국 준비를 착착 진행하고 있었다. 이층 방 하나가 휑 빈다니 좀 썰렁할 것 같긴 하다. 그런데 언니는 모하마드와 정말 깨끗이 이별하기로 했나? 이래저래 생각이 많던 차에 미국 연수를 계기로 그에 대한 열정이 식었을지도 모른다. 그 중요한 단서로, 언니의 일기에는 요즘 모하마드가 등장하지 않는다. 그가 한국을 떠나는 마당에 매일 그의 얘기로 도배질이 되어 있어야 정상일 텐데 말이다. 다리미로 빤빤하게 편 듯한 얼굴에 희로애락을 숨기고 있는 건 성격이라 치고, 일기장에 안타까운 연애사 정도는 토해 놓아야 정상 아닌가. 그런데 한마디도 없다. 정말 언니는 속을 알 수 없는 여자다.

김치를 다 담그고 새언니가 설거지를 하는 동안 엄마가 에스프레소 잔을 들고 거실로 왔다. 이제 과테말라 안티구아 원두 향은 내 살냄새처럼 익숙해졌다.

"저녁은 시켜 먹자. 할머닌 남겼다 드리든가 하고. 보쌈 괜찮지?"

집에서 삼겹살이라도 구워 먹을 줄 알았더니 웬 보쌈? 아무리 30년 된 구라파식 이층집에 마음이 떠났어도 그렇지, 엄마가 어째 배짱을 부리는 것처럼 느껴졌다.

"그냥 냉장고 털어 집에서 대충 해 먹지?"

"채소밖에 없어. 할머니가 육식을 원하시니 아무거나 해 먹기 그렇잖니."

"그래도…… 생활비 아껴야 하는 거 아냐? 피시방 요금도 시간당 600원으로 내렸던데. 담장도 더 기울기 전에 수리해야 잖아."

내 혀는 더딘 생각을 앞질러 엄마의 고고한 성벽을 콕콕 찍어 댔다.

"피시방 요금 또 내렸어?"

얼굴을 가렸던 신문을 내리고 오빠가 물었다.

"며칠 전."

나는 간단히 대답했다. 차갑게 굳은 엄마가 내 혀에 독침을 꽂을 것 같았기 때문이다.

"생활비 걱정까지 해 주다니, 몽주가 언니 오빠보다 낫구나. 보쌈 값은 일구 네가 내도 되겠지? 몽주 걱정 좀 덜게."

괜히 혀를 내둘렀다가 본전도 못 찾았다. 칭찬이야, 무시야.

"오빠 저녁 먹으러 온 거야?"

"어, 뭐 그냥. 식구들이랑 얘기도 하고 싶고, 이구도 보고 싶고……."

"뭐야, 그 얼버무리는 말투는. 무슨 일 있어?"

"아니 뭐, 설마 나쁜 일이야 있겠냐."

이렇게 애매하게 나오면 대화하기가 싫어진다. 보쌈이나 시켜야지. 할머니는 언제 들어오시려나.

할머니는 보쌈과 함께 들어왔다. 초인종 인터폰 화면엔 배달 아저씨가 웃고 있었는데 현관문을 열고 들어온 사람은 할머니였다. 이미 계산까지 한 할머니가 양손에 든 비닐 백을 엄마에게 넘겨 엄마가 잠시 난감해하는 장면이 연출되었다. 걱정했던 것과 달리 할머니는 상당히 담담해 보였다. 이뿐 할머니와 찜질방에서 기분 전환이라도 하고 왔나? 암튼 다행이다.

그런데 별로 유쾌할 것 없는 식탁 분위기를 오빠가 더욱 가라앉게 만들었다.

"저희, 입양 기관에 입양 신청서 갖다 냈어요."

누군가의 입속에 있던 보쌈이 목젖을 통과해 넘어가는 소리만 들렸을 뿐 무거운 정적이 식탁 주변으로 내려앉았다.

"젊은 인생에 아이 생각뿐이니 마흔 넘은 불임 부부처럼 보이는구나. 후회하지 않게 다시 한 번 심사숙고해."

젓가락을 내려놓은 엄마가 조용히 명령조로 말했다.

"저희들 깊이 생각했어요, 어머니. 틈만 나면 토론을 벌였다니까요. 입양을 할 것인가 말 것인가. 하지만 토론이 될 리 없죠. 둘 다 찬성인데. 저희 모두 아이를 기르고 싶고, 시험관아기보단 입양아를 원해요. 자기 배로 나온 아이만 가족이 될 수 있다는 생각은 이제 구시대 사고일 뿐이에요. 안 그래요, 작은 아가씨?"

언니가 없으니 새언닌 만만한 나에게 동의를 구했다.

"내가 뭘 아나? 새언니도 참."

난 대답을 적당히 피했다. 할머니가 찬성을 하지 않은 마당에 내가 옳소, 하며 나서고 싶지는 않았다. 입양에 대해 할머니는 한마디도 말한 바 없지만 그건 '입양은 안 된다'는 말보다 더 강한 의사 표현이었다. 나는 할머니를 안다.

"아빠 엄마랑 같은 생각이다. 할머니야 아무 말씀 안 하셨다만, 입양아를 원하실 리 있겠니?"

그렇죠, 어머니? 하는 표정으로 아빠는 할머니의 눈치를 살폈다. 아빠도 할머니를 제대로 읽고 있었다니 그리 둔하진 않구나. 보쌈엔 손도 대지 않고 밥에다 고추장과 참기름을 넣어 숟가락으로 척척 비비던 할머니가 마침내 입을 열었다.

"몽주처럼 내가 키워 줄 아이라면 모르겠다만, 그렇지도 않은데 간섭할 일이 뭐 있겠니. 늙은이들 뜻대로 모두가 따르는 세상도 아니고. 일구가 결정할 문제야."

이젠 보쌈 넘어가는 소리도 들리지 않았다. 할머니 말의 요지는 '일구가 알아서 하라'는 것이었지만 그 뉘앙스가 상당히 완고하게 느껴졌다. 집안의 중요한 일에 더 이상 결정권자가 될 수 없는 섭섭함을 반어적으로 표현한 것 같기도 했다. 내가 판단하건데 엄마 탓이 크다.

"파주 땅 팔아 돈 해 줄 테니 이사 가라."

아, 할머니……. 밖에 나가 중대 결심을 하고 왔구나. 그럼 엄마가 할머니를 이겼단 거야? 다섯 사람이 일제히 할머니를 바라본 채로 시간이 째깍째깍 흘렀다.

"어머니, 무슨 말씀이세요? 파주 땅을 팔다니."

아빠가 유리컵의 냉수를 비우고 말했다.

"넓은 땅도 아닌데 뭘. 정리하면 얼추 8천만 원은 되겠더구나. 5천만 원 집 옮기는 데 보태라. 3천만 원은 내가 쓸 테니."

"그 땅은 아버지가 물려주신……."

"나한테 물려줬으니 내 마음대로 하는 게지. 재필 엄마한테 부탁해 놨으니 살 사람이 나타나면 연락 올 거야. 땅 팔리는 대로 에미는 어디 괜찮은 아파트가 있는지 천천히 알아봐라. 그래 참, 인도네시아 간다던 친구 남동생 집은 아직 그대로 있다더냐?"

할머니는 엄마를 쳐다보지 않고 물었다.

"아뇨, 이미 팔렸어요. 우리가 결정할 때까지 마냥 기다리고 있을 수는 없으니까요."

"몽주 학교에서 너무 멀지 않은 데로 알아봐. 전학은 좋지 않으니까."

할머니는 이미 반드르르해진 고추장 비빔밥에 참기름을 몇 방울 더 떨어뜨렸다.

"감사합니다, 어머니."

정말 이 집에서 마음이 싹 빠져나갔나. 하지만 이해할 수 없게도 엄마는 그리 기뻐 보이지 않았다. 시선은 여전히 먼 곳에 가 있는 것 같고 엷게 드리운 그늘도 그대로였다. 하긴 이사를 간다 한들 한번 나간 마음이 쉽게 돌아올지는 의문이었다. 이사는 어쩌면 엄마에게 아무런 보장도 해 주지 못할 거창한 해프닝이 될지도 몰랐다.

"전 이 집이 나름 낭만적이고 좋았는데, 좀 섭하네요. 그래도 아파트가 편하긴 하겠죠? 하하."

어색한 분위기를 어떻게 해 보려고 새언니가 애썼지만 별 효과는 없었다.

"할머니, 제가 나설 일은 아니지만 파주 땅을 파는 건 좀 더 생각해 보는 게 어떨까요. 뭐 하실 일이라도 있으세요?"

오빠는 모든 사람을 대신해 할머니가 쓰겠다는 3천만 원에 대한 궁금증을 나타냈다.

"나, 독립해야겠다."

"예엣?"

천둥 같은 발표에 모두들 반쯤 몸을 일으켰다.

"독립이라뇨?"

"무슨 말씀이세요?"

"집을 나가시겠다구요?"

제각각 물음표를 날리고 나서도 당혹감을 감추지 못했다. 보쌈은 완전히 잊힌 채 서서히 식어 가고 있었다.

"이뿐이랑 둘이 살기로 했다. 복지관 근처에 원룸인가 뭔가 하나 얻어 살 생각이야."

"그래도 노인 두 분이 어떻게 원룸에서……."

아빠는 눈썹이 여덟 팔 자가 되어 울상을 했다.

"방이 많으면 뭐하나. 둘이 밥만 해 먹고 살면 되는데. 이뿐이가 잔정이 많아 붙어살면 재미날 거다. 멀리 가는 것도 아닌데 걱정할 거 없어. 일구네처럼 가끔씩 와 얼굴이나 보고 가고 그러면 되지 뭐. 몽주 보고 싶어 자주 오게 될 게다."

"할머니……."

나는 옆에 앉은 할머니의 팔에 매달렸다. 가슴이 무너져 내리는 경험을 열일곱 살에 보쌈을 먹는 식탁에서 처음 하게 될 줄이야. 오래된 구라파식 이층집이 쩍쩍 갈라지는 소리가 들렸다.

할머니의 독립이라니! 결국 언니의 점괘가 들어맞은 건가? 앞으로는 새로운 관계와 환경 속에서 힘을 얻는다느니, 다정다감하며 애인같이 친밀하게 도움을 줄 사람과 함께하게 될 거라느니, 그런 말을 날렸잖아. 어쨌거나 나에겐 구라파식 이층집이 폭삭 주저앉은 것보다 더한 충격이었다. 누구의 잘못도 아니지만 모두의 잘못이기도 한 것 같아 참담했다.

"큰일 난 것도 아닌데 왜들 그러냐. 난 이뿐이랑 살 거 생각하니 신혼살림 차리는 기분이다. 몽주 말대로 이뿐이랑 전생에 부부였나 봐."

할머니는 어깨를 들썩이며 큼큼큼큼 웃었다. 웃을수록 어깨는 축축 내려앉는 것 같았다.

"독립하신다는 거, 다시 한 번 생각해 보세요. 전 어머니와 따로 살고 싶다는 건 아니었으니까요."

엄마가 말했다. 앞으로 흘러내린 머리카락을 귀 뒤로 넘기는 모습이 지쳐 보였다.

"에미 때문이 아니니 신경 쓸 거 없어. 이제 기껏해야 10년이나 더 살까, 남은 인생 나도 기분 좀 내다 가고 싶어 그런다. 집안 어른입네 하면서 식구들 앞에서 무게나 잡는 게 뭐 재밌겠니. 이뿐이랑 손뼉 맞춰 놀러 다니고 눈치 볼 것 없이 주책도 떨고 관광도 다니고 그럴란다."

평화로울 줄 알았던 저녁 식탁에 폭탄이 두 번이나 떨어져 정신이 멍할 지경이었다. 오빠네의 입양 신청서 제출에 비해 할머니의 독립 선언은 나에게 메가톤 급이라 할 만했다. 무엇이 할머니를 독립투사로 만든 거지? 이렇게 갑작스럽고 느닷없이 말이다. 엄마 때문인가? 어쩌면 담벼락에 받쳐 놓은 나무 기둥 때문인지도 몰랐다. 집에 들어올 때 세 개의 나무 기둥이 받쳐진 담벼락을 보고 나도 우울하기 짝이 없었으니까. 재난이 감지되는 지진 위험 지역에 고집스럽게 버티고 선 낡아 빠진 집 같았다고나 할까. 내가 그렇게 느꼈는데 할머니야 말할 것도 없었다. 하지만 할머니의 뚝심은 다 어디로 갔지?

"염치없다만 용돈은 그대로 받아야겠다. 이 나이에 돈 벌 재주도 없고."

"어머니……, 다 제가 무능력해서 그렇습니다. 용돈은 당연히 드리겠지만 천천히 생각해 보세요. 어머니가 안 계시면 그 집이 어디 집 같겠습니까."

"정아 말대로, 오래된 유물 같은 얘기야. 밀레니엄인가 뭔가, 새천년이 왔다고 떠들썩하게 굴던 것도 벌써 10년이 넘었다. 세상이 바뀌었으면 바뀐 대로 따라가는 게 순리야."

아빠는 고개만 점점 아래로 수그러들 뿐 아무 대답도 하지 못했다.

"보쌈은 안 먹고 왜들 그러고 있어. 내가 쏜 거 아니냐?"

할머니는 고추장 비빔밥을 숟가락에 수북이 떠 한입 가득 넣고 우물거렸다. 독립을 선언한 할머니의 비장함에 모두들 기가 꺾여 마지못해 숟가락, 젓가락을 들었다. 입양 문제는 저리 밀려나 아무도 그 얘기를 들먹일 생각조차 못했다.

"원래 저희가 쏘려던 거였어요, 할머니. 다음엔 새치기에 벌금 때려요."

새언니가 웃자고 한 말이었으나 웃는 사람은 아무도 없었다.

"벌금 무서워 이제 돈 낼 일 있으면 약빠르게 뒤로 빼야겠구나."

"할머닌 그냥 깍두기 하심 돼요, 하하."

새언니가 다시 분위기 반전을 시도했으나 역시 웃는 사람은 없었다. 식사는 다시 시작되었다. 조용하고 침울하기까지 한 식사. 폭탄의 여파가 생생한데 다 식은 보쌈이 맛있을 리 없었다. 고기 냄새에 참다 참다 폭발한 이구만 통행금지 구역에서 방정을 떨며 깽깽거리고 돌아다녔다.

도서관에서 오랜만에 꽁지머리를 보아 좋아졌던 기분이 완전히 구겨져 너덜너덜할 지경이었다. 신간 도서 바코드 작업을 하느라 정신없던 꽁지머리는 나를 보고 번쩍 손을 들며 말했다. 마술 빚진 거 잊지 않았지? 내 존재를 특별하게 인식하고 있다는 걸 분명히 확인시켜 주는 말이었다. 나는 넵! 한 마디로 파닥거리는 가슴을 진정시켰다. 전화번호 가르쳐 줘요. 이 말은 혀끝에서만 맴돌았다. 주변머리가 이렇게 없어서야.

암튼 우리 집, 앞으로 어떻게 되려나.

자이에게서 문자 메시지가 도착했다. 밤 9시 34분. 이 밤중에 도서관에 있다고 했다. 공부가 잘돼 열람실을 떠날 수 없었다나.

- 내일 도서관 올거야?
- 몰라 기분 왕창 꿀꿀해서
- 왜? 무슨일있어?
- 집에 폭탄이 두번이나 떨어졌었거등.
- 잠깐 들를까?
- 아니 꽁지머리랑 얘기하구싶다ㅜㅜ
- 전화하면 되잖아 번호몰라?

- 엉ㅜㅜ

문자질이 귀찮아진다 싶을 때 답장이 끊겼다. 침대에 널브
러져 있는데 5분쯤 후에 다시 문자 메시지가 도착했다.

- OIO-8797-××××　꽁지머리

침대에서 벌떡 일어났다. 내가 벼르고 벼르던 일을 5분 만에
해내다니. 이런 깜찍한 것. 꿍꿍이가 있어서 그랬다는 건 알지
만 나는 진심으로 고마워 'OTL' 하고 무릎까지 꿇었다. 오늘,
꽁지머리 늦게까지 근무하는 날이었구나.

자이의 꿍꿍이는 꽁지머리와 나를 가깝게 만들어 도현과의
거리를 떨어뜨리려는 것임이 분명했다. 여리고 수줍은 척하지
만 알고 보면 대담하고 영악한 애라는 거, 자이 자신은 알고 있
을까. 전화번호는 휴대폰에 입력했지만 그럴듯한 구실도 없이
늦은 시간에 전화를 걸 수는 없었다. 게다가 근무 중일 텐데 좀
그렇잖아. 꽤나 씩씩한 척하지만 알고 보면 소심하기 짝이 없
는 못난이가 바로 나였다. '용기 있는 여자가 꽃미남을 얻는
다'는 말이 있었던가, 없었던가. 언젠가 결정적인 순간이 오면
용기를 내 봐야지.

언니는 밤 11시가 넘도록 들어오지 않았다. 학원비를 착복
하는 게 양심의 가책이 돼 오랜만에 수학과 영어 공부를 하다

가 언니의 방으로 갔다. 일기장에 대한 호기심이 절반 이상 줄었다가 다시 살아났다. 모하마드와 어떻게 되었는지 궁금해 온몸이 근질근질했다.

옷장을 열고 마치 내 일기장을 꺼내듯 언니의 일기장을 꺼냈다. 앞부분은 후루룩 한꺼번에 넘기고 뒷부분을 폈다. 독립 영화 감상평과 여름 옷 코디에 대한 글은 잡지 나부랭이를 보고 베낀 티가 역력했다. 미장센이 어떻다느니, 남성성과 여성성의 기묘한 변주가 어떻다느니 하는 말들이 언니의 언어라고 하기엔 매우 프로페셔널했다. 차라리 잡지를 오려 딱풀로 붙일 일이지.

그런데 모하마드가 떠나는 마당에 이렇게 한가할 수가 있나? 설사 헤어졌다고 해도 그렇지. 그렇다면 더더욱 진창을 걷는 기분일 게 아닌가. 한가하게 영화 얘기나 패션 얘기를 하고 있다는 게 납득할 수 없었다. 그다음 일기는 연수에 대한 것이었다.

이제 모든 준비가 되어 가고 있다.

딱 한 줄? 간단하기도 해라. 연수를 떠나기 전의 설렘이나 긴장, 각오, 그런 상투적인 얘기도 없다니. 일기다운 일기를 보지 못해 은근히 짜증이 났다.

하지만 마지막 일기는 충분히 관심을 끌 만했다.

엄마가 만들어 주는 커피 향에는 묘한 중독성이 있다. 그 향은 결코 내가 좋아하는 향이 아니다. 엄마가 마시는 커피는 과테말라 안티구아. 훈제한 듯한 느낌과 함께 블랙 초콜릿의 달콤쌉쌀한 맛이 전해지는 이 커피는 분명 무심히 지나칠 수 없는 향이 난다. 특히 엄마가 마실 땐 더욱더. 그것은 외로움 이다.

과테말라 안티구아 에스프레소가 든 데미타스를 들고 이층 테라스에 서 있는 엄마의 뒷모습은 가파른 절벽 같다. 식구들 은 이해하지 못했겠지만, 언젠가 엄마는 그 이유를 고백한 적 이 있다. 이 집이 힘들다고. 이 집이 주는 의미가 사라졌다고. 커피의 향은 커피콩에서 우러나지만 최종적으로는 그것을 마 시는 사람에 의해 결정된다. 엄마에게 이 집은 힘들어졌고 이 집이 주는 의미도 사라져 버렸다. 엄마가 마시는 에스프레소 의 향은 스모키한 향에서 머물 수 없다. 그것은 외로움일 수 밖에 없다.

심포니는 엄마에게 최선의 안식처다. 그 안식이 과테말라 안티구아에서 오든 베토벤을 흉내 낸 산발의 아저씨에게서 오 든 내가 알 바는 아니고. 영원히 유효한 의미란 없다. 하나의 의미가 사라지면 다른 의미가 오고, 또 시간이 가면 또 다른 의미가 오는 법. 엄마는 경계를 넘어서지 않는 자제심까지 있 다. 그 경계, 나라면 넘어 버렸을 텐데.

베토벤을 흉내 낸 산발의 아저씨라고? 그 아저씨가 마음에 들고 안 들고와는 상관없이 내 눈엔 진짜 베토벤보다 오히려 좀 나아 보이던데. 어쨌든 엄마에 대해 나름 깊이 있게 분석을 한 것 같았다. 엄마가 마시는 에스프레소의 향은 외로움이라……. 나도 기억한다. 엄마가 이 집이 힘들다, 이 집이 주는 의미가 사라졌다, 라고 얘기했던 걸. 엄마의 에스프레소 향에서 외로움을 추출해 내지는 못했지만 말이다.

인간을 이렇게 복잡하게 만든 신은 망치로 자기 머리통을 치며 반성해야 한다. 나 같은 애는 어떡하라고. '이 집이 주는 의미' 때문에 가장 골치가 아픈 사람은 복잡 미묘한 내면을 지닌 엄마도 아니고, 그런 엄마를 꿰뚫어보는 언니도 아니다. 바로 단순 무식한 머리통을 가진 나란 말이다. 아무튼 꽤나 발칙한 척하는 언니와 달리 난 엄마가 경계를 넘어서지 않기만을 바랄 뿐이다. 이 구라파식 이층집에 사는 사람들이 산산조각 난 타일처럼 어지럽게 흩어지는 건 원치 않으니까.

남산으로 올라가는 계단은 끝없이 이어졌다. N타워까지는 아직 멀기만 한데 벌써 허벅지 근육이 딴딴하게 뭉쳐 한 발짝 내딛기가 힘들었다. 태양은 머리꼭지를 태울 듯한 뜨거운 열기를 1억 5천만 킬로미터 밖으로 내뿜고 있었다. 이럴 줄 알았으면 열심히 체력 단련을 해 두는 건데.

꽁지머리는 축지법을 쓰는 계룡산 도사처럼 가볍게 계단을 올라갔다. 공휴일 친구와 등산을 했던 게 운동의 전부라고 했지만 규칙적인 숨소리로 내 기를 죽였다. 에씨, 전화로 처음 한다는 말이 왜 그랬을까. 오늘 N타워 올라가지 않을래요?

꽁지머리에게 전화를 하기 전 나는 수없이 궁리했다. 무슨 말을 할까. 나 오늘 스파게티가 몹시도 땡겨요. 교복 입은 여고생과 영화 보는 거 어때요? 부엉이 박물관이 어디 있다는데 가보고 싶지 않아요?…… 하지만 막상 꽁지머리가 전화를 받았을 땐 준비된 말들이 하얗게 잊히고 엉뚱한 말이 튀어나왔다. 오늘 N타워 올라가지 않을래요? 청테이프를 잘라 내 입에다 붙이고 싶었다. 삼복더위에 N타워라니. 거절당했을 때 쿨하게 대처하는 방법에 대해 팽팽 머리를 굴리는 동안 꽁지머리가 말했다. 좋아. 두 음절의 그 말이야말로 얼마나 쿨하게 들리던지. 그 결과로 꽁지머리와 나는 활활 타오르는 여름 한낮에 남산을 오르게 되었다. 참을 만은 했다. 어디를 가느냐보다 누구와 함께 가느냐가 중요하니까. 소금에 절인 배추처럼 몸은 축축 늘어지고 처졌지만 꽁지머리와 함께 있는데 뭘. 감사한 마음뿐이었다.

중턱쯤 왔을까. 층계참에 구원처럼 벤치가 나타났다. 나무 그늘까지 드리워져 더위를 피하기에 딱 좋은 장소였다. 죽으란 법은 없어.

"저기서 좀 쉬었다가 가요. 이렇게 힘들 줄 몰랐는데, 나 아무래도 평발인 것 같아."

"그럴까? 나도 땀 좀 식히고 싶었던 참이야."

꽁지머리는 층계참 한쪽에 놓인 나무 벤치를 손바닥으로 문질러 닦고는 손수건을 깔았다.

"여기 앉아."

이렇게 과분할 데가. 남자라는 인종한테 난생처음 받아 보는 배려였다.

"그냥 앉아도 되는데. 벤치도 깨끗하고. 손수건을 다리미로 다리나 봐요?"

덥석 앉기가 쑥스러워 너절한 말들을 늘어놓으며 엉덩이를 갖다 댔다.

꽁지머리는 내 옆에 앉아 배낭에서 오이를 꺼냈다. 작은 비닐 백에 담긴 껍질 벗긴 오이 두 개에서 풋풋한 향이 났다.

"간식도 준비하고, 여자보다 꼼꼼하네요."

"나보다는 같이 사는 친구가 꼼꼼하지."

"아, 고등학교 동창하고 같이 산다고 했죠? 사람들이 집에서 법석대는 거 싫어한다는 친구."

"기억하네?"

오이를 한 입 베어 문 꽁지머리는 반짝반짝 생기가 날 정도로 좋아했다.

"여자 친구, 사귈 생각 없어요?"

내가 지금 뭘 물어본 거야. 나는 내뱉은 말을 씹어 삼키듯 오이를 아작아작 씹어 댔다.

"같이 사는 친구가 내 여자 친구나 마찬가지야."

"네?"

뭔가 수신이 잘못된 것 같아 귀를 후볐다.

"그러니까 나, 게이라구."

"……!"

마른하늘에 천둥이 치는지 벼락이 치는지 머릿속에서 꽝꽝 요란한 소리가 들렸다.

"놀랐나 보네. 굳이 말해야 할 이유도 없지만 끝까지 숨기고 싶진 않아서. 니들 호기심 많은 사춘기 소녀잖아."

"에…… 그렇긴 하죠."

나는 가까스로 대답했다. 천둥과 벼락은 쉽사리 멈추지 않았다. 꽁지머리가 동성애자라는 게 1단계 쇼크였다면, 2단계 쇼크는 오이를 문 채 내 첫사랑을 순식간에 잃어버린 것이었다. 왜 이렇게 되는 일이 없지?

"마술은 언제 보여 줄 거냐?"

"음…… 조만간. 요즘 연습을 게을리했더니 손가락 놀림이 시원치 않아서……."

지금 마술이 문제야? 커밍아웃을 하려거든 처음부터 하든 가! 억울했다. 사람 마음을 야금야금 파먹어 놓고 약도 주지 않은 채 한 방 뒤통수까지 갈기고는 얄미운 고백을 하다니. 언니의 타로 점이 또 한 번 진가를 발휘한 셈인가. 나에게 애정운을 봐 주었을 때 그랬다. 성급하게 굴고 까불다간 풍차를 향해 돌진하는 돈키호테 꼴이 될 거라고. 지금이 딱 그 꼴이었다.

"집에 한번 놀러 와라. 마술 보여 주면 요리 솜씨 발휘해 볼
게. 스파게티 만드는 거 배웠거든."

"아, 네. 훌륭한 생활인이세요."

스파게티 같은 소리 하고 있네. 내가 그 집엘 왜 가? 신혼부
부의 집 같은 곳엘 말이다.

자이는 꽁지머리의 집을 구경하며 이렇게 말했다. 혹시 여
자랑 사는 거 아냐? 집에 들어간 지 단 몇 분 만에 분위기를
감지한 자이가 존경스러웠다. 결혼 제도만큼 불합리한 것도
없다고 했을 때 알아봤어야 했는데. 그의 침실, 아니 그들의 침
실이 생각났다. 킹사이즈의 침대와 구스타프 클림트의 〈키스〉
가 있던 그 방. '모든 것을 바치게 하는 사랑의 순간'의 대상은
아직 찾지 못한 여자가 아니라 오이를 깎아 준 지금의 파트너
였단 말이지. 꽁지머리와 〈파우스트〉를 보러 간 사람도 보나
마나 그였을 것이다. 난 그것도 모르고 꽁지머리가 여자 아닌
남자와 공연을 보러 가길 바랐으니. 내 남자 문제가 나중에 쇼
킹한 사건으로 게임 아웃될지 모른다던 언니의 타로 점에 경
의를 표해야 할지 저주를 퍼부어야 할지 알 수 없었다.

"엄마는 요즘 괜찮으시냐?"

그런 건 뭐하러 묻는 거야?

"그럭저럭. 어쩌면 곧 괜찮아질지도 몰라요. 이사를 갈지도
모르거든요."

이런 대답은 뭐하러 하는 거지?

"이사 가? 어디로?"

"아직 정해진 건 아니에요. 그러니까…… 말하자면 좀 복잡해요."

내가 무슨 말을 하는지도 모른 채 지껄였다.

"그새 정이 들었나? 멀리 가면 섭섭할 것 같은데?"

염장 지르고 있네.

"정은 뭐……. 아마 멀리 가진 않을 거예요. 그러니까 음…… 울 할머니가 날 위해 그런 조건을 다셨거든요."

"멀리 안 간다니 난 좋은걸? 마술을 볼 수 있으니까."

꽁지머리는 천진난만하게 웃었다. 저렇게 속이 없을 수 있나. 난 바닥을 치며 울고 싶다구!

휴대폰 벨소리가 들렸다. 서태지 아저씨의 '난 알아요'. 내 전화였다. 액정 화면에 뜬 발신자 이름은 '마술짱'. 강도현, 아니 김도현이었다.

"뭐야?"

말하기도 귀찮았다.

"이 싸부가 카드 체인징 완전 마스터했다. 캬캬."

"그래서?"

"그래서 한번 보여 주고 싶다, 이거지. 어딨냐?"

"산속에."

"뭐라? 언제 등산을 간 거야? 혼자?"

"무슨 상관이야."

휴대폰을 귀에 붙이고 있는 것조차 짜증 났다. 천둥 벼락 때문에 정신없는 마당에 녀석의 헛소리를 계속 듣는 게 괴로웠다.

"싸분데 왜 상관이 없어. 아, 우리 언제 단합 대회 겸 엠티라도 갈까? 여름방학도 얼마 안 남았는데. 강촌 어때, 아님 남이섬? 가평도 좋다던데."

"됐거든. 이만 끊는다."

대답도 듣지 않고 종료 버튼을 눌렀다.

"4천 원짜리 오므라이스?"

꽁지머리는 넘겨짚었다.

"어떻게 알았어요?"

"나 눈치가 100단이잖아."

눈치가 100단이면서 호기심 많은 사춘기 소녀가 당신을 좋아하는 줄 새카맣게 모르고 있었던 거야? 하지만 결과적으로 따진다면 아는 것보다는 모르는 게 나았다. 쪽팔리니까.

"속이 울렁울렁하고 팔다리에 힘이 쭉 빠지는 게 더위 먹었나 봐요."

나는 꽁지머리에게 거짓말을 쳤다. N타워에 올라갈 의욕이 완전히 사라져 버렸다. 이 더운 날 남의 파트너와 산꼭대기에 올라갈 일이 뭐 있어.

"그래? 큰일이네. 그만 내려가자. 업고 내려갈까?"

꽁지머리는 좀 당황한 것 같았다. 업히긴 뭘 업혀. 업혀 봤자 남의 떡인걸.

　꽁지머리의 등에 업히는 대신 나는 그에게 손목이 잡혀 남산을 내려왔다. 더위보다 쇼크 먹은 가슴의 통증을 견디는 게 더 고통스러운 일요일 한낮이었다.

변기

엄마가 직업 전선에 뛰어들었다. 직장은 심포니! 바리스타 수업 종강과 함께 다음 단계로 이어진 일이었다. 이건 아닌데…… 싶으면서도 반대할 구실은 찾을 수 없었다. 가정 경제가 날로 어려워지는 가운데 돈을 벌겠다고 나선 엄마를 탓할 명분이 어디 있을까. 주말 빼고 오전 11시에서 오후 5시까지 일하고 월 80만 원씩 받는다던가? 경력이 없는 바리스타에게 적은 급여는 아니라고 언니는 말했다. 80만 원. 피시방 요금으로 치자면 천삼백서른세 시간 동안 게임을 할 수 있고, 학원비로 계산하자면 다섯 달 치를 내고도 5만 원이 남는 돈이었다. 수익이 손익분기점 아래로 내려간 피시 존의 경영 상태로 보자면 고맙게 반겨야 마땅한 액수였다. 하지만 내가 가장 마음에 안 드는 게 바로 그 과분한 월급이었다. 말하자면 특혜라는 건데, 베토벤이 속성으로 교육을 받은 완전 초보에게 특별 대우를 해 주는 이유가 뭐겠는가. 그건 우는 아이보다 예쁜 아이에게 떡 하나 더 주고 싶은 마음 때문이다.

그런 문제의식을 가지고 있는 나에게 가족들의 반응은 의아스러울 뿐이었다. 당연히 반대할 줄 알았던 아빠는 우물거리는 한마디로 지지의 뜻을 밝혔다.

"힘들지 않겠어?"

뒷목을 벅벅 긁는 모습이 비겁해 보였다. 식구들 고생시키지 않겠다는 신념은 어디에 내다 버린 거지? 피시방이 적자 위기에 있으므로 어쩔 수 없이 눈을 질끈 감아야 했다고 치자. 적어도 심포니가 어떤 곳인지 한 번쯤은 알아보고 예스를 하든 노를 하든 해야지. 아빠가 예술적 외모의 베토벤을 보았다면 그렇게 쉽게 통과시키지는 않았을 것이다. 엄마와 정말 부부 관계가 아니라고 생각하는 건가?

할머니는 간섭할 생각이 없는 듯했다.

"좋아하는 일 하며 돈까지 번다니 일석이조구나. 속에 바람까지 들진 마라."

단단하게 뼈가 느껴지는 말에 엄마는 아무 대꾸도 하지 않았다. 내가 뭐란다고 듣기야 하겠냐만, 이라는 할머니의 사족에도 역시 묵묵부답이었다. 할머니도 엄마도 마음에 들지 않았다. 열일곱 소녀에게 이상적인 어른의 상을 심어 줄 수는 없

나. 난 끝끝내 할머니 편이겠지만 예상치 못한 할머니의 모습을 보게 될 때마다 우울하기 짝이 없었다. 모두 망가져 가는 집 때문인 것 같다.

어이없게도 언니는 엄마의 취업을 적극 찬성하는 듯한 발언을 했다.

"사람은 자기가 원하는 대로 행동하고 자기가 생각하는 대로 살아가야 해."

연수도 가기 전에 벌써 미국 물 먹은 거야? 베토벤과 엄마가 함께 일하는 게 위험하다는 걸 알면서도 그런다면 정말 할 말이 없었다. 심포니가 엄마에게 최선의 안식처라고 말하는데는 나도 동의할 수 있다. 그러나 엄마가 어떤 상황에서도 경계를 넘어서지 않는 자제심이 있다고 확신하는 근거는 뭘까. 일기장에 댓글이라도 달 수 있다면 좋겠다.

오빠와 새언니에겐 엄마가 커피 전문점에서 자아실현 중이라는 얘기를 하지 않았다. 분가한 지 얼마나 됐다고 벌써 한 가족이라는 의식이 흐릿해지고 있나 보다. 뭐 그렇지 않더라도 엄마가 출근한 지 고작 하루밖에 안 됐는데 전화까지 하며 호들갑을 떨 필요는 없었다. 며칠 다니다가 그만둘 수도 있으니까. 쉽게 포기할 일을 시작할 엄마는 아니었지만 희미한 가능성이라도 붙들어 보고 싶었다. 나만큼은 일하는 엄마도 자아실현하는 엄마도 달갑지 않았다. 차라리 학원비를 안 받고 용돈을 줄이는 게 낫지.

들어갈까 말까. 구청 앞 분수대에서 심포니를 바라보며 약 30분을 망설였다. 심포니에 어떤 기류가 흐르고 있는지 확인해 보고 싶은 마음은 굴뚝같았다. 하지만 들어가서 뭘 어쩌겠다는 거지? 터무니없이 비싼 화이트 초코 모카를 사 먹을 생각은 없는데. 그렇다고 베토벤에게 화이트 초코 모카가 먹고 싶어 왔는데요, 따위의 헛소리를 지껄일 만큼 넉살이 좋지도 않았다. 아니, 그럴 마음이 콧구멍의 먼지만큼도 없었다. 가족의 위기를 간접적으로나마 부추긴 장본인이니까.

그런데 바리스타로서 자아실현을 하고 있는 줄 알았던 엄마는 아직도 견습 중이었다. 바 안에서 베토벤이 주문 커피를 만들 때 옆에서 열심히 관찰하고 메모를 하는 게 다였다. 이를테면 수습 직원? 어쩐지 초스피드다 싶었다. 교통비나 수고비 정도 주면 그만일 텐데 월 80만 원이면 특혜도 과한 특혜였다. 그걸 준다고 받는 엄마는 또 뭔지. 그래도 엄마가 한 송이 백합처럼 실내를 장식함으로써 심포니가 더 살아나는 것만큼은 분명했다.

베토벤은 다양한 커피를 만들면서 이따금씩 엄마에게 뭐라 뭐라 설명을 했다. 호감과 거부감을 동시에 느끼게 하는 눈웃음은 트레이드마크인 듯 여전했다. 엄마도 우아하고 간결한 미소를 잃지 않았다. 남 씹기 좋아하는 아줌마들이 본다면 얼마든지 스캔들을 만들어 낼 만한 분위기. 다른 아줌마들이 모두 포기하는 바람에 엄마가 마치 밀리듯 심포니에 취업하게 된 건 그나마 다행이었다.

오늘은 오랜만에 열공을 하려고 도서관에 갔다. 꽁지머리가 있는 문헌정보실엔 가지 않았다. 주변을 얼쩡거리고 싶지 않았다. 가슴이 한 대 맞은 것처럼 먹먹한 게 생각보다 충격이 컸나 보다. 꽁지머리가 나와 결코 이루어질 수 없는 사람이라는 걸 인정하기는 쉽지 않았다. 그런 생각을 지우기 위해 서점에서 사 간 교육방송 특강 수리 영역의 '지수함수와 로그함수'를 기를 쓰고 풀었다. 맥 빠지게도 반타작밖에 하지 못했다.

구청 앞에 오기 전엔 아빠의 피시방에 들렀다. 겁나게 추락한 기분을 달래기 위해 도서관에서부터 걷다 보니 피시 존이 있었고, 잠깐 들를까 말까 망설이다 보니 이미 두 발이 지저분한 계단을 오르고 있었다. 변함없이 야동에 빠져 있던 아빠는 구겨진 내 얼굴을 보고는 급히 창을 내렸다.

"왜 왔냐?"

"그냥."

그냥 돌아서려는데 눈앞에 율곡 이이가 나타났다. 빠르기도 해라. 삥을 뜯으러 다니는 경찰관 나리가 된 기분이었다.

"나 요즘 용돈 충분해."

고양이가 생선을 거부한 격이라, 아빠는 율곡 이이를 내 손에 쥐여 주지도 못하고 다시 모셔 가지도 못한 채 어정쩡하게 팔을 쳐들고 있었다.

"요금이 시간당 700원으로 오르면 세종대왕으로 줘. 그리고 내일 이 시간에 다시 올 테니까 사우나 가라, 아빠. 되게 피곤해 보여. 모니터 너무 들여다보지 말고 차라리 눈을 붙이고 있는 게 어때? 그러다 중독되겠어."

아빠는 독감 환자처럼 얼굴이 벌게졌다. 그러다 야동 폐인이 되겠다는 말은 차마 나오지 않았다. 나는 율곡 이이를 밀어내고 피시방을 나왔다. 어둠의 자식들이 가상공간에서 정신없이 싸움질을 하는 그곳에 있으면 내가 곧 바퀴벌레가 되어 꼬맹이들이 흘린 과자 부스러기를 찾아다니게 될 것 같아 침울해졌다.

피시 존과 심포니의 차이는 곧 아빠와 베토벤의 차이였다. 어둠침침하고 담배 냄새에 찌든 피시방 카운터에서 야동에 빠져 있는 아빠. 모던한 인테리어에 커피콩 냄새 그윽한 커피 전문점에서 손님 취향에 맞춰 깊고 풍부한 커피를 연구하는 베토벤. 비교하는 것 자체가 우울했다. 엄마가 베토벤 옆에서 더 생기가 나고 세팅이 잘된 것처럼 보인다는 것도. 만일 베토벤과 엄마가 앞으로 파트너십을 이룬다면 누가 엄마의 동반자가 되는 건가. 답이 베토벤 쪽으로 기우는 것 같아 기분 더러웠다.

"여기서 뭐 하니?"

딸꾹. 너무 놀라 딸꾹질이 나왔다. 엄마가 언제 나왔지?

"아니 뭐, 벌써 끝났어?"

"5분 남았는데 아저씨가 퇴근하라더라. 몽주 네가 기다리고 있다고."

엄마는 해를 등지고 1미터쯤 떨어진 돌 벤치에 가 앉았다. 베토벤, 언제 날 본 거지?

"기억력도 좋아. 딱 한 번 본 애를 멀리서도 알아보고."

"웬 트집이야."

"나 완전 개성 없는 얼굴이라 한 번만 봐서는 잘 못 알아보거든. 나한테 관심이 있는 거야, 엄마한테 관심이 있는 거야?"

속이 배배 꼬여 나오는 대로 지껄였다.

"엄마가 바람이라도 날까 봐 그러니?"

이렇게 세게 나올 줄은 몰랐는데. 나는 얼른 대꾸할 말을 찾지 못했다.

"엄만 남자가 필요한 게 아니야. 낭만이 필요한 거지."

엄마는 분수대의 물줄기를 마른 눈빛으로 바라보았다. 나는 아무 말도 하지 않았다. 엄마를 이해할 것 같았기 때문이다. 그게 더 싫었다. 과테말라 안티구아 원두커피 맛 같은 거, 아빠에게선 절대로 기대할 수 없으니까.

"베토벤이 그런 낭만을 주나?"

머릿속에서 왔다 갔다 하던 말이 바깥으로 튀어나왔다.

"베토벤?"

"응, 베토벤의 심포니."

"엉뚱하긴."

엄마는 웃었지만 눈 밑이 살짝 붉어졌다.

"오늘 저녁에 삼겹살 먹고 싶어."

"안 그래도 시장 봐 들어갈 참이었어. 삼겹살도 사 가자. 구청에서 화단을 참 잘 가꿔 놨네."

엄마는 돌 벤치에서 일어났다. 심포니에서 일하기 전보다 확실히 여유를 찾은 모습이었다. 꿈을 꾸고 있구나, 엄마. 현실보다 더 가깝다고 했던 꿈을. 그게 엄마에게는 더 좋은 일일지 모르는데 나는 왜 잘 가꾼 화단을 헤쳐 놓고 싶을 만큼 심술이 나는 걸까. 꽁지머리에게 실연 아닌 실연을 당한 터라 기분이 더 엉망인 것 같았다. 삼겹살이나 실컷 구워 먹어야지. 야동 아빠와 함께.

도서관 식당에서 맛없는 비빔밥을 먹다가 꽁지머리와 마주쳤다.

"안녕하세요?"

자이가 인사를 하지 않았으면 그냥 지나칠 수도 있었는데, 도움이 안 된다.

"어, 왔구나? 몽주, 몸은 좀 괜찮아?"

"네."

짧게 대꾸했지만 단답형 대답도 할 기분이 아니었다.

"너 어디 아팠어?"

"아니, 아프다기보다는 그게…… 너무 더워서."

자이에게는 꽁지머리와 남산에 갔던 일을 말하지 않았다. 뭐 즐거운 일이라고 광고를 해.

"후훕, 너 재밌다."

뭐야, 이 놀리는 듯한 웃음은. 마치 내가 내숭이라도 떤 것처럼 멋대로 판단하는 뉘앙스잖아.

"같이 먹어도 되지?"

꽁지머리는 들고 있던 식판을 내 식판 옆에 내려놓고 의자에 앉았다. 비빔밥을 젓가락으로 뒤지듯 섞는 게 꼭 계집애 같았다. 벌써 편견이 생긴 건가?

"여기서 먹는 마지막 밥이네."

비빔밥을 한 숟가락 입에다 떠 넣고 꽁지머리는 말했다. 무심히 말했을 뿐인데 순간 나는 가슴이 쿵 내려앉았다.

"왜요? 도시락 싸 오려구요?"

나도 자이처럼 이렇게 끝없이 단순해 봤으면 좋겠다.

"아니, 다른 도서관으로 발령 났거든."

다른 도서관으로 간다고?

"어머, 어디로요?"

꽁지머리에게 물으면서 자이는 나를 쳐다봤다.

"엎어지면 무르팍 닿을 거리야. 여기서 호수 중학교 가는 길에 시립 도서관 있지? 거기야. 아담하고 조용한 맛은 없지만 여기보다 책도 더 많고 시설도 괜찮더라. 가끔씩 그쪽으로도 와. 밥 사 줄게."

자이에게 대답하면서 꽁지머리는 나를 쳐다봤다. 마주 보진 않았지만 그의 시선이 내게로 향한 건 알 수 있었다. 어쩌라고.

"쫑파티 해야겠다. 오늘 집에 놀러 가도 돼요? 몽주가 진 빚도 있잖아요."

자이는 매서워지는 내 눈빛을 아랑곳하지 않았다.

"빚?"

"오빠 기억력 되게 안 좋다. 집들이 마술 못 봤잖아요."

"됐거든."

자이의 숟가락을 빼앗아 비빔밥을 푹 떠서는 입에다 넣어 주었다.

"오늘…… 괜찮겠다. 친구 녀석이 저녁 약속 있다고 했거든."

"와, 그럼 우리가 과자라도 사 갈까요? 집에서 만든 쿠키도 좋지만 엄청난 부피의 스낵이 파티 분위기 내는 데는 딱이니까. 그치?"

자이가 동의를 구했지만 나는 고개를 저었다.

"집에서 만든 쿠키도 슈퍼에서 산 스낵도 별로야. 쿠키는 텁텁하고 스낵은 위험천만이니까."

"뭐가 위험천만?"

"광우병 쇠고기니 멜라민이니 난리 났을 때 생각 안 나? 과자 원료에 그런 게 들어가면 뇌에 구멍 송송 뚫려 죽을 수도 있고 신장결석에 피오줌 누면서 매일같이 데굴데굴 구를 수도 있다구. 온전히 성장하고 싶으면 시사 문제에도 관심 좀 가져. 괜찮은 신문 추천해 줄까?"

204

공연히 화가 나 열변을 토했다.

"그럴 필요까진 없어. 난 웬만한 건 그냥 믿고 넘어가는 편이거든. 어쨌든 갈게요, 오빠."

자이는 꽁지머리에게 말하고 나에게 눈을 흘겼다. 도와주려는데 왜 그래 너? 하는 눈 흘김이었다. 말해 버릴까. 하지만 뭐라고 말을 해. 꽁지머리는 게이라고? 그러고 싶진 않았다. 자이가 핫뉴스라도 들은 양 법석 떠는 꼴을 어떻게 봐. 그보단 내가 실없는 아이가 되는 게 나았다. 꽁지머리를 포기했다고 하면 실망하겠지? 친구의 얄팍한 사랑 때문이 아니라 라이벌의 귀환 때문에. 걱정 마라, 자이야. 난 지금 남자 하나 가운데 놓고 친구와 투쟁을 벌일 기력이 조금도 없단다.

"몽주, 마술을 다음에 와서 해도 되냐고 했잖아. 약속은 지켜야지."

꽁지머리가 내 입가에서 고추장에 물든 밥알을 떼 주며 말했다. 체면 구겨지게 언제 묻은 거야. 그의 다정다감함에 가슴이 좍좍 찢어지는 듯 아팠다. 제발 이러지 마, 꽁지머리.

나도 기억났다. 처음 꽁지머리의 집에 갔다가 도현의 전화를 받고 일찍 일어나야 했을 때, 이렇게 말했던 것이다. "마술, 다음에 와서 해도 돼요?"라고. 그것도 구걸하는 심정으로 그랬다. 하지만 사랑이 산산조각 나고 상처만 남은 마당에 약속을 꼭 지켜야 하나?

"그래, 약속은 지키라고 하는 거지. 너 무지 연습했잖아. 오빠, 퇴근 시간 맞춰 정문 앞에서 기다릴게요."

"좋아."

마술을 할 사람은 젖은 행주처럼 늘어져 있는데 자기들끼리
북 치고 장구 치고였다. 싫다고 악을 쓸 의욕도 없었다. 나는
될 대로 되라, 비빔밥을 입으로 욱여넣었다. 남산 중턱에서 있
었던 꽁지머리의 커밍아웃이 생각나 머릿속에서 다시 꽝꽝 천
둥 치는 소리가 들렸다. 비빔밥을 얼마나 욱여넣었는지 입이
터질 것 같았다. 병목 현상이 생긴 목구멍으로 콧구멍을 타고
내려온 눈물이 꿀꺽 넘어갔다.

완전 망했다. 이렇게 쪽팔릴 수는 없었다. 그리도 연습했던
실크 마술을 제대로 해 보이지도 못하고 수치스러운 장면까지
연출했으니. 스카프를 뒤집어쓴 채 뛰쳐나가고 싶었다. 부챗
살처럼 펴졌다 접히는 손가락과 실크 천의 에로틱한 교차는
아예 기대할 수도 없었다.

하나의 실크 스카프에서 또 하나의 실크 스카프를 만들어
내는 마술은 네 단계를 거친다. 첫째, 실크 스카프 한 장을 관
객에게 보여 준다. 둘째, 스카프를 흔들어 보이면서 단 한 장뿐
임을 확인시킨다. 셋째, 한쪽 손으로 실크 한 귀퉁이를 들고 다
른 손으로 위에서 아래로 쭉 훑어 내린다. 넷째, 실크가 순식간
에 두 장으로 된다. 문제는 세 번째 단계에서 발생했다.

보라색 스카프를 살랑살랑 흔들며 트릭을 쓰는 데서 실수를

하고 말았다. 셔츠 가슴께의 단추와 단추 사이에 숨겨 둔 노랑색 스카프 끝자락을 꺼낼 때 손동작에 오차가 생긴 것이다. 스카프와 셔츠를 동시에 잡는 순간 나는 그 자리에서 죽어 버리고 싶었다. 스카프가 나오는 대신 단추가 열렸고, 헤벌어진 가슴에서 노랑 스카프가 삐죽 나와 버리고 말았으니까. 오 마이 갓! 단추가 있는 옷을 입기 위해 내키지 않는데도 집까지 뛰어 갔다 왔는데 개망신을 당할 줄이야. 이런 황당무계한 상황에서 실크를 노랑과 보라 두 장으로 만들어 휘날리는 클라이맥스는 기대할 수도 없었다.

"마술보다 볼만했죠?"

나는 풀어진 단추를 여미며 볼멘소리를 했다. 이럴 때 창피해하면 더 우스꽝스러워진다. 어차피 꽁지머리는 이성에겐 별 감흥도 없잖아?

"마술보다 감동적인데? 이면의 진실을 본 것 같아."

누구 놀리나.

"하지만 한 번 더 시도해 보면 안 될까? 그래도 마술은 보고 싶은데."

"아뇨. 그만두는 게 나아요. 비밀이 탄로 나면 더 이상 마술이 신비롭지 않으니까. 그리고 한 번 보여 준 마술은 두 번 다시 보여 주지 말라는 게 마술의 법칙이에요. 설사 중간에 그만두었다 하더라도."

나는 스카프 두 개를 둘둘 말아 가방에 쑤셔 넣었다. 머리가 뜨끈뜨끈해질 만큼 화가 났다. 역시 안 오는 게 옳았어.

"그럼 제가 보여 드릴게요."

자이는 새빨간 딸기가 프린트된 천 가방에서 트럼프 카드를 꺼내 들었다. 이건 또 뭐야.

"저도 마술 배우기 시작했거든요. 아직 잘은 못하지만 몽주가 실패했으니까 친구를 도와주는 마음으로……"

도와주긴 뭘 도와줘. 무너진 자존심을 납작 뭉개 주겠다는 속셈이잖아.

손가락에 철심을 넣은 듯 뻣뻣했던 자이는 카드 배니싱을 단번에 해내고 반짝 웃었다. 이 무슨 변괴야.

"이거 몽주가 도서관 대출 카드로 보여 줬던 마술이네?"

꽁지머리는 입을 벌리고 좋아했다.

짝짝짝짝짝……. 이건 어디서 난 소리일까. 꽁지머리와 자이와 나는 소리가 난 쪽으로 고개를 돌렸다.

"귀여운 마술사 아가씬데?"

꽁지머리의 애인이었다. 물어보지 않아도 알 수 있었다. 이 집에 꽁지머리와 같이 사는 사람은 단 한 사람뿐이니까.

"내 친구들이 놀랄 뻔했잖아."

꽁지머리는 순진무구하게 웃었다. 친구는 무슨 친구.

"잊지 않고 사 왔네. 부팔리나 피자(루꼴라와 부팔라 치즈를 얹어 만든 피자)지?"

"오늘 도착한 부팔라 치즈로 만들었대. 끝내주지?"

그는 포장된 피자를 거실 테이블에 내려놓았다. 꽁지머리와 달리 반들반들한 알머리가 부담스러웠다.

"이 친구 오늘 약속 취소됐다기에 니들 먹이려고 특별히 부탁한 거야."

꽁지머리가 포장 리본을 풀며 말했다. 그런데 뭐? 부팔리나? 부팔라? 꽤나 까다롭게 티 내는 입들을 가지셨군.

"마술은 내가 온 다음에 해도 됐을 텐데. 관객이 하나라도 더 있어야 마술사가 신이 나잖아."

알머리는 소파에 털썩 주저앉으며 말했다.

"아직 실력이 안 돼서요. 다음에 더 연습해 보여 드릴게요."

혀를 날름 내밀고 자이는 힛, 웃었다. 어디서나 귀여운 척이다.

"기대할게, 다음 공연."

알머리가 에어컨을 틀고 후후 웃었다. 대체 오늘 마술의 주인공이 누구였더라?

꽁지머리는 납작한 접시 네 개를 가져와 피자를 한 조각씩 올려 주었다. 빨간 방울토마토와 하얀 치즈와 초록색 허브가 어울려 잠깐 군침이 돌았지만 먹고 싶은 생각은 들지 않았다. 자존심을 땅바닥에 내팽개친 채 피자에 몰두할 만큼의 식탐은 나에게 없었다. 마술도 마술이지만 짝사랑의 연인이 나타난 시점에 식욕이 생긴다는 건 엽기에 가까웠다.

"이 친구가 몽주야."

꽁지머리는 알머리에게 나를 소개했다. 나는 알머리를 보지 않았다.

"몇 번 애기했지? 작은 마술로 순간의 전율을 느꼈다고."

"아, 그 친구."

알머리가 반갑다는 듯 손바닥을 펴 보였다. 나는 그에게 썩은 미소를 지어 주었다.

알머리는 길게 늘어진 치즈를 피자 조각에 감아 꽁지머리에게 건넸다. 벌써 한 조각을 다 먹어 치운 꽁지머리는 그것을 입으로 덥석 물었다. 속이 울렁거렸다.

서태지 아저씨의 '난 알아요'가 방정맞게 들려왔다. 예감했던 대로 발신자는 마술짱, 도현이었다. 꼭 때를 맞춰 전화를 한다.

"마술 대회 예선에서 2등 먹었다."

잘난 척이나 하려고 전화를 하셨군. 그런데 마술 대회에 예선도 있었나?

"축하한다."

억지로 욱여넣은 피자를 씹으며 말했다.

"나 말고 무열이. 난 탈락했고."

도현은 끼끼, 웃었다.

"뭐?"

켁켁거리는 나에게 꽁지머리가 물을 떠다 주었다.

"너구리가 나무에서 떨어졌다고!"

또 한 번 끼끼, 웃더니 녀석은 좀 보자고 했다. 나야 이 괴로운 장소에서 빠져나가면 좋겠지만 그게 꼭 자이가 있을 때일 건 뭐야. 뭐라고 대답을 해야 하지? 자이는 이미 도현에게 전화가 온 걸 눈치채고 있을지도 모르는데. 하여튼 뭐 하나 되는 일이 없다.

난감한 상황에서 나는 번개 모임을 생각해 냈다. 무열의 마술 대회 예선 2등 통과를 축하하자. 이 제안은 만장일치로 채택돼 내 방에서 모임을 갖기로 했다. 시간은 저녁 7시. 나는 방 청소를 핑계로 꽁지머리의 집을 일찍 뛰쳐나왔다. 따라 나오려는 자이를 더 놀다 오라고 눌러 앉혔다. 피자에 마음을 빼앗긴 자이는 두말 않고 이따 가겠다고 했다. 나에게 전화를 한 게 무열이었다고 생각하는 모양이었다. 잘된 일이지 뭐. 도현이 예선에서 탈락했다는 소식에 실망할 줄 알았는데 그보다는 무열의 반전을 더 신기해하는 것 같았다. 하긴 나도 무열의 약진이 더 놀랍긴 했다. 도현이 말대로 가볍게 볼 녀석이 아니다.

도현은 예고도 없이 한 시간 일찍 도착했다. 녀석은 면접시험이라도 보러 온 것처럼 긴장한 모습이었다. 옆구리엔 티슈통을 끼고 있었는데 마치 보물 상자라도 되는 양 조심스러워 보였다.

"앉아 봐."

방에 들어오자마자 도현은 나를 침대 모서리에 앉혔다.

"왜 이래? 더워 죽겠는데."

내 어깨를 잡은 녀석의 손을 뿌리쳤다.

"방학과 함께 비밀리에 연습해 온 마술을 최초 공개하려고."

"뭔데?"

비밀리에 연습한 마술이 궁금했지만 한편으론 귀찮기도 했다. 애들이 다 모였을 때 보여 줘도 될 걸 굳이 1인 관객 스페셜로 할 건 뭐야.

바닥에 가방을 내려놓은 도현은 티슈 통을 들고 창문 앞으로 갔다. 그러고는 티슈 통을 들지 않은 한쪽 팔을 펼쳐 정중히 인사했다. 언제나 변치 않는 폼생폼사. 녀석은 화사한 꽃무늬가 인쇄된 티슈 통을 좌우로 틀고 위아래로 여덟 팔 자를 그리며 빙글 돌렸다. 지금도 저 긴 손가락 어느 부분에서는 교묘한 트릭이 이루어지고 있겠지.

도현은 왼손에 든 티슈 통에서 새하얀 티슈를 한 장씩 뽑기 시작했다. 뽑아 낸 티슈가 오른손에 목련꽃처럼 뭉쳐 있었다. 그 속에서는 지금 무슨 수작이 벌어지고 있을까. 녀석은 왼손에 쥐었던 티슈 통을 티슈가 가득한 오른손으로 바꿔 들었다. 그런 다음 얼굴의 각도를 15도쯤 틀고 고개를 약간 숙인 상태에서 찡긋 윙크를 보냈다. 느끼한 녀석. 왼손으로 티슈를 한 장, 두 장, 뽑는 도현에게 인상을 빡 썼다. 녀석이 묘한 웃음을 흘리며 티슈 통을 침대로 던지는가 싶더니 두 손을 모아 티슈들을 어루만지듯 요상한 모양으로 비볐다.

212

"악!"

티슈 속에서 하얀 비둘기가 나온 건 눈 깜짝할 시간도 안 되는 짧은 순간이었다.

"놀랐냐?"

마술에 성공한 도현은 의기양양해져 끼끼끼 웃었다.

"코앞에서 비둘기 마술을 본 거 처음이야."

침대로 튀어 올라갔던 나는 기듯이 내려와 다시 침대에 걸터앉았다. 검지에 올라앉은 비둘기는 여기가 어디야? 하는 것처럼 날개를 퍼드덕거리더니 곧 얌전해졌다.

"어디서 데려온 거야? 설마 공원에서 사냥한 건 아니겠지?"

비둘기를 가리키며 물었다. 길에서 흔하게 볼 수 있는 비둘기들과는 달리 몸통이 작고 영리해 보였다.

"은결 형이 빌려 줬어."

"마술사 이은결?"

"어, 톱클래스 마술사 이은결. 내가 아는 이은결이 그 형밖에 더 있나?"

나는 어깨를 으쓱했다. 믿어야 하나 말아야 하나. 중3 때 프로 마술사 이은결에게 특별 지도를 받았다는 걸 뻥으로 치부해 버리기도 했지만 헷갈렸다. 이렇게 훈련된 비둘기를 구하기는 쉽지 않은 일이니까.

"비둘기가 메시지를 전하러 왔잖아."

도현은 비둘기를 내 앞으로 가까이 들이밀었다. 부리에 흰 쪽지를 물고 있었다. 쪽지를 빼려 하자 비둘기는 순순히 부리를 벌렸다 다물었다.

김도현과 특별한 친구가 되어 주세요.

이건 뭐야. 나한테 대시하는 거잖아. 가뜩이나 더운데 얼굴이 확 달아올랐다. 대놓고 무시할 수 없다는 게 더 당황스러웠다. 일종의 감동 같은 게 찾아왔다는 거다. 이 한 문장의 쪽지를 건네기 위해 방학과 함께 비둘기 마술에 매진했다는 거 아닌가. 아주 비밀리에 말이다. 가끔씩 느끼한 식용유가 되는 게 부담스럽기도 하지만 사실 도현이 전혀 매력 없는 녀석은 아니다. 적어도 나보다는 아는 게 많고, 가벼운 척하지만 인생에 대한 고민도 있다. 또 자신이 좋아하는 것에 대해서는 집념도 보일 줄 안다. 마술을 할 때 특히 녀석은 얕볼 수 없는 존재가 된다. 하지만…… 지금은 그의 대시에 어디 한번, 하고 응할 때가 아니다. 연인이 있는 남자를 두고 혼자 북 치고 장구 치고 하다 찌그러진 지 얼마나 됐다고. 게다가 자이가 작정하고 좋아하는 녀석이 바로 도현이다. 친구 사이에 삼각관계 같은 것, 난 사절이다.

"너한테는 자이가 더 어울려, 라고 전해라."

나는 비둘기에게 쪽지를 돌려주며 말했다. 이 영리한 비둘기는 여러 번 접은 종이쪽지를 다시 부리에 물었다.

"넌 마음에 없는 소릴 하면 콧등에 주름이 생기더라?"

도현이 손으로 내 콧등을 문지르며 말했다. 녀석의 귀밑이
붉어졌다.

"재미없어, 짜샤."

나는 도현의 손을 치우고 코를 찡긋찡긋했다. 오늘따라 녀
석의 손길이 그리 싫지도 않았다. 젠장.

"멋쩍은 거야? 너답지 않게. 나 딱지 맞을 각오하고 왔으니
까 신경 꺼라. 나중에 다시 한번 생각해 준다면 고맙겠지만."

도현은 너구리처럼 웃었다. 그러고는 가방에서 아주 작은
새장을 꺼냈다.

"은결 형한테 잔소리 좀 듣겠다. 비둘기까지 내췄는데 여자
하나 못 꼬셨냐고. 이게 내 마지막 마술이 될지도 모르는데.
아, 쪽팔려라."

그때 나무 계단 밟는 소리가 요란하게 들리더니 자이와 무
열이 문을 덜컹 열고 들어왔다.

"니네 담에다 받침대 댔더라? 어디 난민촌에 들어오는 기분
이었어. 이살 가든지 수릴 하든지 해야 하는 거 아냐?"

자이가 놀라 죽을 뻔했다는 듯 말했다.

"담은 일요일쯤 수리할 거고, 머지않아 이사를 할 수도 있
어."

"이사? 어디로?"

"그 이상은 나도 몰라. 어른들이 하는 일이니까. 근데 어떻게 들어왔어?"

나는 화제를 돌렸다. 집수리 얘기든 이사 얘기든 더 이상 하고 싶지 않았다.

"마침 할머니가 열쇠로 대문을 여시기에 따라 들어왔어."

자이는 먼저 와 있는 도현을 보고는 수상하다는 듯 방 안을 훑었다.

"비둘기 마술 하려고?"

무열이 책상 밑으로 들어간 비둘기를 발견하고 도현에게 물었다.

"그래, 멋지잖아. 폭죽이 팡팡 터지면서 비둘기가 나타나고, 그 비둘기가 갑자기 마술봉으로 둔갑했다가 꽃가루와 함께 다시 비둘기가 되어 나타난다……. 하하, 이건 농담이고, 이제 동아리 싸부는 무열이 네가 해라. 이 몸은 이제 물러나셔야겠다."

"왜?"

자이가 소리쳤다. 무열과 나도 놀라긴 마찬가지였다. 그러고 보니 아까 했던 말 중에 떠오르는 게 있었다. 마지막 마술이 될지도 모른다고 했던가? 시답잖은 헛소리인 줄 알았더니, 혹시 마술을 그만두겠다는 거야? 설마. 마술에 대한 온갖 격언을 만들어 내며 잘난 척을 하던 녀석이 그럴 리 없었다.

"무슨 일 있냐?"

무열이 도현의 눈치를 보며 물었다.

"그런 건 아니고……."

모두가 도현의 입만 보고 있는데 삐걱삐걱 나무 계단 앓는 소리가 들려왔다. 소리가 꽤나 육중한 걸 보면 할머니였다.

"화장실 변기 꼭지가 힘을 못 쓰고 헛손질을 하게 만드는구나. 누가 내려와서 봐 줄 수 있겠니?"

방문을 연 할머니는 이렇게 말하고 무열과 도현을 번갈아 보았다.

"제가 가 볼게요."

무열이 벌떡 일어섰다. 이렇게 동작이 빠를 때가 있었나? 할머니를 따라 내려가는 무열을 뒤따르며 말했다.

"자이야, 도현이한테 갈고닦은 네 마술 좀 보여 주고 있어."

자이가 수줍은 척 몸을 꼬는 걸 보고 문을 쾅 닫았다.

화장실 변기 꼭지와 물받이를 꼼꼼하게 살펴본 무열은 심각하게 말했다.

"배수 핸들도 문제가 있고, 물받이 속 부속품들도 전부 낡았어요. 물도 조금씩 새는 것 같구요. 이것저것 다 가는 것보다 당분간 물을 받아 사용하다가 변기를 교체하는 게 낫겠는데요?"

제대로 봤는지는 모르지만 전문가 같은 말투였다.

"그래야겠구나. 풍채도 좋고 아는 것도 많은 게, 우리 몽주가 좋은 친구를 뒀어."

"별것도 아닌데요 뭐."

무열은 밋밋한 뒤통수를 벅벅 긁었다. 풍채 좋고 아는 것도 많은 무열을 칭찬했지만 할머니는 얼굴이 돌처럼 굳어 있었다. 집 안의 무엇인가 또 고장 났으니 그럴 수밖에. 이사를 하는 쪽으로 잠정 결론을 내리긴 했어도 할머니는 이 집에 미련을 버리지 못한 거였다. 아직도 할머니에겐 이 집이 그 옛날의 근사한 구라파식 이층집으로 보이는 걸까?

"고쳤냐? 나 오줌 마려운데."

어느새 내려온 도현이 할머니 어깨 너머로 화장실 안을 들여다보았다. 자이가 도현의 어깨 너머로 나를 보고는 울상을 지었다. 마술을 보여 주지 못했구나. 어쩌면 도현이 오줌 마렵다는 핑계를 대고 아래층으로 내려왔는지도 몰랐다. 어려워라. 어긋나는 화살표를 잡아다 억지로 꽂을 수도 없고.

상심한 할머니를 두고 이층에서 놀자니 찜찜했다. 하지만 무열의 마술 대회 예선 통과를 축하해 주자고 한 게 나였으니 그만 돌아가라고 할 수도 없었다. 아, 또 한 가지, 도현이 대신 무열이를 새로운 싸부로 모실지에 대해서도 더 얘기를 나눠야 했다. 뭐 얼마나 대단한 조직이라고 싸부를 그만두느니 마느니 하는지.

미리 사다 놓은 음료수를 냉장고에서 꺼내 과자 보따리와 함께 이층으로 들고 올라갔다. 솔직히 말하자면 다들 내쫓고 잠이나 자고 싶었다. 꽁지머리, 알머리, 도현, 할머니, 고장 난 변기 꼭지가 뒤죽박죽 얽혀 머릿속이 카오스였다. 엄마도 없으니 저녁은 다들 집에 가서 먹으라고 해야지. 오늘 엄마는 심포니의 직원이 결근해 연장 근무를 하고 온다고 했다. 갈수록 태산이다. 할머니의 기분을 좋게 하려면 저녁으로 뭘 먹어야 할까. 아 참, 송별회를 하기로 했지. 드디어 언니의 출국 날짜가 내일로 임박했다. 17년을 붙어살아 그런지 언니가 멀리 떠난다는 게 아직 실감나지 않는다. 덕분에 갈비나 실컷 뜯었으면 좋겠다. 가계부에 빨간 불 켜지려나?

한여름에 차가운 북서풍이 불고 지나간 듯 집 안이 썰렁해졌다. 언니의 빈자리는 생각보다 컸다. 30년 된 구라파식 이층 집엔 이제 네 사람뿐이다. 아빠와 엄마가 출근하고 나면 할머니와 나 둘만 남는다. 내가 도서관에 가면 할머니 혼자다. 이구가 있지 않냐고? 펫은 그냥 펫일 뿐이다. 개학할 때까지만이라도 도서관에 가지 말까, 싶지만 학원을 그만둔 게 들통 나선 안되므로 나가야 했다. 이러다 우리 집이 숙식만 해결하는 하숙집처럼 되지 않을까 걱정이다.

이 집이 더욱 휑뎅그렁하게 느껴지는 것은 언니의 거짓말 때문이다. 언니는 새빨간 거짓말을 치고 도망쳤다. 식구들은 아직 언니가 미국 연수를 간 줄 알고 있지만, 사실은 모하마드가 있는 캐나다로 떴다. 물론 일기장을 통해 알게 되었다. 이번엔 훔쳐본 게 아니라 내 책상에 친절하게 놓여 있는 걸 보았다.

'꿈꾸는 오리'의 마지막 일기 끝에는 큼지막한 메모지가 붙어 있었다.

그동안 내 일기 잘 봤니? 최근엔 널 위해 최신 트렌드와 문화에 대한 정보도 기록해 놓았는데 재밌게 읽었는지 모르겠구나. 너만 알고 있어. 난 미국으로 연수를 가는 게 아니라 모하마드가 있는 캐나다로 가는 거란다. 1년 후의 일은 그때 가서 생각하기로 했어. 이 일기가 바로 내가 떠나야 했던 이유라는 건 이제 너도 눈치챘겠지? 날 이해하리라 믿어.

이렇게 황당할 수가. 내가 그 방에 들락거리며 야금야금 일기를 보아 온 걸 알고 있었단 거야? 그래, 이제야 알겠다. 며칠 날짜였던가, 일기장에 쓰여 있던 말. 브라운 마헤르 모하마드를 보내는 방식이 '굿바이' 정도로 짧고 간결한 것이어야 한다며 마치 독자에게 하는 말투로 그랬지. "왜냐고? 두고 보면 안다." 그러니까 그 말은 바로 나에게 한 말이었다. 날름 혀를 내밀 듯이 말이다. 어쩐지 수상쩍더라 했다. 대타로 가는 장기 미국 연수는 개뿔. 복잡한 일 없이 모하마드를 따라가려니 대가족 사기극이 가장 편리했겠지. 못된 년. 그래, 모하마드의 2인용 그네 의자를 차지하고 앉아 성공적인 탈출을 실컷 기뻐해라.

생각해 보니 의심했어야 할 일이 한두 가지가 아니었다. 때

220

를 놓치면 누워 떡 먹기도 할 수 없다느니, 먹을 수 있을 때 먹어 두는 것도 나쁘지 않다느니, 시한부 인생처럼 마지막을 고하는 듯한 말을 툭툭 던질 때 난 왜 멍청히 있었던 거지? 일기장에 "모든 준비가 되어 가고 있다"고 한 것도 연수 준비가 아니라 캐나다로 튀는 준비를 말하는 거였다. 또 이런 얘기를 쓴 적도 있다. 처음으로 꿈을 꾸기 시작했고, 그건 하늘을 날아가는 꿈이고, 울렁울렁 멀미가 나는데 그걸 이겨 내고 하늘을 날며 멋들어지게 춤을 추고 싶다던가 했던 얘기. 난 그것도 모르고 언니의 이기심을 욕하며 모하마드를 따라가 남의 일에 관심 없는 사회에서 심심하기 짝이 없는 삶을 살아 보라고 저주를 퍼붓기까지 했으니. 아, 나는 지금부터 모든 비유적 표현을 증오할 테다.

이제야 안 사실이지만, 언니는 엄마에 대한 얘기도 자기 자신을 비추어 하고는 했다. 엄마에게 경계를 넘어서지 않는 재주가 있다고 하면서, 자신이라면 그 경계를 넘어 버리겠다고 일기장에 큰소리를 친 것. 엄마가 심포니에 취직했을 때 "사람은 자기가 원하는 대로 행동하고 자기가 생각하는 대로 살아가야 한다"고 말했던 것. 그게 모두 언니 자신의 얘기이기도 했던 거다.

마지막 일기의 첫 문장으로 눈길을 돌렸다. "이제 모든 준비가 끝났다." 서술어만 다를 뿐 얼마 전 보았던 그 문장과 흡사했다. "이제 모든 준비가 되어 가고 있다." 나는 가방을 방바닥에 내려놓고 침대에 걸터앉았다. 이런 골 때리는 상황에 태연히 서서 쇼킹한 얘기를 접할 수는 없었다.

　이제 모든 준비가 끝났다. 내일 오전 11시 15분, 토론토 행 아시아나항공 이코노미 클래스에 탑승하면 난 자유를 찾아 날아간다. 비행기가 이륙하고 2만 피트 상공을 날 때쯤 윤주라는 지금까지의 자아는 구름 위로 풍덩 다이빙을 할 것이다. 한 치의 일탈도 없이 지극히 노멀한 궤도를 걸어온 자아는. 토론토에 도착하는 대로 난 모하마드를 찾아갈 것이다. 눈물 같은 건 흘리지 않을 테다. 자신이 선택한 인생 앞에서 눈물을 흘리는 신파는 나에게 어울리지 않는다.
　엄마와 아빠, 할머니에게 거짓말을 한 건 유감이다. 언젠가는 내가 실행한 최고의 파격에 한 차례 큰 충격을 받을 때가 오겠지만, 그분들도 결국엔 내 선택을 인정해야만 하리라. 그때도 온갖 격식을 차리고 성가신 웨딩드레스를 입고서 아무도 장담 못할 결혼 서약 같은 건 하지 않겠다. 서로가 서로를 가두고 옭아매는 울타리를 치자고 신성함으로 가장한 매매계약을 하다니.
　난 엄마 아빠와 같은 삶은 살지 않겠다. 좋을 때 맘껏 사랑하고, 그다음은 또 그때의 마음을 따라가면 된다. 마음을 거스르면 모두가 희생자가 될 뿐이다. 어쨌든 나에겐 지금 모하마드와 함께 있는 것만이 중요하다.

222

나는 누구에게도 미안한 마음은 갖지 않을 것이다. 동양의 작은 나라에서 온, 브로큰잉글리시를 하는 타로 마스터를 온타리오 시골 마을 주민들이 환영해 주길 바랄 뿐이다.

몽주야, 할머니와 엄마 아빠를 부탁해.

잔인한 년. 너무 기가 막히고 화가 났다. 일기를 훔쳐보고 있었다는 걸 뻔히 알면서 날 가지고 놀다니. 그리고 그렇게 엄청난 일을 저지르고는 나에게 총대까지 메게 해? 자기는 완전 범죄를 하듯이 도망쳐 놓고서 하나밖에 없는 동생에게 온 가족을 부탁한다고 말할 수 있는 이기주의자는 언니밖에 없을 것이다.

아무리 생각해도 나쁜 년이다. 맏딸이면서 공주 노릇밖에 한 게 없는 주제에 나에게 덤터기를 씌우듯 할머니와 아빠, 엄마를 부탁하다니. 끝끝내 얌체처럼 굴려고 일기장 훔쳐본 걸 묵인해 준 거야? 가서 물똥 싸도록 고생해 보라지.

나도 언젠가 어떤 식으로든 집을 떠날 때가 있겠지만 그 따위로는 하지 않을 것이다. 구라파식 이층집 벽에 금이 가도, 보일러 가동이 안 돼도, 남아 있는 타일이 산산조각으로 깨져도, 나무 계단과 마룻바닥이 주저앉아도, 담이 허물어져도, 집이 와르르 무너져도. 하지만…… 정말 그럴 수 있을까? 왜 그런지 어금니를 꽉 물면 물수록 자신이 없었다. 산산조각 깨지고 무너져 가는 집을 내가 어떻게 지켜 내? 난 이제 겨우 열일곱 살인데. 그리고 할머니도 한 발 물러서서 반쯤 포기하고 뒷짐을 지고 있잖아?

여름방학이 이렇게 파란만장할 줄은 몰랐다. 공부 열심히 하면서 마술이나 배우고 싶었는데 뒤죽박죽되어 버렸다. 마술도 지지부진이고, 개떡같이 끝나 버린 첫사랑 때문에 도서관에서도 공부는 하는 둥 마는 둥 잡지책이나 뒤적이는 게 다였다. 꽁지머리 후임으로는 뱃살이 넉넉한 아줌마가 왔다. 커다란 목소리로 전화 통화를 어찌나 자주 하는지 곱지 않은 눈초리들이 그쪽으로 쏠리곤 했다.

남은 여름방학은 이제 열흘도 채 되지 않는다. 어쩌면 이 우울한 여름방학은 서막에 불과할지도 모른다. 왠지 그런 불길한 생각이 든다. 그런데 이럴 때 화이트 초코 모카가 생각나다니 웃기는 일이다. 다른 사람도 아닌, 베토벤이 만들어 준 화이트 초코 모카가. 친구들과 와글와글 떠들면서 아무 생각 없이 달콤한 화이트 초코 모카를 먹고 싶다. 오늘 기분 참 더럽다.

30년 된 구라파식 이층집

아빠가 강아지를 또 한 마리 입양했다. 이번엔 할머니가 요구하기 전에 아빠가 알아서 새 식구를 구해 왔다. 두 달 된 순종 몰티즈. 커다란 머그잔에 넣으면 쏙 들어갈 만큼 작고 앙증맞은 녀석이었다. 암놈이라는 건 묻지 않아도 알 수 있었다. 아빠가 이미 이름까지 지어 놨기 때문이다. 공주. 좀 유치하긴 하지만 녀석의 생김새와는 썩 잘 어울리는 이름이었다. 일구가 나가자 이구를 데려왔고, 윤주가 나가자 공주를 데려왔으니 몇 개월 만에 펫 가족이 둘이나 생긴 것이다. 공주는 애교가 많고 순하다는 점이 언니와 한참 다르긴 해도, 이구와 더불어 암울해진 집 분위기를 조금이나마 바꿔 놓을 수는 있을 것 같았다. 피시방 적자 경영 속에 8만 원을 주고 공주를 입양한 아빠의 마음도 그런 게 아니었을까.

이구를 못마땅하게 여겼던 엄마는 이구와 장난을 치는 공주를 쓱 일별했을 뿐 어떠한 논평도 하지 않았다. 요즘 엄마가 하는 말이란 그래, 아니, 몰라 등 두 음절을 넘어가는 경우가 드물었다. 외견상 큰 변화는 없어 보였지만 언니가 태평양을 건너가 1년이나 머문다는 게 허전했나 보다. 언니의 빈 방에 들어가 말없이 서 있다 나오는 것도 몇 번 보았다. 나는 언니가 가난한 이슬람교도 캐나다 흑인 목수를 따라 튀었다는 얘기를 절대 할 수 없었다.

엄마는 심포니에 변함없이 정상 출근을 했다. 갓 볶은 과테말라산 커피콩 냄새가 엄마에겐 위안이 될지도 모른다. 다행이라고 해야 하나, 불행이라고 해야 하나. 한 가지 분명한 사실은 그런 엄마를 바라볼 때 좀 불안해진다는 거였다. 마치 허공을 떠다니는 것처럼 위태위태했다. 언젠가 엄마가 했던 말을 믿어도 될까? 엄만 남자가 필요한 게 아니야. 낭만이 필요한 거지.

하지만 내가 불안해하는 게 정당한지는 알 수 없었다. 엄마가 다른 남자를 좋아해선 안 된다는 법도 없잖아? 도서관에서 얻은 잡다한 지식들 중의 하나를 기억해 보자면, 아무리 사랑하는 사이라도 30개월만 지나면 서로에게서 느끼는 열정이 줄어든다고 한다. 그게 맞는다면 결혼 생활 30년이란, 열정이 거의 바닥에 다다를 때다. 열정 지수가 마이너스를 넘어 급강하하고 있을 때랄까. 엄마 아빠라고 예외일 수는 없다. 더구나 기본 정서가 너무도 다른 사람들이다. 그래서 아빠는 두 사람의 관계를 부부 '관계'가 아니라고 투덜거리기까지 했다지 않은가. 그렇담 '관계'도 없고 정서적 교감도 없이 한집에 사는 아빠가 엄마의 파트너일까, '관계'는 없다고 추측되지만 커피콩 냄새의 정서적 교감을 나누는 베토벤이 엄마의 파트너일까.

공주는 지금 내 침대에서 얌전히 잠들어 있다. 이구의 꽁무니를 따라다니다 내가 들어오자 발뒤꿈치에 달라붙어 떨어지지 않았다. 그러더니 이층으로 올라온 지 10분도 안 돼 가물가물 졸다 어느새 곯아떨어졌다. 아직 아기라선지 정신없이 장난을 치다가도 금세 잠들기 일쑤였다. 집안 분위기가 꿀꿀해서 그렇지, 까칠한 언니 대신 재롱둥이 공주가 있으니 한편으론 살 만하다.

아래층에서 누군가 부르는 소리가 들렸다.

"작은아가씨!"

새언니가 또 웬일? 가라앉았던 집안에 톡톡 튀는 목소리가 들리니 반갑긴 했다.

공주를 깨워 내려가니 새언니가 꺅 소리를 질렀다.

"와! 식구가 하나 더 늘었네요? 방금 완구점에서 사 온 인형 같다. 큰아가씨처럼 조용하진 않은데요?"

내 손에서 공주를 받아 들고 새언니는 새하얀 털에다 코를 박았다. 언니의 간소한 환송회 때 괜찮은 미국 남자와의 연애

담을 기대한다고 했다가 별다른 반응을 일으키지 못한 새언니였다.

"식구가 한 명 느는 게 아니라 줄었죠. 오빠네 둘 빼면 마이너스 2에다, 일구 오빠 대신 이구가 들어오고 윤주 언니 대신 공주가 들어왔으니 최종적으로 마이너스 1이 되니까."

내 계산에 새언니는 살짝 눈을 흘겼다.

"벌써 우릴 가족에서 빼 버린 거예요? 너무 가혹한 계산법이다. 근데 요 녀석 이름이 공주예요? 대문에 애견 작명소 간판이라도 걸어야겠다."

하얀 털에서 코를 뗀 새언니는 쿡쿡쿡 웃었다.

가혹한 계산법인지 아닌지는 좀 더 두고 보면 알 일이었다. 솔직히 말하자면 나는 벌써부터 오빠네가 한 핏줄일 뿐 한 식구라는 생각은 들지 않는다. 분가도 분가지만 인생의 계획이 '각자'의 것이 되었기 때문이다. 아이 입양도 전적으로 두 사람이 결정한 일이었고, 다른 사람들은 멍하니 앉아서 보고를 받은 셈이었다. 그게 뭐 잘못이라는 얘기는 아니다. 2천 년대를 맞은 게 유치원 때고 이제 그런 정도의 개인주의는 새로울 것도 없으니까.

언제 들어왔는지 엄마는 주방에서 에스프레소를 내리고 있었다. 심포니에서 베토벤이 최고의 커피를 만들어 줄 텐데, 지독한 중독이다.

"오늘 휴가예요?"

새언니에게 물었더니 야릇하게 웃으며 고개를 끄덕였다.

"잠깐 나 좀 봐요."

새언니는 공주를 내려놓고는 나를 떠다밀 듯 이층 계단으로 몰고 갔다. 두 사람의 체중이 버거운 듯 나무 계단이 빠각빠각 자지러지게 소리를 냈다. 새언니는 내 방에 들어오더니 숄더백을 열었다.

"조카 사진 볼래요?"

"조카? 누구……."

사진이 나왔을 때서야 나는 나와 그 사진 속 아이의 관계를 이해했다.

"정말 사랑스럽죠?"

새언니는 감격에 겨워 치아가 다 드러나도록 웃었다.

요람에 누운 아이는 여자아이였다. 머리에 분홍색 리본 띠를 두른 걸 보면 알 수 있었다.

"음, 예쁘다."

하지만 아기이기 때문에 예쁘지, 그 아기가 특별히 예쁜 건 아니었다. 내 눈엔 갓난아이는 모두가 똑같아 보인다.

"이 아이를 보는 순간 그래, 바로 내 아이야, 싶더라니까요. 다른 아이들도 여럿 봤지만 집에 와서 자꾸 생각나는 아이는 이 애밖에 없었어요."

생전 처음 보는 아이에게 정말 그런 마음이 들 수도 있나? 아무리 예쁜 아이라도 그 아이를 단박 자기 아이라고 생각하는 건 납득이 되지 않았다.

"드디어 내가 고모 소리를 듣게 되는구나, 하하. 언제 데려와요?"

나는 이 말밖에 별로 할 말이 없었다. 사진을 보는 순간 그래, 바로 내 조카야, 하는 생각은 들지 않았으니까.

"몇 달 걸릴 거예요. 한 달 만에 입양이 가능한 기관도 있지만 우리 주를 데리고 있는 입양 기관에선 절차가 좀 까다롭거든요. 그만큼 신중히 부모를 골라 주는 거죠. 그 기간 동안 우린 가끔씩 가서 주를 보고, 입양 기관에선 우리가 정말 좋은 엄마 아빠가 될 수 있는지 다방면으로 체크하는 거예요. 주말에 가려다 우리 주가 못 견디게 보고 싶어 오늘 월차 내 버렸죠."

"우리 주?"

"아이 이름이에요. 진주. 너무나 소중하잖아요. 오빠는 진소라니 진혜인이니 하면서 옛날 여자 친구들 이름을 갖다 붙였지만 진주라는 이름 한 방에 밀려났죠."

새언니는 출산을 앞둔 임산부 같았다.

"어머님 아버님이랑 할머니도 우리 주를 맘에 꼭 들어 하셔야 할 텐데."

"언니도 참, 요즘 우리 집 분위기 완전 무덤인데……. 사진은 나중에 보여 드리는 게 나을걸요?"

"아, 맞다. 내가 우리 주한테 미쳐서 바보가 됐다니까. 암튼 사진 보여 드릴 때 아가씨가 적당히 추임새 좀 넣어 줘요."

230

"진주가 예쁘긴 하지만 나 장담 못해요. 눈치 봐서 애써 보
긴 하겠지만."

내 입에서 진주 예찬이 나올 것 같지는 않았다. 지금 내 관
심은 온통 삐거덕거리는 가족들이 과연 예전의 상태를 회복할
수 있을까에 쏠려 있다.

새언니는 사진에 쪽 뽀뽀를 하고는 방을 나갔다. 뒤따라 나
가던 나는 뭔가 허전해 그 자리에 섰다.

"가져갔구나."

언니가 타로 점을 볼 때 앉았던 붉은 카펫과 벽에 붙었던 별
자리 그림이 없었다. 온타리오에서도 은하수가 떨어지는 곳의
전갈자리에 머리를 두고 앉아 타로 점을 보는 건가? 전갈의 심
장에 위치한 1등급 별 안타레스로부터 영감을 받으면서. 생각
해 보니 언니의 타로 점은 적어도 엉터리는 아니었다. 놀랍게
척척 들어맞을 때가 몇 번이나 있었으니까. 언니가 떠나기 전
에 타로 점이나 한 번 더 봐 둘걸. 우리 집이 앞으로 어떻게 될
지, 그걸 물어봤어야 했는데 말이다.

피시 존은 어김없이 아이들로 바글거렸다. 무늬만 애들인
초딩들부터 비듬 냄새 나는 중딩들과 고딩들까지. 막강한 지
구력을 가진 이 아이들은 개학이 다가오든 말든 아랑곳하지
않고 '철권 6'나 '와우', '스타크래프트' 등에 푹 빠져 있었다.
눈을 감고 있으면 전쟁의 포화 속인 듯 기분 나쁜 파열음이 쉴

새 없이 들려왔다. 아빠가 사우나에 가 있는 동안 피시방을 보면서 틈틈이 '버블보블' 게임도 했다. 초딩들도 시시해하는 게임이지만 내 수준엔 그 정도가 딱이다. 이 퀴퀴하고 어둠침침한 곳에서 주식으로 각광받는 컵라면도 두 개나 먹어 치웠다. 실내 공기가 좋지 않은 데다 시도 때도 없이 퍼지는 담배 냄새와 라면 냄새로 피시방은 절어 있었다. 남자애들의 분비물 냄새까지 나 조금만 더 있다가는 토할 것 같았다. 돌아올 시간이 훨씬 넘었는데, 사우나 하다가 곯아떨어졌는지 아빠는 아직 안 오셨다.

"이제 가 봐라."

한계 상황에 이르렀을 때 아빠가 나타났다. 혈색이 붉게 살아난 아빠에게서 사우나 목욕탕이 제공하는 싸구려 스킨로션 냄새가 났다.

"여기, 완전히 금연 구역으로 하면 안 되나?"

담배 연기로 뿌옇게 흐려진 허공을 손가락으로 찌르며 아빠에게 말했다.

"교육상 그리 바람직한 환경도 아니고, 아빠 건강에도 안 좋잖아."

진심이었으나 그보다는 뭐랄까, 어쩐지 엇나가거나 낙오된 인간들이 모여드는 장소의 그럴싸한 배경이 되고 있는 것 같아 싫었다.

"아예 피시방 접을 생각이라면 그렇게 해 볼 수도 있겠지.

방학 숙젠 다 했냐?"

아빠는 전혀 고려할 생각이 없다는 듯 내 말을 흘려버렸다. 나도 아빠 말을 못 들은 척했다. 몇몇 선생이 숙제를 내준 것 같긴 한데 기억나는 게 한 가지도 없었다. 버블보블 게임이 아웃되고, 나는 의자에 걸쳐 두었던 가방을 어깨에 둘러메고 일어났다.

"학교 공부 무시하면 못쓴다. 아직은 학벌 사회니까. 최소한 서울에 있는 대학은 들어가야 해. 지방으로 유학 보낼 형편도 안 되니."

아빠다운 말씀이었다.

"노력해 볼게."

착복한 학원비가 걸려 잔뜩 수그러든 채 말했다. 개학하면 공부 열심히 해야지.

피시방을 내려오다 낮 시간 알바 오빠랑 만났다.

"피시방에 니가 있었구나? 난 아저씨가 외출을 하셨기에 어떻게 된 일인가 했지. 구청 근처 김밥나라에서 점심 때우고 있는데 아저씨가 밖에 계시더라고."

"아빠 방금 들어왔어요. 내가 카운터 지키는 동안 사우나 갔거든요."

"근데 아저씨 아까 한참 동안 심포니 안을 들여다보시더라. 아주 심각하게. 정확히 말하자면 니네 엄마를 보고 계셨지만. 근데 엄마가 심포니에 취업하셨나? 커피콩 볶고 계시던데."

아빠가 심포니에서 일하는 엄마를 관찰하고 있었다고? 아빠 엄마의 경제 활동을 마지못해 묵인해 주었지만 직접 찾아가 볼 만큼 그 일에 관심을 보이진 않았는데.

"아빠가 엄마를 보고 있었다고요?"

"내가 볼 땐 그랬어. 근데 아줌마도 아저씨를 본 것 같던데 일하는 중이라선지 알은체는 안 하시더라."

그쯤에서 나는 계단을 내려왔다. 수없이 밀려드는 물음들로 머릿속이 복잡했다. 아빠는 우연히 엄마를 발견했을까, 아니면 미리 마음먹고 찾아갔을까? 고운 화장에 긴 에이프런을 두른 채 미소를 머금고 있는 엄마를 보며 무슨 생각을 했을까? 심포니의 멋진 주인 베토벤도 보았겠지? 베토벤과 엄마가 손발 맞춰 일하는 모습이 아빠 눈엔 어떻게 보였을까? 내 눈에만 환상의 커플로 보이는 걸까? 그러나 백 가지 의문에 대한 답은 한 가지도 찾을 수 없었다.

조금 전 학벌 사회가 어쩌고 하며 조용히 훈계하던 아빠는 심포니엔 가 본 적도 없는 것처럼 무심해 보였다. 마치 광고 속 모델처럼 아름다운 두 사람을 보고도 아무 느낌이 없는 건가, 아니면 모른 척 외면하는 건가. 어느 쪽이든 울고 싶긴 마찬가지였다. 부부 관계가 회복되길 포기했거나 비겁하거나, 둘 중 하나니까. 난 행복이 가득한 집까지는 바라지 않더라도 부(父)와 모(母)의 마음이 완전히 동과 서로 갈라진 집의 막내딸이고 싶진 않았다.

그런데 엄마는 또 뭐야. 아빠가 밖에 있는 걸 알면서도 모른 척했다고? 하긴 엄마라면 충분히 그럴 수 있다. 차가운 도시 여자, 딱 그런 타입이잖아. 바리스타 일이 아직 서투른 데다 업무 중인데 알은체를 할 리 없었다. 게다가 남편이 별 애정도 느낄 수 없는 미지근한 변두리 남자 타입이니 더 그랬겠지. 하지만 보고도 못 본 척한 게 맞다면, 엄만 정말 나빴다!

눈물이 나올까 봐 도현에게 전화를 걸었다. 이럴 때 만만하게 생각나는 건 녀석뿐이었다. 휴대폰을 꺼내는데 서태지 아저씨의 '난 알아요'가 기다렸다는 듯 울렸다. 발신자는 마술짱. 이심전심일 때도 있네.

"바쁜데 무슨 일이야?"

습관적으로 튕겼지만 반가웠다.

"이상하네. 난 분명히 자이 단축 번호를 눌렀는데 왜 니가 나오지? 뭐 어차피 너한테도 연락하려고 했으니까, 흐흐."

"뭔 일 있어?"

"어, 거한 행사."

"하여간 허풍은. 오늘……."

녀석이 내 말을 끝까지 듣지도 않고 선수를 쳤다.

"오늘 번개로 모이자."

내가 하려던 말이었는데. 이심전심이 지나친 게 왠지 불안하네.

"정말 뭔 일 있어?"

"마술 동아리 해체에 관한 긴급회의 소집이야."

"뭐?"

"마, 술, 동, 아, 리, 해, 체, 에 관한 긴급회의 소집이라고!"

언제는 별로 해 놓은 일도 없이 싸부를 그만두고 무열이를 그 자리에 앉히더니, 이젠 동아리를 해체하자고?

"니 멋대로 만들고 니 멋대로 해체냐?"

"무열이랑은 벌써 얘기했어. 자이랑 니 허락만 받으면 돼."

"끌어들일 땐 언제고, 나쁜 놈들. 무열이랑 곧바로 우리 집에 와. 자이는 내가 부를 테니까. 니들 각오해. 뼈도 못 추리게 밟아 버릴 거야."

"살살 해라. 우리, 알고 보면 불쌍한 놈들이잖아."

도현은 능글맞게 웃고는 전화를 끊었다. 죽을죄를 진 것처럼 녀석을 몰아붙였지만 크게 서운하지는 않았다. 이상했다. '마찾사' 모임에 충실하자는 게 여름방학 계획 중 하나였는데. 내 딴엔 열정을 가지고 연습도 했다. 그런데 그 열정이 사그라지는 느낌이 들면서 마술이 저만치 달아나는 것 같은 기분은 뭘까. 꿍지머리 때문인가?

가방에 넣어 두었던 모자를 꺼내 썼다. 햇볕이 뜨거웠다. 구청 쪽 길로 갈까 하다가 방향을 바꾸었다. 오늘은 심포니를 지나가고 싶지 않았다. 엄마와 아빠에 대한 생각으로 가슴이 울적했다.

번개 모임을 위해 오만 잡동사니가 엉망으로 널린 방을 치웠다. 변함없이 도서관에서 열공하던 자이는 군말 없이 번개 모임에 참석하겠다고 했다. 도현 때문이지 뭐. 사랑은 위대한 게 아니라 무서운 거다. 나도 도서관엘 가긴 했지만 공부는 하는 둥 마는 둥 참고서만 건성으로 뒤적였다. 그러고는 점심 때 집에서 싸 간 도시락을 까먹고 영화 감상실에서 〈조제, 호랑이 그리고 물고기들〉이란 일본 영화를 보며 눈물을 짜다 나왔다. 계속 도서관에서 죽치고 있었으면 알바 오빠를 만나지도 않았을 테고 우울한 얘기도 듣지 않았을 텐데. 바로 두 시간 후의 일도 알지 못하는 게 인간이라면, 제때 먹이를 섭취하는 것만으로도 늘 즐거운 이구나 공주보다 내가 나을 게 뭐지?

아이들을 기다리며 인터넷 서핑을 하다가 전자 메일을 확인해 보았다. 스팸 메일들을 휴지통으로 보내고 나니 편지 한 통이 남았다. scorpiontarot85. 보낸 사람 아이디가 생소했지만 누구인지 알 수 있었다. 전갈 타로, 언니였다. 제목은 'I'm so happy'. 잘났어. 내 메일 주소는 어떻게 알아낸 거지? 편지를 열었더니 큼지막한 사진부터 보였다. 모하마드를 내 눈으로 처음 보는 순간이었다. 흠, 남자 보는 눈이 이랬구나.

모하마드는 골프 황제 타이거 우즈와 비슷해 보였다. 약간 태운 빵 같은 피부에 얼굴형은 갸름하면서 지나치게 뾰족하거나 뭉툭하지 않은 이목구비가 그랬다. 맷 데이먼이나 애쉬튼 커처 같은 배우를 제외하고 서양 사람들을 볼 때 늘 그렇듯, 이게 잘생긴 건지 못생긴 건지는 알 수 없었다. 북슬북슬한 턱수

염과 긴 머리가 좀 지저분해 보였지만 인상까지 나쁘진 않았다. 쫙 빠진 외모의 엘리트 스타일을 좋아할 줄 알았던 언니가 자연인의 모습을 한 남자를 좋아했다니 좀 의외였다. 겨우 이런 남자를 찾아 가족에게 사기를 치고 날았단 거야?

사진은 초록의 공원을 배경으로 찍은 상반신 사진과 전신사진 두 가지였다. 언니는 메일의 제목대로 행복한 표정을 짓고 있었다. 무릎 바로 아래까지 오는 집시풍의 원피스에 빨강 구두가 튀어 보였다. 모하마드는 수수한 양복저고리에 청바지 차림이었다. 상반신 사진에서 두 사람의 꼭 잡은 손가락엔 가느다란 링이 반짝였다. 언약식 반지라 이거지. 얄밉게도 언니는 아빠의 피시방을 창피해하고 민속박물관 일을 따분해하던 때보다 백배는 생기 있어 보였다.

어떠니? 모하마드를 이렇게 인사시키고 싶진 않았는데, 상당히 귀엽지? 너에겐 살짝 보여 줄까 하다가 자칫 일을 그르칠 것 같아 입을 꾹 다물고 있었지. 일기장을 통해 모하마드를 상상하도록 하면서 말이야.

네가 내 일기장을 훔쳐본다는 걸 눈치챘지만 법석을 떨 필요는 없다고 생각했어. 식구들 중 한 사람쯤은 모하마드의 존재를 알고 있는 편이 나을 것 같았으니까. 엄마와 아빠, 할머니는 잘 계시니? 사실 이렇게 묻고 있지만 별로 궁금하지 않은 걸 보면 나 아무래도 피가 무척 차가운 모양이야.

요즘은 집을 꾸미는 데 열중하고 있어. 착한 목수 모하마드는 내가 원하는 소품 가구를 뚝딱뚝딱 열심히 만들어 내고 있지. 창고 한쪽에 타로 상담실도 만들고 있는데, 정말 신비스러운 분위기를 창조해 낼 거야. 궁금하면 언제든 비행기 타고 날아와. 난생처음이겠지만 언니 노릇을 멋지게 해 볼 테니까.

어른들께 나 연수 잘 받고 있다고 전해 줘.

가족을 집단으로 속인 데 대한 죄책감은 조금도 없나. 난 죽었다 깨어나도 그런 짓은 하지 못할 것이다. 나쁜 년.

그런데 이건 또 뭔 얘기지? 편지의 마지막 구절이라고 생각했던 문장에서 다섯 줄쯤 내려와 '추신'이 있었다.

추신 : 네 통장에 거금을 보태고 왔다. 선물로 뭘 해 줄까, 하다가 뭐니 뭐니 해도 너에겐 머니가 최고일 것 같아서. 캐나다로 놀러 올 비행기 티켓 값은 될 거야. 통장 간수 좀 잘 해라.

뭐? 내 통장에 돈을 넣고 갔다고? 캐나다 행 비행기 티켓 값 정도라. 50만 원? 70만 원? 비행기를 타 본 적이 한 번도 없는 나로서는 그 액수를 알 리 없었다. 통장을 어디에 뒀더라? 서랍을 뒤지려는데 자이의 목소리가 들렸다.

"뭐 해?"

"깜짝이야."

얼른 로그아웃을 하고 뒤를 돌아보았다. 자이 양옆으로 도현과 무열이 서 있었다.

"셋이 한꺼번에 몰려올 줄은 몰랐는데, 만나서 왔어?"

"아니, 내가 먼저 와서 할머니랑 얘기하고 있는데 도현이랑 자이가 왔지."

무열이 말하자 자이가 고개를 빠릿빠릿하게 끄덕였다. 둘이 만나서 왔나? 약한 몸에 에어컨 바람을 많이 쏘여선지 자이의 눈 밑에 다크서클이 살짝 드리워져 있었다.

"우리도 거의 다 와서 만났어."

도현이 불필요한 설명을 하는 바람에 자이의 뺨이 발갛게 부풀어 오르다 말았다.

"거의는 아니지. 버스 정류장 옆 마트 앞이었으니까. 오다가 괜히 마트 구경이 하고 싶어 들어갔다 나왔는데 딱 그 앞에서 마주친 거 있지?"

우연이라고 하기엔 뭔가 예정된 느낌이었다는 걸 말하고 싶었겠지만 역시 불필요한 설명이었다.

"그랬어? 뭐 흔한 우연이긴 해도 혼자 오는 것보단 낫더라."

도현이 말하자 자이가 힛, 하고 유치원생처럼 웃었다. 어쩌면 마트 안에 있다가 도현이 지나갈 때 우연인 척 튀어나왔을지도 모르지.

"동아리 해체라니 무슨 얘기야?"

나는 에어컨을 틀고 바로 본론으로 넘어갔다. 아무것도 모르고 온 자이가 눈을 동그랗게 뜨고는 세 사람을 번갈아 돌아보았다.

"나 마술에서 손 뗐다."

"뭐라고?"

"어머, 왜?"

예상치 못한 도현의 발언에 놀라 자이와 나는 소리를 질렀다. 이 녀석, 싸부를 그만둔다고 했을 때 역시 그런 생각을 하고 있었어. 그럼 나에게 보여 주었던 비둘기 마술이 정말 녀석의 마지막 마술이었나?

"마술을 하는 이유가 없어졌다고나 할까. 세상이 날 속이는 것 같아 나도 한번 속여 보자고 마술을 시작했는데 이젠 그럴 필요가 없게 됐어. 세상은 날 속이는 게 아니라 변하는 것뿐이란 걸 알았거든. 강도현이 김도현으로 된 것처럼. 음하하."

능청스럽게 웃었지만 도현의 낯빛은 산속에서 도를 닦고 나온 수도승 같았다. 혹시 나한테 차여 만사 의욕을 날려 버린 건 아니겠지?

"무열이 넌 또 왜? 너도 동아리 해체에 동의했다며."

도현이 마술을 그만두면 동아리도 끝이라는 생각이 들었지만 물어보지 않을 수 없었다.

"응, 마술을 본격적으로 배워 보려고. 수입이 좀 늘면 은결 형이 다녔던 마술 기획사에 등록할 거야."

딱할 만큼 매사에 자신 없던 모습은 어디 가고 '나도 할 일이 있는 사람이 되었어' 하는 자신감이 엿보였다. 신문 배달 때문인지 살도 좀 빠진 것 같았다.

"이 자식 뚝심이 장난 아니라니까."

도현이 무열의 어깨에 잽을 날리며 낄낄 웃었다.

"그럼 난 뭐야? 이제 시작해 밤마다 신 나게 연습하고 있었는데. 정말 깨지는 거야?"

자이가 침대에 풀썩 두 팔을 걸치고는 징징거렸다.

"몽주, 자이, 니들한테는 미안하다. 내가 미칠 땐 확 미치는데 한번 식으면 또 완전 등을 돌리는 나쁜 놈이라서 말야. 손해 배상이나 정신적 피해 배상을 해 줄 능력은 없으니 닥치는 대로 패라. 찍소리 않고 다 맞아 줄게."

"짜증나는 놈."

방바닥에 등을 보이고 엎드린 녀석의 옆구리를 오른발로 힘껏 찼다.

"아악!"

찍소리 않겠다던 녀석은 과장된 비명을 지르며 나가동그라졌다.

하지만 내가 화를 내는 이유는 다른 데 있었다. 나야말로 마술을 그만두어야 할 사람이라는 생각이 들었기 때문이다. 이제야 알 것 같았다. 마술에 대한 열정이 사그라지는 듯했던 이유를. 꽁지머리 때문이 아니었다. 한 사람, 두 사람, 가족에게 내가 속고 있다는 생각이 들면서 갑자기 시들해져 버린 것이다. 남을 속이면서 짜릿한 쾌감을 맛보는 게 이젠 내키지 않았다. 누군가를 위해 속임수의 쇼를 한다는 것도. 그 사람이 할머니일지라도 말이다. 뭐 어쨌든, 난 이제 식구들에게 속을 준비가 되어 있고 더 이상 놀라지도 않을 것이다.

"이왕 이렇게 된 거 동아리 해체식이나 화끈하게 해 보자."

방바닥을 뒹굴던 도현이 벌러덩 누운 채로 말했다.

"어떻게 화끈하게? 쐬주라도 마실래?"

내가 또 한 번 발길질을 했으나 녀석은 무열이 뒤로 잽싸게 굴러갔다. 자이가 "그만들 해." 하며 짜증을 냈.

도현이 무열의 뒤에서 목덜미를 팔로 감아 죄며 말했다.

"못 마실 것도 없지 뭐. 나 가끔 엄마랑 한잔씩 하거든."

"그래, 무지하게 훈훈한 미담이다."

도현과 티격태격하고 있는데 밖에서 계단 쪼개지는 소리가 들려왔다. 삐걱삐걱 찌걱찌걱. 상당히 급한 발걸음이었다.

"할머니다."

자이가 말을 하자마자 방문이 열렸다.

"이리들 좀 나와 봐라. 담이 무너졌으니 어떡하면 좋니?"

할머니는 안색이 하얘져 눈물까지 글썽거렸다.

"옛?"

"어떡해."

"아, 결국……."

다들 한마디씩 탄식의 말을 했지만 내 입에서는 짧은 비명조차 나오지 않았다. 담이 무너졌다는 얘기에 내 몸 어딘가가 와르르 무너져 내리는 것 같았으니까. 할머니를 따라 계단을 몰려 내려갈 때 귀곡의 폐가가 격하게 뒤틀리는 듯한 소리가 났다.

담은 대문 옆으로 가로 폭 약 2미터가량 허물어져 있었다. 나사까지 박아 지탱해 놓았던 나무 받침대 세 개가 벽돌 밑에 깔려 한쪽 끝만 보였다. 생각보다 범위가 넓지 않았지만 결코 안심할 수 없었다.

"여기, 우리가 처음 금 갔다고 했던 데잖아."

"맞아, 딱 그 지점이다."

무슨 대단한 발견이라고. 두 녀석의 머리통을 쥐어박았다.

"그때 대책을 세웠어야 했는데."

도현은 머리를 감싸 쥐고도 안타까운 마음을 감추지 않았다.

할머니는 어이없이 테러를 당한 사람처럼 깨진 벽돌 하나를 부여잡고 밭은 숨을 몰아쉬었다.

"니 엄마 말이 맞았어. 이 집, 이제 수명이 다한 게야."

생각났다. 도현과 무열이 이층 테라스 타일을 박살 냈던 날, 엄마가 그랬다. 구라파식 이층집은 수명이 다했고, 그러므로 이사를 갈 때가 된 거라고. 그때 할머니는 이 집의 어디가 주저앉기 전엔 절대 이사를 갈 수 없다고 강경하게 말했다. 그 후 집이 이곳저곳 망가지고 고장 나면서 마침내 백기를 들게 된

244

것이다. 이제 담장까지 무너졌으니 구라파식 이층집에 대한 사랑은 무모하고 미련한 일일지 모른다.

"마술로 이 집을 감쪽같이 새 집으로 만들 수 있다면 좋겠다."

자이가 종알거릴 때 내 머릿속에서 딩동댕 실로폰 소리가 났다. 왜 그 생각을 못했지? 갑자기 마음이 급해졌다. 이러고 있을 때가 아니었다.

"우리, 개학이 언제지?"

누구에게랄 것도 없이 묻자 자이가 대답했다.

"이제 나흘 남았어."

"아니, 벌써?"

"제대로 놀지도 못했는데."

'나흘'이라는 말에 나도 깜짝 놀랐는데 도현과 무열도 한심하긴 마찬가지였다.

"근데 왜?"

자이가 물었다.

"진짜 마술을 부려 보려고."

"무슨 마술?"

나는 기울어진 담장을 아슬아슬 지탱하고 있는 네 개의 나무 기둥에서 눈을 떼지 않은 채 비장하게 웃었다. 그 마술은 짜릿한 당혹감과 흥미로운 떨림, 눈 깜박할 사이 일어나는 순간의 기적이 아니었다. 어쩌면 무모한 퍼포먼스나 쓸데없는 짓거리가 될 수도 있었다.

"니들, 나 좀 도와줘야겠어."

자이와 도현과 무열은 어리벙벙하여 나를 바라보았다. 개똥이라도 있을 때 약으로 써먹어야지. 며칠 남아 있는 방학을 나는 이 쓸모없던 친구들과 일을 벌여 볼 작정이었다.

이렇게 가슴 떨려 본 적이 있을까. 지금 저지르는 일이 어떤 결과를 가져올지 모르면서 나는 동분서주 설레발을 치고 있었다. 처음이자 마지막이 될 기상천외의 마술엔 자그마치 160만 원이라는 자금이 동원되었다. 내 생애 처음 만져 보는 거금. 가족 여행을 꿈꾸며 모아 온 학원비 60만 원과 언니가 주고 간 100만 원을 몽땅 써 버리자니 적잖이 겁도 났다(통장에 100만 원이 입금돼 있는 걸 보고 어찌나 놀랐던지! 언니가 그렇게 통이 클 줄은 몰랐다). 하지만 인생에 세 번쯤은 큰 맘 먹고 용기를 내야 할 때가 있는 법. 그 첫 번째 용기에 나는 스스로 자부심을 갖기로 했다. 160만 원을 허망하게 다 날려 버리는 한이 있더라도.

토요일 오후, 이층엔 희뿌연 먼지가 풀풀 날리고 있었다. 타일을 모두 뜯어낸 테라스에서 무열이 커다란 빨랫대야에 갠 시멘트를 바닥에 바르는 중이었다. 도현이 타일을 이 색 저 색 되는 대로 집어 시멘트에 하나씩 공들여 심었다. 시멘트를 바닥에 덧바르고 그 위에 타일을 깔기로 한 것이다. 엄마가 출근한 뒤 인테리어 업체에서 30년 된 타일 조각들을 철거하고 색색의 빛나는 타일들을 올려다 놓고 갔다. 타일과 철거 작업 비용을 합쳐 무려 90만 원이라는 돈이 들어갔다. 처음의 모습대로 코발트블루 빛 타일을 쫙 깔면 좋겠지만 색색의 타일을 되는대로 붙여 알록달록한 분위기를 연출하기로 했다. 어설픈 기술을 커버할 수 있는 방법이라고, 무열이 납득할 만한 조언을 해 주었다.

무열은 집수리에 탁월한 능력을 발휘했다. 어제 하루 도서관에서 『보일러 실무기술』이란 책을 탐독하더니 먹통으로 멈춰 있던 보일러가 웽웽 신 나게 돌아가도록 만들었다. 중간에 다시 멈춰 섰다가 몇 번의 시도 끝에 가까스로 작동하기를 반복했지만 그것만으로도 성공적이었다. 공고를 가면 좋았을걸, 하며 무열은 아무짝에도 쓸모없는 교육을 2년 하고도 반이나 더 받아야 하는 걸 안타까워했다.

화장실 변기는 15만 원을 주고 통째로 갈았다. 설치비를 아낀다며 도현과 무열이 욕실 인테리어 업자를 찾아가 한 시간 동안 강의를 들었지만, 오전 내내 변기를 끌어안고 씨름하다가 결국엔 기사를 부르고야 말았다. 새 변기 교체 기념으로 도현은 거하게 일을 봤다.

내가 160만 원이라는 거액을 들인 마술은 구라파식 이층집의 복원이었다. 일곱 식구가 마당에서 함박웃음을 터뜨리던 때의 모습까지는 아니라도 좋았다. 적어도 깨지고 무너지고 삐걱거리지 않을 정도는 되어야 했다. 160만 원짜리 마술이 구라파식 이층집을 얼마나 복원해 줄지는 장담할 수 없었다. 그러나 성공이냐 실패냐를 떠나 위대한 작업이 될 것이다. 마찻사 멤버와 그들(베토벤과 꽁지머리!)이 한 팀이 되어, 표정과 손짓과 행동을 맞춰 가며 상상하지 못한 기적을 창조해 내는 과정이 될 테니까. 그 작업은 이 집에서 태어나 17년을 맘껏 뭉개 온 철부지 막내 진몽주의 첫 번째 과업이기도 했다. 마술은 트릭보다는 연출력이다. 그러면 감동은 자연스럽게 온다.

이 아름다운 마술을 벌일 날짜는 담장 보수 공사 하루 전날로 잡았다. 엄마가 쉬는 일요일에 공사를 하기로 되어 있었고, 월요일은 개학이었다. 아빠도 일요일엔 종일 알바생을 구해 집에 남아 있기로 했다. 집 안에 문제가 생긴 부분들을 말끔히 고쳐 놓는 우리의 마술 쇼가 끝나면, 내일은 무너진 담장이 수리됨으로써 30년 된 구라파식 이층집의 복원이 완성될 예정이었다.

이번 과업을 위해 나는 베토벤을 만나 어처구니없는 부탁까지 했다.

"사흘 후에 엄마를 아침부터 저녁까지 꼭 붙잡고 계셔 주세요."

연락도 없이 무턱대고 찾아가 이렇게 말했을 때, 베토벤은 커다란 공명통에서 나오는 듯한 소리를 내며 웃었다.

"귀여운 아가씨가 매우 흥미로운 일을 벌일 모양이군."

'귀여운 아가씨'니 '매우'니 하는 말은 들어 주기가 거북했으나 당돌한 표정만 짓고 대답을 기다렸다.

"이유를 물어도 될까?"

"음……."

'귀여운 아가씨'에 어울리는 대답을 궁리했지만 그런 말은 도무지 떠오르지 않았다.

"제가 일을 좀 치려구요."

내 입에서는 좀처럼 고상한 말이 나오지 않는다.

"그 요구를 들어주는 데 대한 대가는?"

"엄마와 하루 종일 계시는 것으로 때우면 안 될까요?"

또 한 번 커다란 웃음소리가 울려 퍼졌다.

"오케이. 일방적이긴 하지만 귀여운 아가씨의 명령이니 확실히 사고를 치도록 도움을 줄게. 이 참에 난 심포니를 엄마에게 맡기고 최고의 바리스타들을 찾아 커피 전문점 순례나 해야겠는걸?"

심포니를 엄마에게 맡긴다고? 그럴 정도로 신뢰가 돈독했다는 건가? 그러나 따질 만한 이유도 여유도 없었다. 엄마가 아침부터 저녁까지 근무하도록 하겠다는 베토벤의 약속을 받아 내자마자 나는 심포니를 나왔다.

오늘 아침 엄마는 평소보다 공들인 화장에 가벼운 정장 스타일의 옷을 입고 출근했다. 근사한 커피 전문점의 여주인 역을 맡았는데, 당연한 일이었다. 엄마는 가게 주인에게 일이 생겨 종일 근무를 해야 한다고 말했다. 캐묻는 사람은 아무도 없었다. 아빠는 국에다 밥을 말아 후루룩 삼키고는 평소보다 일찍 집을 나갔다. "당신이 그 가게를 왜 책임져?" 하지 않는 아빠가 비굴해 보였다. 무슨 일에도 관망의 포즈를 취하게 된 할머니는 북어찜을 힘겹게 씹고 있을 뿐이었다. 나는 이쁜 할머니와 찜질방에 다녀오라며 2만 원을 할머니 주머니에 찔러 넣었다. 방학 중 수행 평가로 효도를 하는 숙제가 있다고 했더니 영수증을 받아 오겠다며 목욕 바구니를 챙겨 가지고 나갔다. 찜질방에 가면 본전을 뽑고 오는 할머니니까 안심하고 일을 벌일 수 있겠지.

테라스는 한 뼘 한 뼘 오색찬란한 모습으로 탈바꿈하고 있었다. 자식들, 제법이네. 섭씨 33도가 넘는 더위에 두 녀석의 얼굴은 땀으로 번들거렸다. 집에 도착하자마자 대문부터 오렌지색으로 상큼하게 변신시킨 기특한 녀석들이었다.

"야, 줄 좀 잘 맞춰. 삐뚤빼뚤 정신 사나워 못 봐 주겠다."

테라스로 얼굴을 내밀고 틈틈이 구박 멘트를 날렸다.

"몽주 너 심하다."

도현이 인상을 빡 쓰고 우는 소리를 했다.

"역설적 표현도 모르냐. 타일 아트 같다고, 짜식들아."

타일 아트가 될지 아무도 이해 못할 타일 퍼포먼스가 될지는 두고 보아야 했다. 정신세계가 발랄하지 못한 나의 가족이 열일곱 살 철부지들의 마술을 이해하기란 쉽지 않은 일일 테니까.

"간식 먹고 하자. 와, 짱이다. 진짜 매직인데?"

테라스를 수놓고 있는 빨강, 노랑, 파랑, 초록, 주황, 검정, 연두의 타일들을 내다보며 자이는 동그랗게 벌린 입을 다물지 못했다. 그래, 어쨌든 마술을 하는 우리는 일단 만족이다.

쟁반에 받쳐 온 것은 수박화채였다. 동글동글 떼어 낸 수박에 바나나와 키위를 넣고 조각 얼음을 잔뜩 채운 커다란 유리볼 옆에 수저 다섯 개와 오목한 유리그릇들이 놓여 있었다. 종종걸음을 치며 잔심부름을 하고 자원봉사 노동자들의 입을 심심치 않게 하는 역할은 자이가 맡았다.

"여기까지만 마무리하고. 그럼 절반은 완성이니까."

도현이 수박화채에 군침을 삼키며 말했다. 무열은 고개 한 번 돌리지 않고 시멘트를 고르게 펴 바르는 데 몰두했다. 정말이지 뚝심 하나는 알아줘야 한다니까. 매끄러운 솜씨는 아니지만 흙손으로 시멘트 반죽을 펴 바르는 손놀림이 제법 섬세했다. 도현과 테라스 타일을 박살 냈을 때 '나중에 꼭 시멘트를 사다 바르겠다'고 한 약속을 성실하게도 지키고 있었다. 최근 해체된 마술 동아리 마찻사의 최대 토픽은 '무열의 재발견'이다.

"오빠도 잠깐 쉬었다가 해요."

나무 계단에서 작업 중인 꽁지머리를 불렀다.

"어 그래, 잠깐만. 이것만 하고."

꽁지머리는 등이 다 젖도록 땀을 흘리며 일에 열중하고 있었다. 그를 보면 아직도 가슴 한복판이 아리지만 이젠 그럭저럭 견딜 만했다. 쿨하게 접기로 했으니까. 동성애자를 경멸하는 것도 아니고 깊이 이해하는 것도 아니라선지 생각보다 어렵진 않았다. 혐오도 집착도 생기지 않았기 때문이다.

이번 마술을 위해 나는 꽁지머리에게도 도움을 청했다. 그가 인테리어에 일가견이 있는 걸 알고 있는 한 이것저것 따질 때가 아니었다. 지금 벌이고 있는 마술 쇼는 그만큼 중요했다. 꽁지머리는 하루 휴가를 내면서까지 우리의 마술 쇼에 기꺼이 동참했다.

나무 계단을 처음 밟아 보았을 때 꽁지머리는 어이없게도 감동에 젖어 들었다. 그는 소리는 내지 않은 채 입을 크게 벌리고 웃었다. 덧니가 살짝 드러났다가 다시 감춰졌다. 알머리 애인을 보고 웃을 때처럼.

"이런 귀한 소리를 왜 없애려는지 모르겠다. 이 집의 가족들이 한 걸음 한 걸음 오르내리며 30년에 걸쳐 만들어 낸 소린데 말야. 곽재구라는 시인은 「계단」이란 시에서 이렇게 노래했지. 밟으면 삐걱이는 나무 울음소리가 산뻐꾸기 울음소리보다 듣기 좋았습니다……. 그 계단은 오래된 이층집 계단이 아니라 작은 오막살이집까지 이르는 숲길의 나무 계단이었지만."

이런 사람을 어떻게 쿨하게 잊어버리나. 입에 넣은 수박 덩어리와 함께 아쉬움이 목구멍을 타고 내려갔다. 나와 다른 사람이 아니었다면⋯⋯. 속이 또다시 아렸지만, 눈물을 머금고 꽁지머리의 인생에 마술 같은 기적이 꼭 일어나길 바랐다.

계단 상태를 처음 보았을 때 꽁지머리는 동선을 바꾸면 일이 쉽게 해결될 것 같다고 했다.

"삐걱삐걱 소리가 주는 감동을 고스란히 간직한 채 듣고 싶은 사람만 듣도록 하는 거야."

그가 제안한 아이디어는 별것 아니면서도 꽤나 창조적이었다. 계단의 가장자리를 밟으면 소리가 나지 않는다는 걸 우리 식구들은 왜 몰랐을까.

"좌측통행 시스템을 이 오래된 집에 도입해 보는 거야. 가장자리로 다닐 땐 소리가 안 나니 간단하게 문제가 해결되는 거지. 계단 중앙에 작은 화분 두세 개만 놓아두면 깜박 잊고 가운데로 오르내리는 일도 없을 테고."

어른들이 과연 좋아할 것인가를 아이들이 걱정하자 그는 계단을 다 뜯어내지 않는다면 수리는 곤란하다고 딱 잘라 말했다. 그러고는 곧바로 집을 나가 세 시간 만에 멋진 나비 스티커와 조그만 바이올렛 화분 세 개를 사 왔다.

꽁지머리는 커다란 나비 스티커 두 개를 위에서 다섯 번째 계단 가장자리에 붙이고는 꼭대기까지 줄 지어 붙인 나비 스티커를 따라 올라왔다. 더 이상 계단에서 삐걱삐걱 소리는 나지 않았다.

"나비가 팔랑팔랑 날아 올라오는 것 같다."

계단 가장자리를 따라 줄지어 붙여진 나비 스티커를 보고 자이가 말했다.

"어때, 괜찮지?"

"무척."

자이 말대로 계단은 무척이나 그럴듯해 보였다. 왼쪽과 오른쪽 가장자리로 아름답고 커다란 나비들이 날아오르고 날아내려가고 있었다.

"나비를 따라 올라오니까 특별한 느낌이 들어요. 무지갯빛 꿈을 찾아가는 것처럼."

자이는 유리그릇에 수박화채를 담으면서 몽롱한 표정을 지었다.

"무지갯빛 꿈은 이층 마루 너머에 있는 것 같다."

꽁지머리는 다글다글한 햇빛을 받아 원색의 드라마를 펼치는 테라스 바닥을 내다보며 말했다. 비지땀 범벅인 얼굴에 티셔츠까지 흠뻑 젖은 두 녀석만 아니라면 눈부신 테라스에서 그에 어울리는 자태로 에스프레소를 깊이 음미하는 엄마를 상상해 볼 수도 있을 텐데. 엄마가 새롭게 변신한 테라스에서 무지갯빛 꿈을 찾을 수 있을지는 모르겠지만 말이다.

"니들 적당히 먹고 남겨라. 수분이 필요한 건 우리니까."

도현이 한입 가득 수박화채를 넣고 우물거리는 나를 못 믿겠다는 듯 수시로 힐끗거렸다.

"수박 반 통이 아직 냉장고에 모셔져 있으니 염려 마."

무열은 수박화채 따위는 아랑곳없이 땀방울을 뚝뚝 떨어뜨리며 시멘트 바닥을 고르는 데 몰입했다. 누가 뭐래도 구라파식 이층집 마술 프로젝트의 주역은 무열이었다.

"무열이 저렇게 멋진 앤 줄 정말 몰랐어."

자이가 내 귀에다 대고 속삭였다.

"여자의 마음은 갈대라는 말, 너 같은 애들 때문에 생명을 유지하는 거야."

큰 소리로 말했더니 자이가 기겁을 하고 내 입을 틀어막았다. 이렇게 쉽게 좋아하고 쉽게 방향을 바꿀 수 있다니 참 살기 편하겠다. 그래서 이자이인가? 앞에서 가도 이자이, 뒤에서 와도 이자이, 어떻게 해도 이자이인 것처럼.

아래층에서 이구의 낑낑거리는 소리가 들려왔다. 그리고 아이를 달래는 것 같은 저 자상한 말투는? 할머니였다! 예상했던 귀가 시간보다 훨씬 이른데, 난감했다.

"우리 계획은 이런 게 아니었잖아."

자이가 숟가락을 입에 문 채 두 눈을 빠끔 떴다.

"몽주 어디 있니? 이건 누가 다 해 놓은 거야."

할머니는 원형 러그 카펫을 본 게 틀림없었다. 거실 바닥의 주저앉은 부분에 넉넉한 크기의 동그란 러그 카펫을 깔아 놓은 것 역시 꽁지머리의 아이디어였다. 계단과 마찬가지로 그곳 또한 마술 팀의 능력으로는 수리가 불가능하다는 판단에 따라 인테리어 소품을 이용하기로 했다. 산뜻한 색감의 러그를 깔고 그곳을 이구와 공주의 영역으로 하자는 데 나는 망설임 없이 동의했다. 계단 옆 철장보다는 좀 더 안쪽으로 들어온 곳의 폭신폭신한 러그 카펫이 귀여운 슈나우저와 인형 같은 몰티즈의 집으로 훨씬 훌륭할 뿐 아니라, 그곳을 밟고 지나갈 일이 없으니 더 이상 마루가 주저앉는 일도 없을 거였다. 지금 지름 120센티미터의 고급 러그 카펫 위에는 펫 가족의 요람과 사료 접시, 물병 등이 놓여 있었다. 꽁지머리가 인상파 그림을 보는 듯한 밝은 색채의 러그 카펫과 함께 영수증을 내밀었을 때 나는 헉, 하고 10만 원을 내 주었다. 같이 나가 좀 깎아 볼 걸 그랬나.

일층으로 내려가려고 하는데 할머니가 때맞춰 계단 쪽으로 다가왔다.

"하, 할머니! 여기 이제 좌측통행이야!"

첫 번째 계단 한가운데로 발을 들어 올리는 할머니를 보자마자 나는 재빨리 소리쳤다. 할머니가 주춤하고는 계단 위를 올려다봤다. 그러고는 내 손가락이 가리킨 나비 스티커들로 시선을 떨어뜨렸다.

"이게 다 뭐냐."

"저희 오늘 구라파식 이층집 변신 마술 쇼를 하고 있어요, 히."

내 등에 달라붙은 자이가 애교를 담뿍 담아 말했다. 할머니는 계단마다 한 마리 한 마리 날아 올라가는 나비들과 바이올

256

렛 화분, 거실의 원형 러그 카펫을 번갈아 바라보았다. 도무지 그 의미를 알 수 없는 할머니의 눈빛에 가슴이 조마조마했다.

"몽주 네가 마음이 많이 아팠던 게야."

할머니의 목소리는 낮고 무겁게 잠겨 있었다. 중력을 이기지 못해 축 처진 어두운 얼굴은 다섯 명이 합동으로 벌이고 있는 마술 쇼에 별 감동을 받지 못했음을 말해 주었다.

"할머니, 난 그냥……."

할 말이 생각나지 않았다. 160만 원짜리 마술 프로젝트가 수포로 돌아가지 않을까 조바심이 났을 뿐. 뭐 할 수 없지. 해도 후회, 안 해도 후회면 그게 무엇이든 난 해 보는 데 걸겠어.

태양은 서쪽으로 기우뚱 내려가 마지막 햇살을 뻗치고 있었다. 바싹 마른 햇빛에 반사돼 널찍한 이층 테라스가 화려하게 반짝였다. 할머니도 변신한 이층 테라스를 처음 보았을 때만큼은 감동의 한마디를 선사해 모두가 입이 찢어져라 좋아했다. 참 이쁘구나. 그리고 갑작스럽게 열린 마술 공연. 오색 타일이 아름다운 빛을 발산하는 테라스는 근사한 무대 배경이 되었다. 오늘의 마술 프로젝트 팀과 할머니는 이층 마루에 자리를 잡고 앉아 무대에 선 무열에게 시선을 집중했다.

무열이 준비한 마술은 '신문지에 물 붓기'였다. 이 마술을 위해 무열은 아빠의 양복저고리를 빌려 입었다. 양복 안에다 무언가 감출 게 있다는 걸 알아챘지만 아는 척하지 않았다. 마술사는 관객을 속이기 위해 속이는 게 아니라 감동을 주기 위해 속이는 거라고 믿고 싶으니까.

신문지를 세 번 접어 모서리를 기울인 무열은 투명한 플라스틱 컵에 담긴 물을 그 속에 쏟아부었다. 나는 분명히 트릭이 있다는 생각을 떨쳐 내려고 안간힘을 썼다. 무열이 신문지를 펼쳐 보이자 자이가 자지러질 듯 탄성을 질렀다.

"히야, 물은 다 어디로 간 거야?"

무열이 빙긋 웃고는 신문지를 통째로 구겼다. 아무렇게나 구겨진 신문지를 기울이자 빈 잔으로 조르륵 물이 떨어졌다.

"아니, 어떻게 물이 사라졌다가 다시 나올 수 있지? 이러다 마술 대회 본선에서 1등 하는 거 아냐?"

감탄하고 또 감탄하는 자이가 부러웠다. 내 머릿속에선 트릭이야 트릭, 하는 소리가 방정맞게 울려 댔다.

"그런 재주는 언제 다들 배웠누?"

검버섯 핀 손으로 박수를 보내던 할머니가 말했다.

"무열이랑 도현이는 원래 좀 하던 애들이구요, 몽주랑 전 여름방학 때 틈틈이 배웠어요."

무열과 도현을 묶는 건 그렇다 치고, 자신과 나를 한데 묶는 건 억울했지만 반박하지 않았다. 공연의 첫 번째 순서로 원 카드 매니퓰레이션과 스카프 마술을 우려먹은 나는 실수 없이 해냈다는 데 만족하고 있었다. 손놀림이 유연하게 이어지지 않아 얼마나 진땀을 뺐는지. 열정이 식으니 실력도 줄어든 모

258

양이다.

자이는 독학으로 몰래 연습한 코인 롤을 능숙하게 선보여 열렬한 박수를 얻어 냈다. 500원짜리 동전이 엄지손가락에서 새끼손가락까지 손등을 타고 넘을 때 여기저기서 감탄사가 튀어나왔다. 손가락 놀림이 어찌나 야무지던지. 무서운 것. 무엇이든 하겠다고 마음먹으면 강한 집념을 보이는 이 아이를 나는 미워하지 않기로 했다.

할머니의 눈길은 자주 테라스로 향했다. 타일 마술에 마음이 간다기보다 30년 전 코발트블루 빛 타일의 기억을 더듬는 것 같았다. 타일이 참 이쁘다고 했지만 막내 손녀를 기쁘게 해 주려는 할머니의 마음일지도 몰랐다. 과연 우리의 지루한 아빠와 까다로운 엄마의 입에선 어떤 얘기가 나올까. 마술은 관객의 마음이 열려 있어야 먹히는 법. 마술사들만 활짝 마음을 열고 있는 꼴이 되지 않기를 바랄 뿐이다.

테라스 너머 마당이 내려다보였다. 10여 년 전 가족사진 속의 싱싱한 초록 정원은 아니었지만 마당은 말끔하고 생기 있어 보였다. 30미터짜리 긴 고무호스를 사다 욕실에 연결하여 시원하게 물을 뿌린 보람이 있었다. 마술 프로젝트의 끝마무리로 모두 마당에 모여 잡풀을 뽑고 너저분하게 방치된 물건들을 치웠다. 역기는 꽁지머리의 미니밴에 실어 무열의 집으로 갖다 놓기로 했다. 열심히 역기를 들어 배에 임금 왕 자가 생기면 보여 주겠다고 무열은 자신했다.

이제 마지막 순서, 할머니를 위한 선물로 마술 공연을 주도한 도현의 차례였다. 뭘 하려는지 녀석은 준비할 시간이 필요하다고 했다. 녀석이 내 방에서 준비를 하는 동안 잠시 휴식 시간을 가졌다. 양복을 벗은 무열은 세수를 하고 오겠다며 일층으로 내려갔다. 왼쪽으로 나비를 따라 발을 내디딜 때 나무 계단에서 끼익끼익 하는 비명은 나지 않았다.

"좀 낡아서 그렇지 제 마음에 꼭 드는 집이에요, 할머니. 구석구석 몽주네 가족 이야기가 숨겨져 있을 것 같아요."

꽁지머리가 할머니에게 말했다.

"심성이 맑구먼. 그런데 그걸 알아야 할 사람들이 모르면 소용없지 뭐."

할머니는 얕은 한숨을 쉬었다. 마술 공연이 시작되기 전 걸려 온 전화에 기운이 빠져 있던 할머니였다. 파주의 땅을 사겠다는 사람에게 할머니는 아들과 의논해 연락을 주겠다며 전화를 끊었다. 이미 팔기로 해 놓고도 할머니는 하루라도 날짜를 늦추고 싶었던 모양이다. 어쩌면 할머니도 마술이 일어나길 바라고 있는지 모른다. 뿔뿔이 흩어진 마음들이 30년 된 구라파식 이층집으로 다시 모여드는 마술이 일어나기를. 160만 원짜리 마술에 할머니가 잔소리 한마디 하지 않았던 것도 그런 바람이 사라지지 않았다는 증거 아닐까. 할머니는 돈이 어디서 났는지, 왜 어른들과 의논을 하지 않았는지, 당연히 나왔어야 할 질문은 하지 않았다.

화장실 갔던 무열이 올라오자 방문 앞에서 대기하고 있던 도현이 앞으로 나와 입을 열었다.

"자, 이제 김도현의 마술을 감상하시겠습니다. 여름방학 엔딩 특집! 스페셜 매직입니다. 몽주야, 이제 진짜 마지막이다."

너구리 같은 놈, 마지막 멘트는 빼지. 도현의 손에는 티슈통이 들려 있었다. 비둘기 마술? 어쩐지 잠깐 볼일 좀 보고 오겠다며 쌩 나가더라 했지. 비둘기를 데려오느라 허겁지겁 집에 갔다 온 거였다. 그런데 설마 나에게 또 그 쪽지를 주는 건 아니겠지? '김도현과 특별한 친구가 되어 주세요.' 악필로 써 있던 쪽지. 제발 당황스러운 순간이 오지 않기를 간절히 바랐다. 하지만 가슴이 콩콩 뛰니 무슨 시추에이션일까.

녀석을 좋아하게 될지도 모르겠다는 밑도 끝도 없는 생각이 들었다. 언니가 타로로 보아 주었던 애정 운이 생각났다. 애매한 대상을 좋아하며 까불다가 풍차를 향해 돌진하는 돈키호테 꼴이 될지도 모른다, 하지만 긍정적이고 새로운 상황으로 전환할 수 있는 기회가 될 수도 있다, 고 했지. 혹시 꽁지머리에게 상처를 받은 뒤 도현과 잘 될 거라는 예견이 아니었을까? 나는 부끄러움이라는 낯선 감정에 얼굴이 뜨거워져 손바닥으로 얼른 두 뺨을 덮었다.

"은결 형한테 빨리 비둘기를 갖다 줘야 하는데."

그렇게 중얼거린 뒤 도현은 너구리같이 웃고는 한쪽 팔을 펴 정중히 인사했다. 녀석이 꽃무늬 티슈 통을 이리저리 돌려 보여 줄 때 나는 눈을 감았다. 두 가지 이유에서였다. 첫째, 한 번 보여 준 마술은 여러 번 보여 주지 말라, 는 마술의 법칙을 지켜 주고 싶었다. 둘째, 두 번째 보는 마술에서 내 눈에 트릭이 보일까 봐 두려웠다. 기어코 나는 마술이 속임수임을 잊지 않고 있었고, 또 한편 그걸 인정하고 싶지 않았다.

티슈 통을 만지는 소리와 자이가 쌕쌕 숨을 쉬는 소리 말고는 아무 소리도 들리지 않았다. 이제 곧 도현이 빼 든 휴지 뭉치 속에서 비둘기가 나타나 날개를 퍼덕일 것이다. 아, 여기서 시간이 멈추었으면. 마술이 일어난 순간보다 그 직전의 기대감이 나는 더 좋았다. 장미 한 송이가 피어나기 직전, 둥그런 빵이 날아다니기 직전, 디너 냅킨 속에서 포크가 나이프로 변신하기 직전, 중절모 안에서 흰 토끼가 튀어나오기 직전, 오른손에 쥐었던 연필이 왼손으로 순간 이동을 하기 직전……

160만 원짜리 마술 프로젝트의 성공과 실패는 저녁에 판가름이 날 것이다. 엄마와 아빠가 귀가했을 때 두 사람은 어떤 반응을 보일까. 내 인생의 첫 모험이기도 한 마술 프로젝트는 어쩌면 무참하게 실패할 수도 있겠지만, 기다리는 시간만큼은 계란 프라이에 고춧가루 치는 짓은 하지 않겠다. 한 줌의 기대를 가지고 기다리는 건 결코 어리석은 일이 아니니까.

마술은 기다림이다. 조심스런 기대와 달콤한 약속 같은 꿈, 간절한 바람이 만들어 내는 순전한 믿음이다. 조각조각 깨진 테라스 타일이 오색찬란한 모자이크로 펼쳐지길 기다릴 때,

삐걱삐걱 앓던 계단으로 아름다운 나비들이 날아오르길 기다릴 때, 심술궂게 멈춰 있던 보일러가 순한 소리를 내며 다시 움직이길 기다릴 때……. 진정한 마술은 기적을 기다리는 바로 그 시간이 아닐까. 마음이 구름처럼 부풀어 오르는 그 시간.

마술에 걸리면 행복해진다. 마술은 즐거운 쇼다.

  지금 내가 살고 있는 곳은 나의 열한 번째 집이다. 태어난
뒤로 열 번의 이사를 했다. 키가 130센티미터까지 자라는 동안
집을 자주 옮겨 다녔던 것 같다. 시간은 기억을 만들기 때문일
까? 예전에 살았던 집들을 떠올릴 때 맨 처음 생각나는 집은
가장 오랜 시간을 살았던 다섯 번째 집이다. 무려 20년 가까이
살았다. 북한산 자락과 이어지는, 쉰 가구도 채 안 되는 작은
동네의, 작은 집이었다.
  『도미노 구라파식 이층집』 원고 작업을 끝낸 후 문득 그 다
섯 번째 집에 가 보고 싶었다. 소설을 쓰는 동안 그 집에 대한
기억이 타이핑 소리를 따라 탁탁탁 튀어 올랐다. 차를 타고 북
한산 밑으로 달려가면서 그곳이 온전하리란 기대를 하진 않았

다. 이 도시에서 개발 지상주의로부터 도도히 비켜나 있는 곳을 알지 못하니까.

역시 그랬다. 길만 그대로 남아 있을 뿐 모든 게 달라져 있었다. 아니, 모든 게 사라져 버렸다. 뒷동산을 깎아 먹고 들어선 빌라들과 층수를 올린 몰개성의 비슷비슷한 건물들을 보는 순간 기억마저 흐릿해졌다. 조금씩 다른 모습으로 오밀조밀 어깨를 맞댄 단층집들과 거기 살던 사람들에 대한 기억이. 여기, 내가 살던 곳 맞나?

그런데…… 나는 핫, 웃음을 터뜨리고 말았다. 나의 다섯 번째 집이 골목 끝에서 나를 흘겨보고 있었다. 지붕만 초록색으로 바뀌었을 뿐 고령의 티가 역력한 그 집은 고집스레 자기 모습을 고수하고 있었다. 기억이 되살아났다. 내 방 창문을 통해 20년 나의 성장기, 우리 가족의 이야기가 새어 나왔다. 그 집의 보이지 않는 주름들에 배어 있는, 굴곡 많았던 우리 집의 이야기를 한참 동안 찾아냈다. 집은 곧 이야기였다!

나는 지금 열한 평 주사위만 한 아파트, 나의 열한 번째 집에 산다. 작업실이라고 이름 붙인 방이 너무 좁아 집을 옮겨 볼까, 생각만 하면서 7년을 살았다. 아파트를 좋아하진 않지만 나에게 꼭 맞는 집이라 여기며 별 불평 없이 지냈다. 내가 소유한 물건이 1톤 트럭 하나를 넘지 않게 하자고 마음먹은 지 오래니 이 집이 딱이긴 하다. 작긴 해도 벌써 내 인생의 많은 이야기를 담고 있는 집이 되었다. 나의 열두 번째 집은 어떤 집이 될지 모르지만, 다시 이사를 가기 전까지는 이 집과 잘 지내 볼 생각이다. 내 이야기가 매일 소리 없이 스며들고 있을 테니까.

책이 나오기까지 정교한 눈길과 손길로 매만져 준 편집자 김태형 씨, 한 점 가식 없이 건필을 빌어 주는 나의 아름다운 지인들, 나의 가족들, 늘 신선한 감각과 감동을 선물해 준 A예고 아해들, 그리고 구라파식 이층집의 빛나는 무지갯빛 타일처럼 귀한 나의 독자들께 꼭꼭 접어 둔 감사의 인사를 보낸다.

2011년 봄
박선희

도미노 구라파식 이층집

2011년 4월 21일 1판 1쇄
2012년 8월 6일 1판 3쇄

지은이 : 박선희

편집 : 김태희, 김태형, 이혜재
디자인 : 권지연
제작 : 박흥기
마케팅 : 이병규, 최영미, 양현범

출력 : 한국커뮤니케이션
인쇄 : 한승문화사
제책 : 정문바인텍

펴낸이 : 강맑실
펴낸곳 : (주)사계절출판사
등록 : 제 406-2003-034호
주소 : (우)413-756 경기도 파주시 문발동 파주출판도시 513-3
전화 : 031)955-8588, 8558
전송 : 마케팅부 031)955-8595 | 편집부 031)955-8596
홈페이지 : www.sakyejul.co.kr | 전자우편 : skj@sakyejul.co.kr
독자카페 : 사계절 책 향기가 나는 집 http://cafe.naver.com/sakyejul
페이스북 : www.facebook.com/sakyejul | 트위터 : www.twitter.com/sakyejul

ISBN 978-89-5828-543-4 44810
ISBN 978-89-5828-473-4 (세트)

이 도서의 국립중앙도서관 출판시도서목록(CIP)은 e-CIP 홈페이지(http://www.nl.go.kr/cip.php)에서
이용하실 수 있습니다.(CIP제어번호: CIP2011001661)